KB261441

만리웅풍

월인 新무협 판타지 소설

FANTASTIC ORIENTAL HEROES

만리웅풍 6

월인 新무협 판타지 소설

초판 1쇄 찍은 날 § 2008년 6월 20일
초판 1쇄 펴낸 날 § 2008년 6월 30일

지은이 § 월인
펴낸이 § 서경석

편집장 § 문혜영
편집책임 § 이재권
편집 § 문정흠

펴낸곳 § 도서출판 청어람
등록번호 § 제1081-1-89호
등록일자 § 1999. 5. 31
어람번호 § 제2-1516호

주소 § 경기도 부천시 원미구 심곡1동 350-1 남성B/D 3F (우) 420-011
전화 § 032-656-4452 팩스 § 032-656-4453
http://www.chungeoram.com
E-mail § eoram99@chollian.net

ⓒ 월인, 2007

ISBN 978-89-251-1367-8 04810
ISBN 978-89-251-1006-6 (세트)

萬里雄風

만리웅풍

6 험로(險路)

월인 新무협 판타지 소설

FANTASTIC ORIENTAL HEROES

청어람

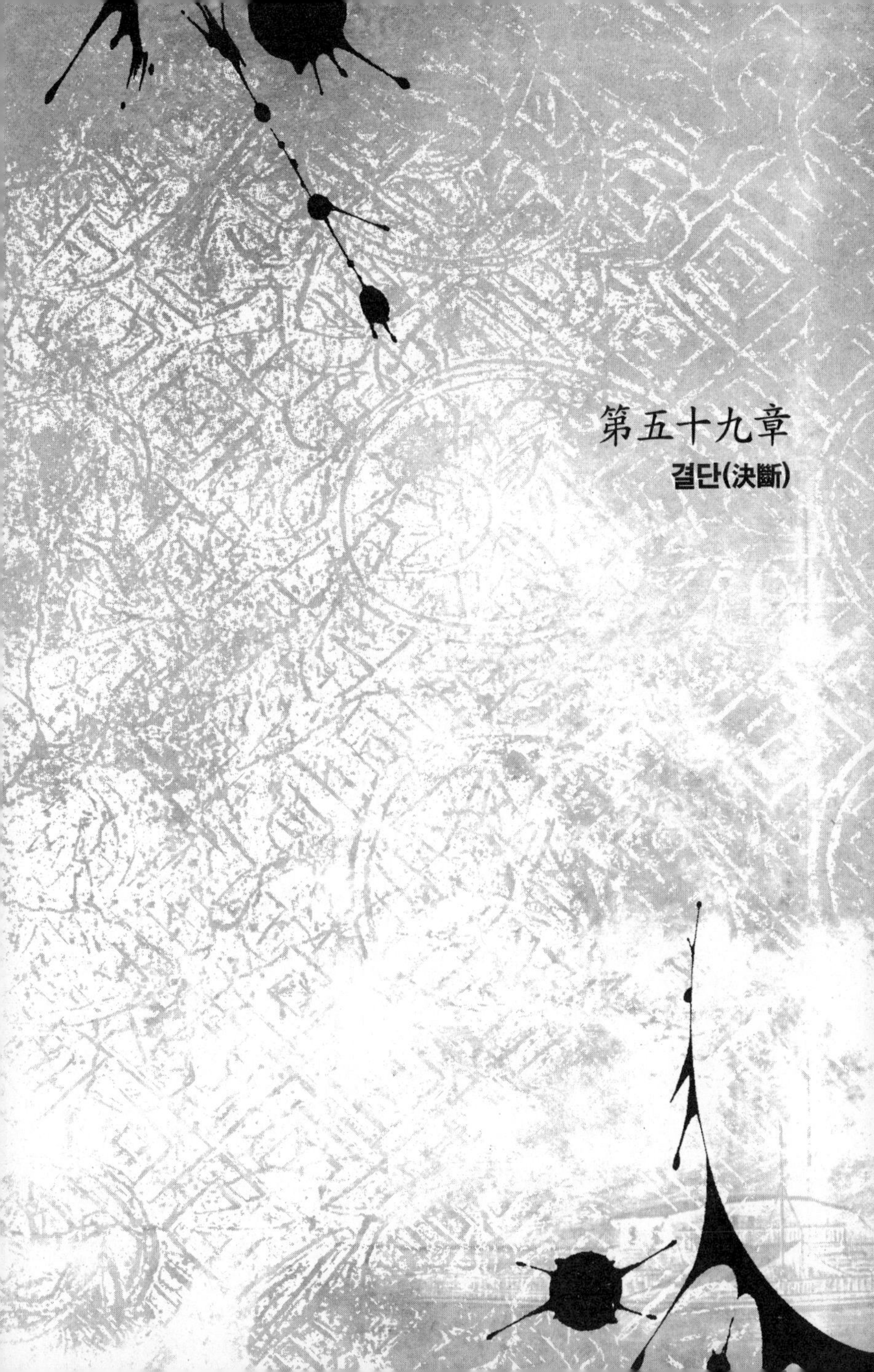
第五十九章
결단(決斷)

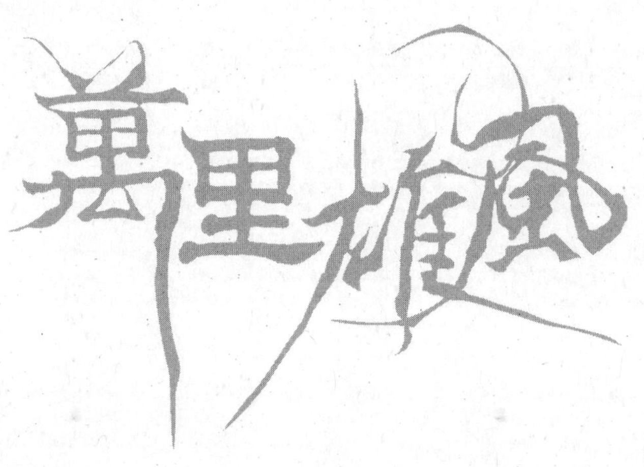

검소한 방 안의 탁자 위에 수많은 서류들이 어지럽게 흩어져 있었다.

온통 숫자로 나열된 서류들도 있었고 깨알같이 작은 글씨로 적힌 서류들, 그리고 급히 휘갈겨 쓴 필적으로 된 서류들이 한꺼번에 펼쳐져 있어 쳐다보는 것만으로도 눈이 어지러울 정도였다.

탁자 앞에 미동도 않고 앉은 여인은 그 어지러운 서류들을 꼼꼼히 읽어나갔다.

몇 시진 동안이나 꼼짝도 않고 서류를 쳐다보는 여인의 모습은 고도의 집중력과 함께 정제된 인내력이 엿보였다.

"역시 이곳이야."

몇 시진 만에 처음으로 서류에서 눈을 뗀 여인은 확신 어린 목소리로 말한 후 상체를 의자에 기댔다.

"어쩐 일인지 모르겠지만 이곳으로 옮길 조짐이 보여."

여인은 몇 가지 서류는 더 이상 볼 필요가 없다는 듯 정리하여 옆으로 밀어놓았다.

"이번 기회를 잘 이용하면 한 단계 더 도약할 수 있는데… 어떤 조건을 제시해야 할까?"

여인은 고운 아미를 살짝 찌푸렸다.

돈이 어디로 흘러갈 것인지는 이미 완벽히 파악이 되었다.

이젠 미리 길목을 지켜 그물을 치고 돈이라는 물고기가 자신이 쳐놓은 그물 속으로 헤엄쳐 들게 할 일만 남았다.

아무리 목 좋은 곳에 그물을 잘 쳐놓아도 물고기가 잠시 스쳐 지나가기만 해서는 포획할 수 없다. 그물 안으로 완전히 들어와서 걸려야 잡을 수가 있는 것이다. 그렇게 하기 위해서는 적절한 미끼가 필요하다.

이번에 잡고자 하는 물고기는 자신이 상계에 발을 디딘 이후 마주치는 가장 큰 물고기이다. 그러기에 그만큼 큰 미끼가 필요한 것이다.

"어떤 것이 좋을까?"

여인은 다시 한 번 고민에 빠졌다.

"그것은 차차 생각하기고 하고… 우선은 남들보다 한발 앞서 움직이는 것이 중요해."

여인은 의자에서 몸을 일으켰다.

"하남성의 정주(鄭州)로 가신다고요?"

양혜란은 눈을 동그랗게 뜨고 단리하연을 쳐다보았다. 지금은 어느 때보다 회주의 역할이 중요하다. 그래서 회주의 정주행은 예상 밖이었다.

'정주라면……?'

양혜란은 잠시 생각에 잠겼다.

예전에는 도저히 불가능했지만 이제 회주의 심중을 어느 정도 짐작할 수 있었다.

"정도맹… 정도맹 때문이군요!"

양혜란은 갑자기 생각난 듯 목소리를 높였다.

이런 중요한 시기에 회주 단리하연이 출타하려는 이유와 그 목적지가 정주라면 정도맹으로 귀결된다.

"이젠 시기가 무르익었어. 다른 곳보다 선수를 쳐야 해."

단리하연은 보일 듯 말 듯 고개를 끄덕이며 말했다. 자신의 의도를 단박에 알아차리는 양혜란이 이젠 당연하다는 모습이었다.

"정도맹 총단이 정주에 세워질 가능성은 아직은 이 할도 안 되는 것으로 보았는데……."

양혜란은 조심스러운 목소리와 함께 단리하연을 쳐다보

왔다.

단리하연의 의도는 겨우 짐작했지만 정도맹 총단이 정주에 세워질지는 아직 확신하지 못하고 있던 터였다. 하지만 단리하연은 어떤 식으로든 그걸 확신하고 미리 움직이려 하고 있었다.

그런 면에 있어서 양혜란은 아직까지 단리하연을 뛰어넘을 수 없었다.

이제는 모든 정보를 단리하연과 공유했다. 아니, 어떤 면에서는 단리하연보다 양혜란 자신이 더 많은 정보를 접할 수 있었다.

가공되지 않은 일차적인 모든 정보는 양혜란이 접하고 단리하연은 이차적인 정보만 접한다. 그러나 그것으로 결론을 도출해 내는 능력은 언제나 단리하연이 한발 앞섰다.

그동안 무수히 노력했지만 그것만은 뛰어넘을 수 없었다.

그건 노력의 부족 때문이 아니었다.

아직까지는 부족한 경험!

그것이 하나의 조건이 될 수도 있겠지만 전적인 것은 아니었다. 이젠 양혜란 자신도 만만치 않은 경험을 쌓았다.

결단력과 과감성!

우선 단리하연은 그것이 자신보다 뛰어났다. 하지만 그것 역시 전적인 것은 아니었다. 그런 것은 양날의 검처럼 단점일 수도 있었다.

그녀에게는 사물의 겉보다는 내면을 꿰뚫는 능력이 있었다. 그것이 그녀의 가장 큰 장점이었고 양혜란이 도저히 뛰어넘을 수 없는 벽이었다.

그런 눈을 가진 단리하연이었기에 거지꼴의 자신들을, 그리고 쥐어터지고 찢겨 괴물같이 변한 유진룡의 외모는 아랑곳 않은 채 내면을 꿰뚫어 보고 아무런 거리낌 없이 소향상회로 받아들였다.

그때를 생각하면 아직도 불가사의함이 느껴진다.

자신 같으면 어땠을까?

과연 그런 아이들을, 또한 괴물 같은 몰골의 유진룡을 받아들일 수 있었을까?

저도 모르게 고개가 흔들어진다.

그래서 양혜란은 도저히 단리하연을 뛰어넘을 수 없다는 생각이 드는 것이다.

그녀는 이번에도 그런 눈으로 현상 이면을 꿰뚫어 보고 움직이려 하고 있었다.

"하지만 회주님이 직접 움직이는 것은 너무 위험합니다."

"위험을 무릅쓰지 않고는 큰 것을 얻을 수 없어. 이번 일은 무엇보다도 큰일이야. 그러니 그만큼 큰 위험을 무릅써야 해."

단리하연은 단호하게 답했다.

양혜란은 그녀의 목소리에서 절대로 굽히지 않을 의지를

느끼고는 나직하게 한숨을 내쉬었다.

"네가 있기에 그런 결정을 내릴 수 있어. 네가 없다면 절대로 불가능해."

단리하연은 어느새 봄바람보다 더 부드러운 표정으로 되돌아와 걱정스러워하는 양혜란을 안심시켰다.

양혜란은 여자라도 반할 만한 그녀의 미소에서 언제나 큰 용기를 얻었다. 그것은 그녀의 또 다른 능력이었다.

단호할 때는 칼날보다 더 단호하면서 부드러울 때는 솜털처럼 부드러웠다.

'휴— 아직은 도저히……'

양혜란은 속으로 한숨을 내쉬며 마음의 준비를 했다.

"이번에는 누구를 대동하실 생각인가요?"

양혜란은 눈을 반짝였다.

최근 들어서 단리하연은 외부로 나갈 때마다 호위와 함께 동생들 몇 명을 동행하고 나갔다. 그리고 그들에게 나무판에 적힌 그들의 꿈과 부합되는 곳을 돌아보게 하며 견문을 넓혀주고 열의를 불태우게 만들었다.

그렇게 밖으로 나갔다 돌아온 아이들은 눈빛부터 달라지며 껍질 하나를 벗은 것 같았다. 그리고는 자신의 목표를 향해 훨씬 더 의욕적으로 매진했다.

유진룡과 맺은 약속을 그녀는 그렇게 한 단계 한 단계 지켜나가고 있었다.

“이번에는 이장명 공자와 하택이를 데리고 나갈 생각이
야.”

단리하연의 입가에 미소가 어렸다.

“장명이와 하택이를……?”

눈 사이를 좁힌 양혜란은 이번 행차와 그들의 꿈이 어떤 연
관이 있는지 떠올려 보았다.

이장명은 어른이 되면 약한 사람들의 아픈 곳을 달래주는
세상 제일의 포두가 되고 싶다는 소박한 꿈을 꾸었다. 아직까
지도 그 소박한 꿈을 간직하고 있는지는 알 수가 없었지만 자
신이 알기론 그랬다.

그런데 하택이 녀석은?

하택이는 소주 뒷골목에서 탈출을 하던 날, 황악호 무리에
게 미끼로 잡혀 있어 같이 소향상회로 오지 못했다가 나중에
이장명과 마웅탁이 몰래 뒷골목으로 들어가서 데려온 녀석이
다.

머리에 부스럼이 많고 행동이 굼뜬 그 녀석은 어울리지 않
게도 보표가 되고 싶다고 했다.

처음에는 포목점 주인이 되고 싶다고 했다가 나중에 단리
하연이 확실히 하기 위해 다시 물어보자 보표가 되고 싶다고
정정했다. 왜냐고 물었더니 대장처럼 누군가를 지켜주고 싶
어서 그렇다고 했다. 녀석은 그 후 상회 내의 보표들에게서
무공을 배우고 있었다.

그러고 보니 포두와 보표는 무언가 닮은 점이 있기도 했다.
그래서 같이 데리고 가려는 모양이었다.

'그런데 괜찮을까?'

양혜란의 가슴에 먹구름이 일었다.

*　　　*　　　*

휘익—

한 자루의 비도가 이상한 궤적을 그리며 허공을 날았다.

비도는 그것을 던진 손에서 줄이 연결된 것 같은 착각을 불러일으키며 맞은편 벽의 과녁에 꽂혔다.

날아오는 궤적은 이상하게 휘어져 있었지만 비도는 손바닥만 한 나무판 한가운데에 정확히 명중했다. 그러나 그것을 본 청년의 표정에는 허탈한 기운이 피어올랐다.

청년은 무언가 마음에 안 드는 듯 연신 고개를 흔들며 비도를 뽑았다.

비도는 나무판 깊이 박혀 있었지만 청년이 손을 대자 쉽게 뽑혀졌다.

"이번에도 실패로군. 쩝……."

비도가 꽂힌 과녁이 아니라 실내 바닥을 바라보며 중얼거린 청년은 손가락 사이에 비도를 걸쳤다.

휘리릭—

비도가 어지러운 회전을 하며 청년의 다섯 손가락 사이를 마음대로 옮겨 다녔다.

손가락 사이로 비도를 돌리던 청년은 천천히 실내의 중앙으로 걸어가서 허리를 숙였다.

청년의 시선이 향하는 곳엔 콩알보다 작은 네 개의 점이 찍혀 있었다.

청년은 손끝으로 그 네 개의 점을 건드렸다.

그것은 점이 아니라 파리의 시체였다.

두 마리의 파리가 각각 반 토막으로 갈라져 네 조각의 점처럼 바닥에 떨어져 있었다.

"쩝!"

청년은 다시 입맛을 다셨다.

세 마리의 파리를 목표로 비도를 던졌는데 한 마리는 비웃기라도 하듯 부드럽게 실내의 공간을 유영하고 있었다.

파앗—

다시 비도가 날았다.

처음의 시도에서 운 좋게 살아남은 파리는 일 다경도 더 생명을 유지하지 못하고 두 동강이 난 시체로 변했다.

"세 마리는 여전히 힘들어. 내력을 좀 더 기른 후 다시 시도해야겠어."

한 자루의 비도를 직선이 아닌, 휘어지는 궤적으로 날려 세 개의 점을 관통하는 삼점비(三點比)의 비도술은 오늘도 실패했다. 그것은 청년의 독백처럼 내력이 받쳐 주지 못한 탓이었다.

청년은 나무판에 박힌 비도를 뽑은 후 뒤로 물러섰다.

"이번에는 일선비(一線匕)!"

청년은 짤막한 외침과 함께 손을 뿌렸다.

휘이익—

파공음과 함께 여러 개의 비도가 한꺼번에 허공을 갈랐다.

방금 청년의 손에는 분명 한 개의 비도만이 쥐어져 파리를 사냥하고 있었는데 어디서 튀어나왔는지 지금은 셀 수 없는 개수의 비도가 허공을 가르고 있었다.

타타타탁—

벽에 걸린 과녁에서 규칙적인 소리가 들려오며 허공을 날던 여러 자루의 비도들이 목표물에 안착했다.

비도의 목표물은 당연히 벽에 걸린 나무판이었다. 그러나 비도는 한 자루만이 아까 파리를 가르고 꽂힐 때처럼 정확히 나무판에 꽂혔고 그 외 다른 비도들은 그곳에 꽂히지 않았다.

그렇다면 다른 비도들은?

그것들은 판자가 아니라 각각의 비도 자루 끝에 꽂혀 한 개의 창대를 만들고 있었다.

청년은 얼른 비도를 뽑지 않고 그것들의 순서를 세세히 살폈다.

비도 자루에는 각각 일(一)에서부터 오(五)까지의 숫자가 새겨져 있었는데 과녁에는 오의 숫자가 새겨진 비도가 제일 앞에, 그리고 일의 숫자가 새겨진 비도가 제일 끝에 꽂혀 역으로 배열되어 있었다.

그 역순(逆順)이 제대로 배열된 것을 확인한 청년의 입가에 비로소 미소가 어렸다.

손에서 떠날 때는 일의 숫자가 새겨진 것이 제일 먼저 떠나고 오의 숫자가 새겨진 것이 제일 마지막으로 떠났지만 과녁에 꽂힌 순서는 그 역순이었다.

그것이 일선비의 비도술이었다.

그 비도술을 완성하기 위해서는 각각의 비도에 섬세한 힘의 분배를 하고 한 점을 향해 각각 다른 궤적을 그리며 날아가야 서로 부딪치지 않고 자리바꿈을 하며 한 줄로 꽂히게 되는 것이다.

청년은 그것을 수련하기 위해 몇 년 동안 불철주야 노력했었다.

그 결과 다섯 자루의 비도로 일선비를 완벽히 펼칠 수 있었다.

"이젠 여섯 자루로 일선비를 시도해 볼까?"

청년은 과녁에 일직선으로 꽂힌 비도 열 개를 빼내어 손목에 찬 비갑에 찔러 넣었다. 그리고 허리춤에서 한 개를 더 빼내어 비갑에 추가했다.

그 상태에서 손목을 틀면 비갑에서 연속적으로 비도가 튀어나오고 순식간에 그것을 잡아채어 던지면 되는 것이다.

청년의 손목이 이상한 각도로 꺾였다.

덜컹!

청년이 비도를 막 던지려는 순간 문이 벼락치듯 열렸다.

청년은 움찔 놀라며 뿌리려던 손을 등 뒤로 돌렸다.

"형!"

열두어 살 정도 된 소년이 부리나케 뛰어들었다.

청년은 인상을 쓰며 한숨을 내쉬었다. 소년이 조금만 늦게 뛰어들었으면 비도가 날아가는 궤적과 겹쳤을 것이다.

"이, 망할 놈아! 기척이라도 좀 하고 뛰어들면 누가 잡아먹는다더냐!"

얼굴에 주근깨가 가득한 청년, 이장명은 벌컥 고함을 질렀다. 그러나 소년은 전혀 신경 쓰지 않고 횡재라도 한 듯 흥분한 얼굴로 싱글벙글거렸다.

"회주님께서 이번 출타에 형과 나를 데리고 간다고 했어!"

하택이는 숨을 몰아쉬며 내뱉었다.

"그게… 정말이냐?"

이장명이 얼굴을 펴며 하택이를 빤히 쳐다보았다.

그동안 동생들은 모두 한두 번씩 나갔다 왔지만 다 큰 자신에게는 밖으로 나갈 기회가 오지 않을 것이라 생각하고 있었다. 그래서 비도술만 열심히 익히고 있었는데 뜻밖이었다.

"정말이야, 형. 어서 혜란이 누나에게 들었어. 방금 준비하라고…….”

　홍분을 감추지 못한 하택이는 횡설수설했다.

　“방금 혜란이 누나에게 들었어. 어서 준비하라고겠지.”

　이장명은 자신도 홍분되려는 심정을 애써 억누르며 하택이의 말을 정정했다.

　“맞아. 그러니 어서 준비해, 형! 그리고 다른 아이들에게는 절대 말하지 마. 밤에 비밀리에 떠난다고 했어.”

　그 말과 함께 하택이는 부리나케 달려나갔다.

　“예전과 달리 밝아진 건 좋은데…… 출싹대는 감이 있어.”

　이장명은 피식 웃으며 옷장으로 다가갔다. 그리고는 무엇을 준비해야 할지 잠시 망설이다가 손을 움직였다.

　“밖에 나가면 그 자식을 만날 수 있을까…….”

　탁자 위에 옷가지 몇 벌을 꺼내놓은 이장명은 창밖을 응시하며 나직하게 중얼거렸다.

　회주가 무슨 용무로 어딜 가는지는 아직 모르겠지만 자신을 데리고 간다면 며칠 인근을 둘러보는 정도는 아닐 것이다.

　제법 오랜 기간에 걸쳐 멀리 떠나는 행차가 분명할 것이다.

　그럼 그 어느 곳에서 유진룡을 만나볼 수 있을지 모른다는 기대감이 부풀어 올랐다.

　하다못해 소식이라도…….

　소향상회의 문 앞에 있는 객점까지 왔으면서도 자신을 만나지 않고 가버린 유진룡에게 원한까지 쌓인 이장명이었다.

“망할 자식! 마주치면 반쯤 죽여놓을 거야.”

옷가지와 함께 다른 것들을 준비하는 이장명의 손이 바빠
지고 있었다.

*   *   *

“저 혼자 간단 말입니까?”

소향상회의 호위대장 조항은 기막힌 표정으로 목소리를
높였다.

“혼자가 아니에요. 이장명 공자와 하택이도 같이 데려가
요.”

단리하연은 여전히 온화한 표정으로 답했다. 그러나 조항
의 표정은 더욱 난감한 기색을 띠었다.

인근 상회를 방문할 때도 자신과 함께 최소 열 명의 호위를
데리고 갔다.

사방에 적을 둔 무림인은 아니었지만 큰 상회의 주인 자리
는 오히려 그들보다 더 위험했다.

무림인은 그래도 백도와 흑도로 나뉘어 한쪽은 그럭저럭
안심할 수 있었다. 그러나 상회의 주인은 상황이 바뀌면 가장
가까운 동업자도 가장 치명적인 적이 될 수 있었다.

그래서 엎어지면 코 닿을 곳이라도 언제나 엄중 호위를 해
야 했다.

그런데 이번에는 소주 인근이 아니라 하남의 정주로 간다
는 말이다.

그렇게 먼 곳이라면 당연히 호위대의 반 이상은 데려가야
한다. 그런데 호위는 달랑 자신 한 사람이고 오히려 거치적거
릴 소지가 더 높은 이장명과 하택이를 데려가겠다니?

아무리 당찬 여인이라지만 이건 너무 무모한 것 같았다. 그
리고 절대로 동의할 수 없는 일이다.

조항은 단호한 표정으로 단리하연을 향해 입을 열려고 했
다.

“이번 일은 극비로 진행해야 해요.”

단리하연 한발 앞서 말했다.

“다른 사람들에게는 내가 이곳을 빠져나갔다는 사실마저
도 숨겨야 해요. 그러니 호위를 수십 명씩 대동하고 움직이면
다른 상회에서 당장 알아차릴 거예요.”

“아무리 그래도 저 혼자만으론 안 됩니다.”

“혼자가 아니래도 그러네요. 장명 공자의 비도술은 이제
고수 수준이고 하택이의 무공도 제법…….”

“그래 봐야 애송이들입니다. 설사 일급 고수라도 세 명은
말도 안 됩니다.”

조항은 이번만은 절대로 물러설 수 없다는 듯 완강하게 반
대했다.

단리하연은 잠시 말을 멈추고 한숨을 내뱉었다.

“해마단(海馬團)이라고 들어보셨죠?”

“해마단?”

조항의 눈 사이가 좁혀졌다.

해마단이라면 최근 황하와 그에 연결된 물길에서 이름을 떨치는 운송 조직이었다. 생긴 지는 이 년 정도밖에 되지 않았는데 수상, 수중전의 귀재들이 모여 흔들리는 배 위에서나 물속에서는 당할 자들이 없었다.

그들의 이름이 중원에 크게 알려진 것은 일여 년 전 황하수로채의 한 세력인 적룡야차(赤龍夜叉) 이차택(李叉澤)이 거느린 황하적룡대(黃河赤龍隊)와 부딪치고 나서부터였다.

황하적룡대는 그들이 활동하는 곳에서는 당할 자들이 없었고 하남을 관통하는 황하 물줄기에서는 그들이 곧 법이었는데 어느 날 해마단이 어떤 부잣집의 운송 의뢰를 하나 받고 그곳을 통과하다가 황하적룡대와 마주치게 되었다. 당연히 수로 통행료 협상이 이루어졌고 황하적룡대에서는 많이 과한 금액을 요구했다.

한참 동안의 승강이 끝에 협상은 결렬되고 그 결과 수상전이 벌어졌다.

거느린 배의 크기로 보나 인원으로 보나 황하적룡대가 당연히 이겨야 했는데 결과는 정반대였다.

흔들리는 배 위에서 황하적룡대보다 훨씬 더 표홀하게 움직이는 해마단의 사내들은 순식간에 황하적룡대의 수적들을 황하의 흙탕물 속에 처박아 버리고 그들의 배를 전리품으로 챙겨 유유히 사라져 버렸다.

그건 쉽게 믿어지지 않는 큰 사건이었다.

황하의 저승사자인 황하적룡대가 수상전에서 패배를 하다니…….

그러나 그보다 더 사람들의 관심을 끈 것은 그 싸움에서 해마단은 황하적룡대원들을 한 사람도 죽이지 않고 모두를 적당히 두드려 물속에서 집어 던져 버린 것이다.

그건 황하적룡대에겐 죽음보다 더한 치욕이었다.

그렇게 의뢰를 무사히 마치고 돌아온 해마단은 원래의 근거지인 운하로 다시 들어왔고 명성은 하늘을 찌를 듯했다.

그런 실력으로 그들은 빠르게 세를 불려 나갔다.

하지만 그들과는 전혀 거래도 없었고 이곳과는 한참이나 떨어진 곳에서 활동하는 사람들이었다.

그런데 그 조직의 이름이 왜 회주의 입에서 거론되는 것인가?

"조 대장님의 자존심을 건드릴까 봐 말 안 하려고 했는데… 그들에게 호위를 부탁했어요. 그러니 보름 정도만 은밀히 운하를 타고 움직이면 그 뒤부터는 그들의 보호를 받게 될 겁니다. 우리 상회의 호위들을 못 믿어서가 아니라 은밀히 움직이려 그런 수단을 강구한 것이니 기분 나쁘게 생각진 마세요. 대신 그때까지는 철저히 비밀에 붙여야 해요."

'그들의 호위를 받는다고?'

조항은 빠르게 생각을 이어갔다.

역시라는 생각이 들었다.

자신이 알기론 회주는 절대 무모한 여인이 아니었다. 그런 만반의 준비를 해놓았기에 과감히 움직이는 것이다. 그리고 물길을 타고 계속 이동할 예정이면 해마단이 훨씬 나을 것이다. 상회의 호위들은 수상이나, 수중전에는 문외한이다.

"그럼 돌아올 때는?"

조항은 또 다른 염려를 토로했다.

"이번 일을 성공하면 정도맹에서 알아서 호위해 줄 겁니다."

단리하연은 그것까지 계산해 놓은 듯 확신있게 답했다.

*　　　*　　　*

똑!

똑!

투명한 액체가 자기로 된 용기 속으로 떨어지고 있었다.

떨어져 내릴 때는 투명해 보였지만 용기 속에 한 방울씩 고이기 시작하자 그 액체는 붉은색을 띠어가고 있었다.

액체가 그릇 가득 고이자 주름살이 쭈글쭈글한 녹피 장갑을 낀 손이 다가와 빈 용기와 교체했다.

투명한 듯 희미한 적색을 띤 액체는 교체된 빈 그릇에 다시 한 방울씩 고이기 시작했다.

노인은 액체가 담긴 용기를 조심스럽게 기울여 열 개의 다른 용기에 나누어 담았다.

"휴우—"

긴 한숨을 내쉰 노인은 액체가 담긴 열 개의 용기 옆에 각 양각색의 가루가 든 그릇을 짝을 맞추어놓았다.

잠시 가루를 쳐다본 노인은 그것들을 액체가 든 용기에 쏟아 부었다.

노인은 그렇게 열 번의 동작을 반복했다.

치이익—

갑자기 제일 먼저 가루를 흘려 넣은 그릇에서 소음이 일며 거품이 끓어올렸다.

"망할!"

노인은 역정을 토하며 다음 그릇을 주시했다.

치이익—

두 번째 그릇에서도 첫 번째 것과 똑같은 현상이 벌어졌다. 그리고 세 번째에서도 마찬가지였다.

노인의 표정에 점점 초조함이 어렸다.

이번에는 성공할 수 있으리라 기대했다. 아니, 이번에는 어떻게든 성공을 해야 했다. 그래야 계획대로 일을 추진할 수가 있는 것이다. 그런데 벌써 다섯 개의 용기에서 거품이 끓어오르며 실패의 아우성을 내지르고 있는 것이다.

이제 나머지 다섯 개!

그중에서 하나라도 성공하면 되는 것이다.

치이익—

치이익—

여섯 번째와 일곱 번째도 마찬가지!

노인은 거친 동작으로 머리까지 뒤집어쓴 외투 자락을 당겼다.

모자 부분이 뒤로 젖혀지고 노인의 머리가 드러났다.

출렁!

붉은 피가 어깨 아래로 흘러내리는 것 같았다.

그건 노인의 머리카락이 만들어내는 형상이었다.

피처럼 붉은 노인의 머리카락은 흡사 선혈처럼 어깨 아래로 흘러내렸다.

번쩍!

노인이 안광을 빛내며 여덟 번째의 용기를 쳐다보았다.

노인의 안광 역시 머리카락처럼 붉은 핏빛이었다.

치이익—

여덟 번째 용기에서도 거품이 피어올랐다.

다른 일곱 개보다는 조금 덜 격렬한 반응이었지만 실패하긴 마찬가지였다.

이제 두 개 남았다.

저 두 개 중에서 한 개만이라도 성공한다면 기나긴 세월 동안 꾸어왔던 꿈을 이룰 수가 있는 것이다.

치이익―

한 개가 끓어올랐다.

이제 마지막 한 개만 남았다.

붉은 눈동자가 금방 선혈을 떨어뜨릴 듯 일렁거렸다.

이번에는 훨씬 오래 반응이 일어나지 않았다.

제발!

노인은 절로 두 손을 잡았다.

이제껏 인세에 나타난 극강한 독들은 오지에서 자라는 기화요초나 기이한 생물체에서 주로 추출되었다. 그런 독들 한 방울로 수백 명의 사람을 죽인 전설적인 이야기도 전해졌다.

하지만 노인이 아는 가장 강한 독은 인간의 몸에서, 그것도 인간의 혈액에서 추출된 독이다.

인간의 피에서 뽑은 독은 어떤 독보다 치명적이다.

인간은 그 어떤 생물체보다 지독하고 사악한 존재들이기에 그 독 또한 가장 강렬했다.

강렬하면서도 그 출처가 인간의 몸이기에 중독되는 순간 이질감을 전혀 느끼지 못한다. 그래서 최고의 무형지독이 되는 것이다.

지금 혼신의 힘을 다하여 만들고 있는 천인혈독!

그 독은 어떤 고수라도 아무런 낌새를 느끼지 못하게 중독시키면서 순식간에 목숨을 뺏을 수 있는 최고의 독이다.

그러나 그건 진정한 효용이 아니다. 인간을 순식간에 죽이는 독은 다른 것들도 많다.

지금 밀영의 모든 인원들을 중독시킨 자오단혼독(子午斷魂毒)도 그중 하나이다. 배합을 달리하면 순식간에 죽일 수도 있다. 그러나 자오단혼독은 치명적인 약점이 있는 독이다. 절정고수들에겐 통하지 않고, 일정 기간 해약을 먹으면 서서히 면역이 생긴다. 그리하여 언젠가는 무용지물이 될 것이다. 그땐 지금까지 목숨이 저당 잡혀 고분고분하던 놈들이 불구대천지 원수를 보듯 달려들 것이다.

반면 천인혈독은 누구를 막론하고, 아무런 낌새도 느낄 수 없이 중독시킬 수 있다. 그러나 그보다 더 큰 효용은 인간의 영혼까지 중독시킬 수 있다는 것이다.

그것이 진정한 천인혈독의 효력이다.

그것을 얻기 위해 수천 명의 목숨을 취했다. 그리고 그 여파로 중원까지 쫓겨왔다.

그런 천신만고의 노력 끝에 천인혈독을 완성시켰는데 기가 막히게도 그 해약을 만들지 못했다. 너무 강력한 독이기에 어떠한 영약으로도 해독이 되지 않았다.

해독이 되든 말든 사람을 죽이는 것이 목적이라면 지금으로 만족할 수 있지만 원하는 인간을 육체적인 중독은 제거한 채 영혼만 중독시켜 수족처럼 부리려면 해약이 필요하다.

천인혈독의 해독약만 완성하면 모든 흑사련을 수족처럼 부릴 수도 있는 것이다.

치이익―

마지막 한 개의 그릇에서도 거품이 끓어올랐다.

"크으으!"

신음성을 터뜨린 노인은 탁자를 뒤집어엎으며 벽을 향해 집어 던졌다.

탁자 위의 용기들이 탁자와 함께 날아가 벽에 부딪쳐 박살이 났다.

노인은 신음을 흘렸다. 암기는 어떨지 몰라도 독에 있어서는 사천당가도 우습게볼 수 있다고 자부했다.

그런데 천인혈독의 마지막 효용은 끝까지 자신의 손길을 거부하고 있었다.

신음을 토하던 노인은 밖에서 들리는 인기척에 다시 외투를 머리끝까지 뒤집어썼다.

"이번에도 실패로군요."

문을 열고 들어선 청년이 담담하게 말했다.

그의 표정으로 보아 노인의 실패가 그리 애석해 보이는 것 같지 않았다.

"어렵군요."

노인이 고개를 흔들었다.

“너무 과로하진 마십시오. 혈노께서 만든 자오단혼독만으로도 우린 일을 추진할 수 있습니다. 수뇌부를 제외한 대부분이 중독된 상태입니다. 그들을 이용하면…….”

“아무리 그래도 천인혈독에 비할 바가 아니지요. 수뇌부는 물론이고 혹사련주 목채군까지 중독시키고 모든 혹사련을 수족처럼 부리려면 천인혈독이 필요하지요. 그래야만 태양천가를 완벽히 세상에서 지울 수 있지요.”

노인은 도천극의 말을 자르며 대꾸했다.

“태양천가라…….”

노인의 말을 들은 도천극은 잠시 굳은 표정으로 노인을 쳐다보다가 몽유병자처럼 억양없는 목소리로 중얼거렸다.

“그렇군요. 잠시 그들을 잊고 있었군요. 교주님이나 혈노께서 태양천가의 흔적을 세상에서 지우기 위해 불철주야 이런 노력을 하고 계시는데 말입니다.”

도천극은 기쁨인지, 슬픔인지 모를 야릇한 표정을 떠올리며 허공을 응시했다.

“그들을 완벽하게 지우지 못하면 우리의 오랜 계획은 예전처럼 좌절당할 것입니다.”

노인의 원독에 찬 목소리에 핏빛이 어렸다.

“그들의 존재가 그렇게 절대적인 것입니까?”

도천극은 도저히 수긍할 수 없다는 기색으로 물었다.

“아니, 그들이 정말 존재하기는 하는 것입니까?”

도천극은 질문을 수정했다.

노인의 눈에서 뻗어 나오는 혈광이 좀 더 짙어졌다.

"그들은 분명히 존재합니다. 그건 부정할 수 없습니다. 교주님 심장의 고동이 그걸 증명하고 있습니다. 그들이 존재하는 한 교주님의 심장은 언제나 불규칙적인 요동을 반복하지요."

노인은 답답한 한숨 한가닥을 길게 내뿜었다.

"교주님이 그렇다면 그렇겠지요. 하지만 보이지도 않는 적을 그렇게 두려워하는 교주님이나 혈노의 행동이 때로는 전혀 이해가 안 될 때가 많습니다."

"그 적들을 직접 겪어보지 않았으니 무리가 아니지요."

"그런가요? 그렇다면 최대한 빨리 한번 겪어보고 싶군요."

도천극의 입가에 흐릿한 미소가 어렸다.

"그게 교주님께서 가장 걱정하고 있는 부분이지요."

혈노의 눈이 혈광을 뿜었다.

"이젠 제 인내가 완전히 한계에 다다랐습니다."

도천극의 눈에서도 붉은 기운을 띠는 안광이 폭사되었다.

"한계를 뛰어넘는 사내야말로 세상의 주인이 될 자격이 있지요."

"그런가요? 크게 수긍은 안 가지만 새겨듣도록 노력해 보지요."

도천극은 고개를 끄덕인 후 잠시 말문을 닫았다.

"공동파 노인은 아직 살아 있습니까?"

　도천극은 대화의 내용을 다른 방향으로 돌렸다.

　"살아 있긴 한데 이젠 송장이나 마찬가지입니다. 그 노인이 섭취한 천양설령초(天陽雪靈草)는 천인혈독의 중독 증상을 늦출 수 있을 뿐, 우리가 찾는 해독약이 되지는 못합니다."

　노인은 허탈한 음성으로 답했다.

　"진정한 해독약은 그놈 몸에 있는 것이 틀림없습니다. 공자님의 막내 사제라는 놈!"

　혈노의 눈에서 핏빛 기운이 용암처럼 들끓었다.

　도천극은 천천히 고개를 끄덕였다.

　"조만간 그놈 피를 뽑아와야겠군요."

　"사로잡아 오면 더 좋지요."

　혈노가 말을 받았다.

　"사로잡는 것보다는 그놈이 스스로 찾아오게 하면 더욱 좋겠지요."

　"그러려면 적당한 미끼가 필요하겠군요? 좋은 미끼라도 있습니까?"

　"글쎄요……."

　도천극은 보일 듯 말 듯 미소를 지었다.

第六十章
휴식(休息)

萬里雄風

　　유진룡은 개방 총단에 마련된 자신의 침실에서 가부좌를 틀고 우주무한의 심법에 매달렸다.

　　무한십이수의 후반부에 적힌 주해들은 백호십이수의 기본 초식과 그 변초들의 응용을 훨씬 폭 넓고 변화무쌍하게 해주었다.

　　특히 만리추영보의 보법은 그사이 제일 큰 성취를 보였다. 예전보다 훨씬 적은 내력으로도 훨씬 빠르고 예측 불허하게 신형을 움직일 수 있었다.

　　그동안 때로는 막히는 부분도 있었지만 그건 시간이 해결해 줄 수 있을 것 같았다. 시간이 흐른 후에는 충분히 자신의 것이 될 수 있다는 자신감이 들었다.

그러나 우주무한의 심법은 정반대의 심정이 되어갔다.

아무리 심법대로 운기를 이끌어보아도 어느 순간 끌어올린 내력이 모조리 소멸되어 버렸다. 그야말로 무한한 우주 속으로 흩어져 버리는 느낌이었다.

매번 그런 식으로 귀결되자 무슨 이런 말도 안 되는 심법이 다 있나 하는 생각과 함께 과연 만년석정수를 얻는다고 해서 가능할까 하는 의구심마저 들었다.

그만큼 무한한 심법이었다.

"흐읍!"

유진룡은 호흡을 최대한 길고 낮게 가라앉히며 내력을 이끌었다.

여전히 마찬가지였다.

끌어올릴 때는 장강의 물줄기라도 흘러오는 듯 거대하게 흐르던 내력이 우주무한의 심법을 떠올리며 운기하면 바짝 마른 논바닥으로 개울물이 흘러들어 사라지듯 사라져 버렸다.

"대체 무학의 끝은 어디란 말인가?"

몇 번을 더 시도하던 유진룡은 머리를 절레절레 흔들며 가부좌를 풀었다.

이런 식으로는 아무리 해도 진척이 없을 것이었다. 당분간 우주무한의 심법은 젖혀 두고 다른 것을 하나하나 익혀가는 수밖에 없었다.

"휴우—"

한숨을 내쉰 유진룡은 굳었던 근육을 풀며 자리에서 일어섰다.

그때 밖에서 인기척이 들려왔다. 경쾌하면서도 육중한 체중이 느껴지는 발소리로 보아 사형 철사홍과 사저 주애청이란 것을 알 수 있었다.

유진룡은 얼른 문을 열었다.

철사홍과 주애청이 환한 표정과 함께 방으로 들어섰다.

"드디어 중독의 증상이 완전히 사라졌네!"

철사홍이 실내가 쩌렁쩌렁하도록 고함을 질렀다.

"정말입니까, 사형? 그럼 사저는?"

마주쳐 목소리를 높인 유진룡은 주애청을 쳐다보았다.

"나도 거의 다 떨쳐 냈어. 며칠이면 말끔해질 거야."

주애청은 고개를 크게 끄덕이며 답했다.

개방 총단에서 지낸 지 한 달이 지났다.

그동안 철사홍과 주애청은 몸에 난 크고 작은 상처들을 대부분 치료했지만 그들이 개봉으로 오는 도중 당한 중독의 후유증은 완전히 떨쳐 버리지 못했다.

유진룡이 은자유림곡 사람들에게서 받은 해독약으로 죽음은 면했어도 진기의 순환이 예전처럼 이어지지 않아 고생을 하고 있는 중이었다.

처음 며칠 동안 두 사람 모두 하루 종일 잠만 잤다.

몇 년 동안 천산마존을 찾기 위해 노숙을 하며 온 중원을 헤맸고, 최근에는 도천극의 마수를 피하기 위해 미행자들의 움직임에 온 신경을 곤두세우느라 그 노숙마저 편하게 하지 못한 그들은 그간의 피로를 모두 떨쳐 버리려는 듯 며칠 동안 음식도 제대로 먹지 않고 잠에 빠져들었다.

그러나 이내 좀이 쑤신 그들은 닷새가 지나자마자 몸을 일으켰고 무공수련을 위해 운기조식에 빠져들었을 때 중독의 후유증이 완전히 사라지지 않은 것을 느꼈다.

특별히 다른 증상은 없었지만 진기의 흐름이 원활하게 이어지지 않고 애를 먹였다.

그것을 떨치기 위해 아직까지 개방 총단을 떠나지 못하고 있었다.

어서 소주로 돌아가서 동생들을 돌보며 살고 싶은 마음은 간절했지만 유진룡은 혹시 모를 사태에 대비하는 한편 철사홍과 주애청의 상태가 완전해지기를 기다리며 무한십이수의 후반부 무공에 매진하고 있는 중이었다.

"정말 다행입니다. 그런데 다른 증상은?"

유진룡은 두 사람에게 자리를 권하며 혹시나 싶은 마음으로 두 사람을 쳐다보았다.

"다행히 다른 증상은 없는 것 같네. 정말 지독한 독이야. 내 생전 그렇게 진드기처럼 끈질기게 혈맥에 달라붙어 있는 독은 처음이야."

주애청과 함께 털썩 자리에 주저앉으며 철사홍은 설레설레 고개를 저었다.

"어쨌든 다행입니다. 그동안 고생이 많으셨습니다."

유진룡은 안도의 한숨을 길게 내쉬었다.

"그런데… 이젠 어쩔 생각인가?"

철사홍이 성마른 표정으로 물었다.

처음에는 한 달이고 두 달이고 쉴 것 같은 기세더니 그 짓도 더는 못하겠는지 중독에서 벗어나자마자 표정에 따분함이 묻어 나오고 있었다.

"좀 더 쉬지 않으시고요?"

유진룡은 희미하게 미소를 지으며 대꾸했다.

"체질에 안 맞아."

철사홍은 입맛을 다시며 온몸을 이리저리 움직였다.

"몇 년 동안 온 중원을 헤집으며 돌아다니다 보니 그게 몸에 익은 모양이야. 비록 중독을 치료하느라 지낸 시간이긴 했지만 가만히 있는 것은 할 짓이 아니군."

철사홍은 길게 기지개를 켰다. 그러고는 유진룡의 계획이 어떤 것인지 관심을 드러냈다.

주애청도 같은 심정인지 눈을 반짝거렸다.

"사형께선 어쩔 생각이셨습니까?"

유진룡이 도로 물었다. 그에게 무슨 계획이 있을 것 같지 않았지만 은근슬쩍 떠보았다.

"글쎄…… 이제까지는 사부를 찾아야 한다는 한 가지 목적만이 존재했지."

철사홍은 손을 올려 뒷머리를 긁적거렸다. 그 모습은 마치 글선생의 질문에 대답을 못하는 어린 학동과 같았다. 이런 사람이 어떻게 칠웅의 한 사람일까 하는 생각이 절로 드는 모습이었다.

하긴, 소주 뒷골목의 철부지 싸움꾼인 자신도 이런 경지에 왔으니 철사홍이라고 그러지 말라는 법은 없다. 오히려 그는 모든 면에서 자신보다 월등했다. 타고난 체격이나 힘은 자신보다 몇 배는 더 나은 조건이었기에 사부에게 강제로 발탁되었을 것이다.

그에 비해 자신은 독기 하나 때문에 사부에게 발탁되었다.

"당장은 모르겠고… 내 꿈은 중원제일의 숙수일세. 언젠가는 꼭 이루고 말 걸세."

뒷머리에서 손을 내린 철사홍은 전의에 불타는 눈빛으로 말했다.

유진룡은 속으로 웃음을 삼켰다.

칠 척이 넘은 저 거구가 작은 주방용 칼을 들고 무나 파를 다듬는 모습이 쉽게 상상이 되지 않았다.

"저번에도 듣긴 했지만 좀 의외군요. 사형은 숙수보다는 무림 고수의 모습인 지금이 더 잘 어울……"

"그런 소리 하지 말게! 무인은 사람을 죽이는 존재들일세. 그에 비해 숙수는 배고픈 사람에게 음식을 제공하는 세상에서 가장 신성한 일을 하는 사람일세. 어쩔 수 없이 무인이 되었지만 언젠가는 모두 집어던지고 내 꿈을 이룰 걸세."

철사홍의 표정과 목소리가 엄해졌다.

유진룡은 절로 무안한 마음이 들었다. 그리고 비로소 철사홍이 구슬땀을 흘리며 주방에서 열심히 음식을 만드는 모습이 환히 그려졌다.

철사홍은 자신의 예상보다 훨씬 순박한 사람이었다. 아니, 그것보다는 훨씬 강한 사람이라는 느낌이 들었다. 소박함과 진실함을 추구하는 그의 모습에서 진정한 강자의 냄새가 물씬 풍겨 나왔다.

그러고 보니 자신도 예전에는 철사홍만큼 강한 것 같았는데 지금은 육체적으로는 그때와 비교할 수 없을 정도로 강해졌지만 한 인간으로서는 오히려 약한 사람이 되어버렸다는 느낌이 들었다.

"제가 실언을 했습니다."

유진룡은 정중하게 사과했다.

"그렇다고 뭐 그렇게 정색할 필요는 없네. 내가 좀 특이한 편이지. 하하!"

철사홍은 손사래를 치며 어린아이처럼 웃었다. 유진룡도 따라 웃었다.

"정말 못 말리는 사람이라니까. 난 어쩔 수 없이 음식점에서 늙어야 할 팔자인가 봐."

주애청도 고개를 흔들며 밝게 웃었다.

"그런데… 사제의 계획은 어떤 것이야? 정말 궁금해."

주애청은 바짝 다가와 앉았다.

"말해보게, 사제. 사제 계획은 뭔지? 아니, 사제의 꿈은 무엇인가?"

철사홍은 처음 했던 질문을 다시 했다.

"그동안 사부님과의 약속을 지키느라 젖혀 두고 있었는데… 제 꿈은 지금 소주에서 무럭무럭 자라고 있습니다."

유진룡은 아련한 눈빛을 하며 말했다.

지금까지의 모든 일은 동생들의 꿈을 지키고 키워주고자 동분서주했던 것이다. 그걸 위해 사부의 제자가 되어 죽을 고생을 하며 무공을 익혔고, 또 죽을 고비를 넘기며 철사홍과 주애청을 구했다.

그리고 이곳 개방 총단에 묶여 있는 것이다.

이젠 그것을 찾아갈 때가 된 것 같았다.

"소주에 사과나무라도 심어놓은 건가? 그런데 그건 수시로 돌보지 않으면 열매 맺기 힘들 텐데."

철사홍이 적이 걱정스런 표정을 했다.

"저 대신 돌보는 사람이 있으니까 잘 자라고 있을 겁니다. 아직 열매는 맺지 않았겠지만 조금 있으면 튼튼한 열매를 맺을 수 있을 겁니다.”

유진룡은 씨익 웃었다.

“그런가? 그럼 사제의 계획은……?”

“지금 당장 소주로 돌아가서 매일 거름을 주고 한시도 쉬지 않고 돌보고 싶습니다.”

유진룡의 표정에서도 철사홍이 숙수가 되고 싶어하는 것 못지않은 갈망이 흘렀다.

“그럼 결정됐네. 당장 소주로 가도록 하세. 거기서 서로 하고 싶은 일들을 하도록 준비를 하세.”

철사홍은 당장 소주를 향해 달려나갈 듯 엉덩이를 들썩거렸다.

“정말 특이한 사형제들예요. 한 사람은 칠웅의 일인이면서도 숙수가 꿈이고, 다른 한 사람은 그보다 더 강해 보이는데 농부가 꿈이라니…….”

주애청은 어이없다는 듯 말하면서도 만면 가득 미소를 지었다. 그녀 역시 무림인보다는 평범한 여인으로 살아가는 것이 꿈이었다.

“그런데… 난 뭐 할까? 숙수와 농부에 어울리는 일이면……? 그렇지 난 중간 상인 할게요. 마차를 구해 사제가 키운 과일들과 채소들을 사서 사형의 식당에 파는 거예요. 다른 중간 상인들보다 조금이라도 비싸게 사서 싸게 팔면 두 분은 모두 이익이죠.”

주애청은 신명이 난 듯 말했다.

"그럼 사매만 이래저래 손해 보다가 결국 망하잖아?"

철사홍이 주애청의 한심한 상술을 일깨우며 피식 웃었다.

"그런가요……? 그럼 난 어떻게 이윤을 남기지?"

주애청은 짐짓 고민스런 표정을 지었다.

"말은 사지 말고 사저께서 직접 마차를 끌어 비용을 줄이면 어떻겠습니까? 사저 체격이면……."

"사제!"

유진룡의 농담에 주애청은 도끼눈을 뜨며 고함을 질렀다.

"하하하!"

"호호!"

그렇게 환담을 나누는 중 문밖에서 다급한 발자국 소리가 들렸다.

어른의 묵직한 발자국 소리나 무공을 익힌 고수의 날아갈 듯한 발자국 소리가 아닌, 어린애의 조심성없는 발소리였다.

"형! 큰일 났어요!"

헐레벌떡 뛰어든 녀석은 송종보였다. 녀석은 하얗게 질린 얼굴을 한 채 숨을 몰아쉬었다.

"무슨 일이냐?"

"호랑이가… 형이 데려온 백호가 밖으로 나왔어요. 그래서 놀란 말들이 마사에서 모두 뛰쳐나와 미친 듯이 날뛰고 있어요!"

송종보는 숨이 넘어갈 듯 소리를 지르며 창문 쪽으로 뛰어
갔다.

"백호가?"

철사홍이 눈살을 찌푸리며 송종보를 따라 복도로 나와 창
문 쪽으로 가서 창문을 활짝 열었다.

유진룡과 주애청도 창문 밖으로 고개를 내밀었다.

"이런!"

철사홍이 당혹스럽게 토해냈다.

송종보의 말대로 수십 필의 말이 마치 무슨 독에라도 중독
된 듯 미쳐 날뛰고 있었다. 그놈들을 잡기 위해 말들보다 세
배는 더 많은 숫자의 개방도들이 가로 뛰고 세로 뛰고 있었
다.

백호의 모습은 보이지 않았지만 멀찍이서 풍겨오는 존재
감만으로도 말들을 저렇게 만든 모양이었다.

"백호 놈이 사냥이라도 나온 것인가?"

철사홍은 고개를 이리저리 빼며 백호의 존재를 찾았다.

"그게 아니라… 산책 나왔나 봐요. 그동안 방 안에 틀어박
혀 있으면서 갑갑해했어요."

주애청은 다급한 목소리로 대꾸했다.

"우선 백호부터 불러들여야겠습니다!"

유진룡은 급히 밖으로 나갔고 주애청과 철사홍도 뒤를 따
랐다.

유진룡 일행이 마당으로 내려왔을 때 말들은 더욱더 거세게 날뛰었다. 마침 불어온 맞바람을 따라 백호의 냄새가 더 강하게 풍겨온 때문인 것 같았다.

유진룡은 서둘러 백호를 찾았다.

"망할 놈!"

주애청의 예상대로 백호는 몸이라도 풀려는지 개방의 후원 한쪽을 어슬렁거리며 돌아다니고 있었다. 그런데 그곳이 하필 마사가 있는 쪽이었다.

말들을 해치려 하는 행동은 아니었지만 너무나 강하게 밀려오는 놈의 흉포한 기운과 냄새에 개방 총단의 말들은 본능적인 공포에 휩싸여 이성을 잃어버린 것이다. 이런 불상사를 막기 위해 그동안 방 안에서 꼼짝 못하게 했는데 오늘은 더 이상 참지 못하고 튀어나와 어슬렁거리고 있었다.

"저놈이 왜 하필 마사 옆에서 저러는 것인가?"

철사홍은 기막힌 표정을 하며 백호가 있는 쪽과 말들이 날뛰는 쪽을 번갈아 쳐다보았다.

많은 개방도들이 말고삐를 잡고 말들을 진정시키고 있었지만 백호가 계속 어슬렁거리고 있으면 소용이 없었다.

"이놈아! 왜 하필 이곳에서 어슬렁거리는 것이냐?"

백호 옆으로 다가간 유진이 고함을 질렀지만 백호는 아랑곳 않고 이곳저곳으로 어슬렁거렸다. 그 모습에는 금방이라도 담장을 넘어 산으로 달려가고 싶어하는 기색이 엿보였다.

“이제 그만 들어가자, 백호야! 말들이 놀라서 다 도망가잖
니?”

주애청도 부드럽게 타일렀지만 백호는 여전히 들어갈 생
각을 하지 않았다. 그 바람에 소동 역시 가라앉지 않고 있었
다.

히히히힝—

갑자기 지금까지와는 다른 말 울음소리가 들렸다. 훨씬 크
고 거친, 섬뜩함을 느끼게 해주는 울음소리였다.

유진룡과 철사홍 등은 불식간에 그쪽으로 고개를 돌렸다.

보통 말보다 훨씬 체구가 큰 검은색의 말이 날카로운 울음
을 터뜨리며 날뛰고 있었다.

외양만 보면 명마라고 할 만했는데 눈빛이 정상이 아니었
고 입에 거품을 물고 있었다.

그놈은 앞발을 쳐들며 길길이 뛰면서 날뛰었다. 그 때문에
다른 말들도 덩달아 더 날뛰었다.

“미친 말이에요. 그래도 워낙 품종이 좋아 종마로만 사용
하려고 묶어둔 말이에요.”

송종보가 빠르게 설명했다.

“위험해!”

누군가 다급한 고함을 질렀다.

날뛰던 미친 말이 고삐를 잡은 젊은 개방도를 향해 앞발 두
개를 높이 쳐들고 있었다.

　너무 갑작스런 상황에 미친 말의 고삐를 잡은 개방도는 그
것을 놓지도 못하고 끌려가며 말발굽 밑으로 몸을 들이미는
상황이 되었다. 그 상태에서 말발굽이 떨어져 내리면 머리가
박살나든지 등뼈가 부러질 터였다.
　휘익―
　유진룡과 철사홍이 동시에 몸을 날렸다.
　두 사람의 신형은 마치 쏟아진 포탄처럼 미친 말을 향해 돌
진했다.
　"미친!"
　또 다른 누군가 외마디 고함을 질렀다. 멀찍이 물러나도 시
원찮을 판에 미쳐 날뛰는 말을 향해 오히려 육탄 돌격을 하는
인간이 있으니 그런 말이 나올 수밖에 없었다.
　퍼억―
　유진룡의 몸이 먼저 미친 말의 몸통에 부딪쳤다.
　미친 말의 두 발굽이 본능적으로 몸을 움츠리고 있는 개방
도 옆으로 내려 찍히며 비틀거렸다. 그로 인해 젊은 개방도는
가까스로 목숨을 구했다.
　퍼억!
　뒤이어 철사홍의 몸이 말 엉덩이 부분에 부딪쳤다.
　히히히힝―
　말만큼 큰 체격의 철사홍이 육탄으로 부딪치자 말은 마침
내 중심을 잃고 넘어졌다.

그러나 그것도 잠시, 말은 부리나케 몸을 바로 세우며 더욱 미쳐 날뛰었다. 미친 말의 발굽에 차인 다른 말 한 마리가 비명을 지르며 따라 날뛰었다.

"이놈부터 잡아야겠네."

철사홍이 콧김을 내뿜으며 미친 말에게로 달려들었다.

"조심해요, 사형!"

유진룡도 고함을 지르며 달려들었다.

"저런 무식한 인간들 같으니라고!"

소란 때문에 밖으로 몰려나온 개방도들 중 중년인 한 사람이 소리를 질렀다. 미친 말인지라 극단적인 방법이 아니고는 진정시킬 수 없다고 하더라도 저런 식으로 달려드는 것은 어이가 없었다.

그런 와중에 뒷발굽 하나가 철사홍의 가슴을 향해 날아들었다.

눈을 부릅뜬 철사홍이 발굽을 잡아갔다.

퍽!

한 개의 발굽이 철사홍의 손바닥을 차고 옆으로 빠져나갔다. 미쳐 날뛰는 말의 뒷발굽은 내공을 실은 고수의 주먹을 방불케 했다.

"망할 놈이!"

인상을 쓴 철사홍은 다른 발굽을 향해 손을 뻗었다.

퍼억—

아까처럼 파육음이 터졌지만 손을 교묘히 비튼 철사홍은 이번에는 놓치지 않고 말의 뒷발 하나를 잡았다. 그러자 미친 말의 움직임이 조금 수그러들었다.

철사홍이 소리를 지르자 유진룡도 얼른 앞으로 가서 앞발 하나를 잡았다.

히히히힝—

자유를 반쯤 구속당한 미친 말이 더욱 광기를 드러내며 날뛰었지만 앞뒷발 하나씩을 잡은 무지막지한 인간들 때문에 더 이상 날뛰지 못하고 기우뚱 바닥으로 쓰러졌다.

쓰러져서도 미친 듯이 버둥거렸지만 유진룡과 철사홍이 남은 다리를 모두 붙잡아 버리자 거품만 내뿜으며 더 이상 날뛰지 못했다.

"그런데 이제 어쩌지?"

뒷다리 두 개를 잡고 쓰러진 말 엉덩이 부분에 반쯤 올라탄 철사홍이 난처한 음성으로 물었다.

제압하긴 했는데 언제까지 이렇게 있을 수는 없었다. 이러다 조금만 느슨해지면 이놈은 아까보다 더 미친 듯이 날뛸 것이다. 그러면 다른 말들도 또 덩달아 날뛰게 될 것이다.

"제가 업겠습니다. 사형은 뒷다리를 계속 잡고 계십시오."

유진룡이 말의 배 쪽으로 상체를 숙이며 말했다.

"업어?"

철사홍이 눈을 치떴다. 그러다 짐작이 간다는 듯 유진룡의 넓은 어깨를 쳐다보며 말했다.

"자네도 그 무식한 바위 업기 수련을 했나?"

미친 말이 아무리 크고 무섭다 하지만 자신들이 어깨에 메고 있던 그 무식한 바위에 비하면 조족지혈이었다.

"사형도 하셨습니까?"

"나뿐인가? 사매도 했다네."

철사홍은 입맛을 다시며 말 뒷다리를 번쩍 들어 올렸다. 그 틈으로 앞발 두 개를 굳게 잡은 유진룡이 어깨를 들이밀었다. 그리고는 미친 말을 번쩍 들어 어깨에 둘러멨다.

히히히힝—

말도 안 되는 사태에 말이 비명을 질렀다.

"가만있어, 이 미친놈아!"

철사홍이 말 뒷다리 두 개를 꽉 잡고 부러뜨릴 듯이 힘을 주었다.

히히히힝!

말이 연신 버둥거렸지만 그때마다 철사홍의 손에서 전해지는 고통에 서서히 반항을 멈추었다.

그런 상태로 미친 말을 둘러멘 유진룡은 마사로 향했다.

날뛰는 말들을 제지하며 주변을 둘러선 개방도들이 어이없는 눈으로 철사홍과 유진룡을 쳐다보고 있었다.

미친 말이 제압되자 다른 말들의 날뜀도 조금 수그러들었다.

이젠 백호만 안 보이면 진정이 될 것 같았다. 개방도들의 눈이 자연스럽게 백호 쪽으로 옮겨졌다.

그곳에서는 주애청이 안으로 안 들어가려는 백호의 목을 안고 씨름을 하고 있었다.

"너 정말 이럴 거야?"

주애청이 고함을 질렀다.

"네가 어서 들어가야 말들이 안 날뛸 것 아냐?"

주애청이 애를 태워도 백호는 여전히 딴청을 피우며 들어가려 하지 않았다.

"좋아. 그렇다면 나도 할 수 없어!"

소매를 걷어붙인 주애청은 백호의 앞발 두 개를 잡고 그 사이로 상체를 밀어 넣었다. 그리고 벌떡 일어섰다. 그렇게 되자 주애청은 호랑이 가죽을 뒤집어쓴 모양이 되었고 백호는 주애청의 양어깨에 앞발을 올린 채 업힌 꼴이 되었다.

그 상태로 주애청은 걸음을 옮겼다.

백호는 기가 차는지 몇 번 버둥거렸지만 주애청은 악착같이 백호의 앞발 두 개를 잡고 앞으로 걸음을 옮겼다.

상대가 유진룡이나 철사홍이라면 어깨에 올린 앞발을 찍어 누르거나 옆으로 쳐서 뿌리칠 텐데 주애청이라 그러지 못한 백호는 어쩔 수 없이 몇 발 끌려가다가 고개를 돌리고는 개방도 쪽을 쳐다보았다.

수많은 개방도들이 기막힌 표정으로 자신과 주애청을 쳐

다보고 있는 것을 본 백호는 수치심을 느꼈는지 버티던 자세를 바꾸어 뒷다리에 힘을 주고 어서 들어가자는 듯 펄쩍펄쩍 뛰며 오히려 주애청을 밀었다.

백호가 모습을 감추고 유진룡에게 업힌 미친 말이 마사에 갇히자 다른 말들도 안정을 찾고 마사 안으로 들어갔다.

뒤늦게 달려나와 유진룡 사형제들의 활약상을 지켜보던 개방도들은 웃지도 울지도 못한 표정을 하며 한참 동안 그 자리에 서 있었다.

그중 찌르는 듯한 한 쌍의 눈이 유진룡을 주시하고 있었다.

아침부터 벌겋게 취한 얼굴을 한 삼십대 중반 정도의 개방도였다.

"재밌군! 오랜만에 투지가 부글부글 끓어오를 정도로 재밌어."

그의 입에서 술 냄새가 물씬 풍겨 나왔다.

第六十一章
봉공(奉公)

"이젠 보내줄 때가 된 것 같습니다."

백호를 들여보낸 뒤 잠시 생각에 잠겼던 유진룡은 신중한 음성으로 말했다.

그동안 내내 산으로 행로를 잡아 이동했기에 큰 문제가 없었지만 이제 자신들은 사람들이 사는 세상 속으로 들어왔고 앞으로는 더 많은 사람들이 있는 곳에서 부대낄 것이다. 그런 곳에서는 백호가 견딜 수 없다.

억지로 같이 다니며 살 수는 있겠지만 그건 항상 오늘 같은 문제를 일으킬 것이고 백호에게도 불행한 일이다.

"그동안은 사저를 찾아야 한다는 사명감 때문에 떠나라고 해도 떠나지 않았습니다. 그건 사부님께서 운명하시기 전에 백호와 흑웅의 뇌리에 그런 지시를 각인시켜 놓은 때문이었던 것 같습니다. 그러나 이젠 사저를 찾았으니 자기 살던 곳으로 보내주는 것이 타당할 것 같습니다.”

유진룡은 철사홍과 주애청을 쳐다보며 눈빛으로 의향을 물었다.

두 사람은 아무 말도 못하고 있었다. 유진룡의 말이 모두 맞았지만 백호와 헤어진다는 것이 너무 섭섭했던 것이다. 그동안 곁에 있는 백호의 존재는 무엇보다 큰 위안이기도 했다.

“그건 사제 말이 맞네. 백호가 곁에 있으면 우리는 더없이 든든하겠지만 그건 우리만 생각하는 일이지. 적아는 우리와 같이 다녀도 되겠지만 백호는 힘들어. 녀석은 이젠 가고 싶은 데로 보내주어야 해!”

한참 후에 철사홍이 고개를 끄덕였다.

“흑!”

철사홍까지 그런 결정을 하자 주애청은 눈물을 흘렸다. 그러나 이내 그녀도 고개를 끄덕였다.

“그래요. 우리 생각만 할 수 없겠지요. 그동안 고생한 것만으로도 너무 과해요. 이젠 그만 보내줘요.”

주애청은 눈물을 닦으며 억지로 웃었다.

삐익—

철사홍, 주애청과 함께 산속에 도착한 유진룡은 호각을 길게 불었다.

잠시 후 흑웅이 쏜살같이 떨어져 내렸다. 백호와 함께 흑웅도 같이 날려 보낼 생각이었다.

녀석도 이젠 떠날 때가 되었음을 아는지 유진룡의 팔에 앉아 있으면서도 흥분된 날갯짓을 계속했다.

"그동안 너무 고마웠어. 이젠 가고 싶은 곳으로 가서 행복하게 살아!"

주애청은 내내 백호 곁에서 백호의 목덜미를 쓰다듬다가 마침내 작별 인사를 했다.

"그래. 이젠 아무 걱정 말고 네가 태어난 곳으로 가서 네 마음대로 살아라."

철사홍도 커다란 손으로 백호의 등을 두드렸다.

백호는 혀를 내밀어 두 사람의 손바닥을 핥아주었다.

"흑웅! 너도 이젠 온 세상을 훨훨 날아다니며 행복하게 살아라!"

주애청은 유진룡의 팔에서 흑웅을 내려 가슴에 안고 흑웅의 목덜미에 얼굴을 비볐다.

철사홍과 주애청의 이별 절차가 끝나자 유진룡은 단호하게 백호 곁으로 다가갔다. 이럴 때일수록 매정하게 끊어야 조금이라도 덜 힘든 것이다.

"이젠 징그러운 네놈을 볼일 없으니 사 년 묵은 체증이 내려가겠구나. 사람들이 없는 곳에서 네 마음대로 하고 살아라.
대신 사람은 절대로 해치지 말아라.”

유진룡은 백호의 목덜미를 몇 번 쓰다듬은 후 나지막하게
한숨을 내쉬었다.

고운 정보다는 미운 정이 더 무섭다는 말이 맞는 것 같았
다.

그간 놈은 한 번도 고분고분하지 않고 무던히도 애를 먹였
는데 헤어지려고 하니 섭섭한 마음을 가눌 길이 없었다.

하지만 여기서는 놈이 절대로 행복할 수가 없는 일이었다.

유진룡은 냉정히 마음을 다잡았다.

“이젠 그만 가고 싶은 곳으로 가거라!”

유진룡은 목소리를 높였다. 그러나 백호는 눈길을 피하며
움직이지 않았다.

“이젠 네놈 할 일이 다 끝났으니 어서 가거라. 있어봐야 짐
만 된다!”

유진룡은 한 대 걷어찰 듯한 자세로 고함을 질렀다.

이리저리 시선을 피하던 백호는 천천히 고개를 돌려 유진
룡을 쳐다보았다. 그리고는 벌떡 일어서서 유진룡의 어깨에
두 발을 올리고는 포옹이라도 할 것 같은 자세를 잡았다.

“냄새난다, 이놈아!”

유진룡은 피식 웃으며 팔을 뻗어 백호를 안을 자세를 잡았
다.

그 순간!

퍼억! 하는 소리와 함께 유진룡의 눈앞에서 별이 튀었다.

"으윽!"

느닷없는 백호의 앞발 공격에 유진룡은 속절없이 뒤로 나뒹굴었다.

백호는 마지막 인사로 유진룡의 뺨에 강력한 앞발 일격을 날린 것이다.

"이 망할 놈이, 끝까지!"

벌떡 일어선 유진룡은 백호의 엉덩이를 향해 발을 들어 올렸다. 그러나 백호는 저만치 멀어지고 있었다.

"징그러운 놈!"

유진룡은 어이없는 표정으로 고개를 흔들었다. 아직도 눈앞에는 별 몇 개가 어른거리고 있었다.

크헝!

잠시 후, 저 멀리서 백호의 포효가 온 산을 울렸다.

그렇게 백호는 유진룡 사형제들 곁에서 까마득히 멀어져 갔다.

'망할 놈! 그래도 한 번쯤은 뒤돌아볼 줄 알았는데.'

유진룡은 뒤도 안 돌아보고 사라져 버린 백호에게 야속함을 느꼈다. 하지만 자신이 백호라도 그랬을 것이라는 마음이 들었다. 돌아보았다간 다시는 떠날 수 없을 것 같아 뒤도 안 돌아보고 떠난 것이리라.

‘그래! 이제 다시는 보지 말자.’

유진룡은 속으로 백호의 행복을 빌었다.

“이젠 그놈 차례군요.”

잠시 후 유진룡은 흑웅을 안고 있는 주애청에게 팔을 내밀었다. 주애청은 눈물만 흘리며 얼른 흑웅을 내밀지 않았다.

“이별 의식은 간단할수록 좋은 겁니다.”

유진룡은 담담하게 주애청을 달랜 후 흑웅을 넘겨받았다.

“이젠 너도 네 가고 싶은 곳으로 가거라.”

유진룡은 던지듯이 흑웅을 위로 날렸다.

삐익—

흑웅이 긴 울음소리를 토하며 허공으로 날아올랐다.

허공에서 크게 한 번 선회한 흑웅은 한 번 더 길게 울음을 토한 후 까마득한 점으로 변해갔다. 그리고는 다시는 보이지 않았다.

처음 동굴을 나왔을 때 흑웅은 한 번 높이 날아 자유를 만끽하고는 되돌아왔는데 이젠 한참이 지나도 돌아오지 않았다.

유진룡은 백호와 흑웅이 사라진 곳을 한참 더 바라보다가 철사홍과 주애청에게로 시선을 돌렸다.

“이젠 그만 내려가시지요, 사형! 그리고 사저!”

유진룡의 재촉에도 두 사람은 아직 이별의 아쉬움이 남았는지 쉽게 발걸음을 옮기지 못했다.

“두 놈은 정말 갔습니다. 돌아올 놈들 같았으면 벌써 왔습니다. 아니, 아예 떠나지도 않았을 겁니다.”

유진룡이 다시 한 번 재촉했다.

“사제는 보기보다 냉정한 사람이야.”

주애청이 다시 눈물을 주르륵 흘리며 말했다.

“그래야 저놈들이 행복하게 살지요.”

대답과 함께 유진룡은 산 아래로 발길을 옮겼다.

그 뒤를 따라 철사홍과 주애청도 하산을 하기 시작했다.

*　　　*　　　*

백호와 흑응을 보낸 유진룡은 서서히 개방을 떠날 채비를 했다.

이젠 철사홍과 주애청의 중독 후유증도 사라졌으니 더 이상 이곳에 있을 이유가 없었다. 어서 소주로 돌아가서 동생들을 만나고 싶었다.

다행히 철사홍과 주애청도 유진룡을 따라 소주로 가고 싶어했다. 그곳에서 그들과 함께 미래를 열어갈 생각이었다.

그런 계획을 세우고 있는 차에 밖에서 성마른 기침 소리가 들렸다.

“자네, 안에 있는가?”

기침 소리의 주인공은 백엽동이었다.

“어쩐 일이십니까?”

유진룡은 문을 열고 백엽동을 맞았다.

“이젠 피로가 다 풀렸는가?”

백엽동은 유진룡의 아래위를 훑어보며 뱁새눈을 떴다.

그동안 노인은 유진룡의 사형제들에게 와서 치근덕거리고 싶어 좀이 쑤시는 표정이었지만 당분간은 휴식을 취하고 싶다는 주애청의 말에 애써 고개를 끄덕이며 시간을 준 것이다.

“아직 덜 풀린 모양…….”

내심 웃으며 백엽동을 떨쳐 내려던 유진룡은 눈을 조금 크게 떴다.

백엽동만 온 게 아니라 용두방주와 일장로 철장신개도 같이 왔기 때문이다.

“방주님과 일장로님을 뵙습니다.”

주애청이 얼른 그들을 안으로 안내하고 자리를 마련했다.

“마침 자네들도 같이 있었구먼.”

백엽동은 철사홍과 주애청에게도 용무가 있는지 반색을 했다.

“정도맹이 결성되었네.”

백엽동이 거두절미하고 불쑥 말했다.

“정도맹?”

철사홍이 약간 긴장한 표정으로 유진룡과 주애청을 쳐다

보았다. 정도맹의 창설은 무림에 있어 가장 큰 사건이라 할 수도 있기에 그 역시 관심이 가는 모양이었다. 그러나 유진룡은 개봉으로 오는 도중 몇몇 객점에서 들은 소식으로 정도맹의 창설이 멀지 않았음을 예상하고 있었기에 별 반응 없이 백엽동만 쳐다보았다.

백엽동은 그 배경을 설명했다.

그동안 활동을 거의 중지하고 있던 정도맹은 최근 흑사련이 빠르게 세력을 확장함과 동시에 재결성의 필요성을 느끼고 있다가 그들이 정사 중간의 유서 깊은 문파인 공동파를 봉문시켜 버림으로 해서 큰 경각심을 느끼고 서둘러 일을 추진했다. 그리고 재결성이라는 결과를 도출했다.

맹주는 이제(二帝)의 위치에 있는 비룡도객 여조성이 추대되었다.

처음에는 일황의 위치에 있는 검황 독고장천을 맹주로 추대하려고 정파에서 많은 공을 들였지만 그는 정사를 초월한 사람이었다. 더 나아가 속세의 대소사에 대해서도 초연했다.

그는 오로지 한 자루 검에 자신의 모든 심혈을 쏟아 붓고 한 자락 검무 속에 육신을 감추었다.

그를 끌어들이기만 한다면 정도맹의 힘이 한층 더 강맹해질 것이기에 많은 정파의 사람들이 행적을 찾았지만 그는 세상 깊은 곳으로 스며들어 모습을 보이지 않았다.

그런 면에 있어서는 비룡도객 여조성도 비슷했다.

그 역시 몇 번이나 맹주 직을 고사했었다. 하지만 정파의 명숙들이 여러 차례 애원하자 마침내 맹주 직을 맡게 되었다.

예전에는 자파에서 맹주를 배출하면 큰 이익과 영광이 있기에 서로 눈에 불을 켜며 맹주 직을 차지하려 했었다. 그러나 이번에는 흑사련의 세력 확장이 예상을 초월할 정도로 빨라 시일이 촉박했다. 그래서 각파의 이해를 초월해서 비룡도객 여조성이 맹주가 된 것이다.

총단은 하남성의 정주에 새로 마련했다.

처음에는 호남의 무한이 유력한 것으로 알려졌지만 마지막 순간에 정주로 결정된 것이다.

백엽동의 설명이 끝났지만 유진룡은 여전히 무감동한 표정으로 듣는 둥 마는 둥하고 있었다.

유진룡이 궁금한 것은 정도맹 창설 소식을 백엽동은 물론, 왜 철장신개와 용두방주까지 같이 와서 자신들에게 알려주는가 하는 것이었다.

그런 유진룡의 반응이 마음에 안 들었는지 백엽동의 눈꼬리가 위로 치켜졌다.

"네놈은 뉘 집 개가 싸우느냐 하는 표정이구나."

"킥!"

백엽동의 고함에 주애청이 실소를 터뜨렸다. 지금 유진룡의 표정을 보면 그만큼 잘 어울리는 비유가 없었기 때문이다.

"체면치레는 하겠군요."

유진룡은 마지못해 대꾸했다.

"체면치레?"

백엽동의 눈꼬리가 더욱 치켜 올라갔다.

"그렇잖습니까? 흑사련은 하루가 다르게 세력이 커져 가는데 백도는 나만 잘살면 그만이다 하고 눈치만 보고 있는다면 온 세상 사람들이 손가락질할 텐데 그 꼴은 면하게 되었지 않습니까?"

유진룡은 여전히 심드렁하게 대꾸했다.

"이런 무례한 놈 같으니라고. 정도맹 창설을 겨우 체면치레 정도로만 여기다니……."

백엽동은 핏대를 세우며 고함을 지르다가 일장로 철장신개의 제지에 의해 겨우 입을 닫았다.

"그렇게 따지면 자네 말이 맞을 수도 있네. 많이 늦은 감이 있지만 지금이라도 정도맹이 창설되었으니 다행일세. 우리가 여기 온 용건은 그게 아니고……."

철장신개는 잠시 뜸을 들였다.

"정도맹 맹주가 자넬 원하네."

철장신개가 본론을 끄집어냈다.

"원하다니? 그게 무슨 말씀이십니까?"

유진룡은 철장신개와 백엽동을 동시에 쳐다보았다.

철사홍과 주애청도 철장신개의 말을 알아듣지 못하고 개방의 원로들을 번갈아 쳐다보았다.

그때 용두방주가 나섰다.

"자네들이 쉬고 있는 한 달여 동안 개방은 그 어떤 문파보다 바빴네. 그건 언제나 마찬가지였지. 무림맹이나 정도맹이 결성되면 자체 정보망이 갖춰지기 전까지는 개방의 정보망을 제일 많이 이용한다네. 그래서 일차적으로는 바쁠 수밖에 없다네. 그런 와중에 자네들로 인해 이차적으로 바쁘게 되었네."

"그건 또 무슨 말씀이신지?"

자신들 때문에 개방이 한 번 더 바빠졌다는 말에 철사홍이 나섰다.

"비록 정도맹의 결성이야 지금이지만 정파의 눈과 귀는 그동안 닫혀 있었던 것은 아니라네. 오래전부터 여러 경로를 통해 흑사련에 대한 정보를 수집하고 분석했다네. 지금 흑사련의 련주는 구천마검 목채군이지만 흑사련에서 가장 큰 영향력을 발휘하는 자는 풍운당주 직을 맡고 있는 탈백마수 도천극일세. 어떻게 해서 그런 세력 구도가 형성되었는지는 아직 밝혀내지 못했지만 목채군과 도천극 사이에는 모종의 관계가 형성되어 있을 것이라 판단하고 있네. 흑사련이 결성되고 나서 그렇게 되었을 수도 있고… 아니면, 그 이전부터일 수도 있네. 어쨌든 그 두 사람의 관계는 의심스럽고도 위험하네."

"그래서 그들에 대해서, 아니, 도천극에 대해서 제일 많이 알고 있는 우리를 정도맹에서 원한다는 말이군요."

주애청이 나서서 설명의 요지를 짚었다.

"그렇다네. 이제까지는 흑사련과 정파 세력 간의 정면충돌은 없었지만 머지않아 그런 일이 벌어질 것이라 생각되네. 그래서 그들의 목적이 무엇인지, 또 앞으로 그들이 어떻게 나올지 예측을 하려면 제일 먼저 자네들을 만나보는 것이 낫다는 생각을 하고 있는 사람이 맹주일세."

백엽동이 부연 설명을 했다.

"제가 느끼기엔 저희들에 대한 정보를 적극적으로 제시하며 노인장께서 그렇게 부추긴 것이 아닌가 하는 생각이 드는군요."

유진룡은 백엽동을 쳐다보며 피식 웃었다.

그러지 않고서야 정도맹의 맹주나 되는 사람이 어떻게 자신 사형제들의 정체를 알고 얼른 만나자고 했겠는가. 백엽동이 나서서 모든 것을 주관했기에 이런 일이 생긴 것임이 분명했다.

"그래서 네놈에게 손해난 것이 뭐가 있느냐, 이놈아! 도천극의 마수에서 구사일생으로 살아났지만 그놈은 앞으로 더욱 발작적으로 날뛸 것이다. 그렇다고 네놈들이 평생 개방 총단에 숨어 지낼 수도 없는 일일 테고… 그러니 그놈 마수에서 그나마 자유로울 수 있는 방법은 정도맹의 힘을 등에 업고 정도맹의 한 축이 되는 것이다. 그럼 그놈도 네놈들을 향해 함부로 날뛰지는 못할 것이 아니냐? 그걸 바라고 네놈도 산서분타에 서신을 띄운 것이 아니더냐?"

백엽동은 유진룡의 지적을 냉큼 인정하며 청산유수로 말

했다.

　일사천리로 사태를 읽어 내려가는 백엽동을 보며 유진룡은 역시 늙은 생강이 맵다는 생각을 절로 하게 됐다.

　"제가 산서분타에 서찰을 보낸 것은 어찌 알았습니까?"

　유진룡은 빙긋 웃으며 물었다. 그러면서 백엽동의 표정을 유심히 살폈다. 혹시라도 영화전장과 개방이 무슨 관계가 있는가 의심이 갔기 때문이다.

　"척하면 척이다, 이놈아!"

　백엽동은 영화전장에 대해서는 한마디도 하지 않고 콧방귀만 뀌었다.

　"듣고 보니 어르신의 생각이 너무 합당한 것 같아요. 저희들로서는 그보다 더 좋은 일이 없을 것 같습니다."

　주애청이 나서며 반색을 했다.

　"그래도 예쁜 처자가 제일 똑똑하구먼."

　백엽동이 인상을 폈다.

　"그런데 정도맹에서 저희들을 믿어줄까요? 세세한 사정을 모르는 그들은 우리를 도천극의 사제들로 생각하고……."

　"그건 걱정 말게나. 이미 우리가 그간의 사정을 모두 알리고 자네들 손에 죽은 흑사련의 부하들 시체까지 보냈네."

　일장로 철장신개가 신중하게 나서며 덧붙였다.

　"뿐만 아니라 자네들 신분은 우리 개방이 보증한다는 방주친서까지 보냈네. 그러니 원하기만 하면 자네들은 정도맹의 기둥이 될 수도 있을 걸세. 자네들은 그만한 능력을 가진 고수니까 말일세."

철장신개의 설명이 끝난 후 유진룡과 철사홍, 주애청은 서로를 쳐다보았다.

지금 자신들이 처한 상황에서는 그보다 더 좋은 일은 없을 것 같았다. 특히 개봉으로 오며 개방 총단에서 자신들을 사파의 인물로 배척하지 않을까 걱정했던 주애청은 철사홍과 유진룡이 혹시 그 조건을 뿌리치지나 않을까 조바심이 나는 표정을 지었다.

그러나 작용이 있으면 반작용이 있고, 받는 것이 있으면 주는 것이 있어야 하는 곳이 세상이다.

"그런 하해와 같은 은혜를 베풀어주는 대신 저희도 개방을 위해 당연히 무언가를 해야 하겠지요?"

유진룡이 백엽동을 주시하며 말했다.

"저 약은 놈은 그런 쪽으로는 제일 먼저 머리가 돌아가는구나. 하긴, 소주 뒷골목에서 십 년도 넘게 굴러먹은 놈이니 오죽할까."

백엽동이 혀를 찼다. 그는 유진룡의 어린 시절에 대해서는 세세히 파악해 놓은 상태였다.

"뒷골목?"

오히려 유진룡의 어린 시절을 세세히 알지 못하고 있던 철사홍이 색다른 표정을 지었다.

소주 출신이란 것은 알았지만 뒷골목에서 고아로 살아왔다는 것은 알지 못했다. 그동안 유진룡이 그 사실은 말해주지 않았기 때문이다.

"어쨌든 그곳이 사제의 고향인 건 맞네요, 뭘."

주애청이 그런 건 아무것도 아니라는 듯 말했다.

"고향도 보통 고향이 아니지. 따르던 조무래기들이 크고 있는 곳이고, 정인이 살고 있는 곳이지."

"정인? 사제에게 정인이 있단 말인가?"

이번에는 철사홍이 목소리를 높였다.

"정말 능력있는 사제구나. 벌써 정인까지 만들어놓았다니."

주애청도 반색을 하며 관심을 증폭시켰다.

"본론만 말씀하시지요. 개방에서 저희들에게 원하는 것이 무엇인지."

백엽동의 너스레에 인상을 찌푸린 유진룡은 철장신개 쪽으로 고개를 돌리며 물었다.

"정도맹의 일을 돕는 대신 정도맹 비각(秘閣)의 주인 자리를 개방으로 넘어오도록 해주게."

본론은 그것이었다.

정도맹이 결성되었으니 곧이어 조직이 정비되고 그 조직의 장이 선출될 것이다.

맹주 선출에는 각 문파의 입김이 작용하지 못할 상황이었기에 참았지만 정도맹 요직은 자신의 문파에서 장악하기 위하여 모든 문파들이 그야말로 혈안이 되어 날뛸 것이다.

그중에서 개방은 정보의 요체라 할 수 있는 비각을 노리는 것이다.

제일 중요한 자리는 총관이나 군사의 자리일 것이다. 하지만 그것 못지않게 중요한 자리가 정보를 담당하는 비각이다.

정보는 곧 힘이고 돈이기에 모든 정보를 움켜쥐면 무소불위의 힘을 발휘할 수도 있는 것이다.

그동안 정도맹이니 무림맹이니 하는 단체들이 결성될 때마다 능력은 있어도 거지들의 집합체란 생각 때문에 언제나 말석만을 차지했던 개방으로서는 대단한 웅심이자 한 맺힌 포효였다.

"그게 쉬울까요? 아무리 도천극이 극성으로 날뛴다고 해도 그렇지, 우리가 무슨 힘이 있다고 우리 때문에 정도맹의 정보 요직을 개방으로 밀어준단 말입니까?"

유진룡은 고개를 저으며 말했다.

"자네 하기에 따라서 가능할 수도 있네."

짧게 말한 백엽동의 눈빛이 칼날처럼 빛나고 있었다.

"그놈들과 자네들이 추격전을 벌이던 마지막 순간에 놈들이 퍼뜨렸던 독! 호흡을 멈추어도 소용없던 그 독에 대해서 그동안 정파무림은 암암리에 많은 정보를 수집했네. 더 이상 자세한 것은 밝힐 수 없지만 그 독은 온 무림을 뒤흔들 만한 파괴력을 가지고 있네. 그런데 자넨 그 독에 멀쩡했네. 그건 억만금을 주고도 얻지 못할 만한 가치가 있지. 그 때문에 정도맹과 맹주는 자네에게 비상한 관심을 가지고 있다네. 그러니… 단적으로 말해 그걸 이용하면 정도맹의 비각주 자리가 개방으로 넘어올 수 있네.”

백엽동의 눈빛에 이젠 타오르고 있었다. 지난 한 달 동안 백엽동은 줄곧 그 궁리만 했다.

“그런데…….”

주애청이 눈 사이를 좁히며 나섰다.

“장로님의 생각은 조금 알 듯도 합니다. 하지만 따지고 보면 정도맹에서 원하는 건 사제에게 있고 사제를 통해 이익을 얻었다 할지라도 사제 개인에 국한된 문제인데 개방에 그 공을 넘기려 할까요?”

“역시 맥을 짚는 데는 처자가 낫구먼. 처자 말대로일세. 막말로 정도맹에서 개방이 무슨 상관이냐고 나오면 할 말이 없게 되지. 그래서 얘긴데…….”

백엽동은 어려운 말을 꺼내려는 듯 한참 뜸을 들였다.

“숨넘어가겠습니다, 노인장!”

참다못한 철사홍이 재촉했다.

“오늘부터 자네들은 개방도가 되게.”

백엽동이 폭탄선언을 하듯 말했다.

“개방도?”

“그게 무슨……?”

철사홍과 유진룡이 서로를 쳐다보며 어이없는 표정을 지었다.

자신들은 이미 천산마존을 사부로 모신 사람들이었다. 그런데 오늘부터 개방도가 된다면 개방의 제자가 되어 사부를 바꾸는 것이나 마찬가지가 아닌가?

"저희들에게 사부가 있다는 것은 노인장께서도 잘 아시지 않습니까? 그런데 개방의 제자가 되라니요?"

철사홍이 가라앉은 목소리로 말했다. 그의 눈빛도 점차 깊이 가라앉고 있었다.

유진룡도 고개를 설레설레 흔들며 입맛을 다셨다.

종잡을 수 없는 노인이라는 건 알았지만 이렇게까지 황당할 줄은 몰랐던 것이다.

그런데 더 황당한 일이 일어났다.

"정말 고마워요, 백 장로님. 저희들, 아니, 사형과 사제는 모르겠지만 전 지금 즉시 개방의 제자가 될게요."

주애청이 그 말과 함께 백엽동을 향해 절을 올리기 시작했다.

"사매!"

"사저!"

철사홍과 유진룡이 놀란 표정으로 만류했지만 주애청은 두 사람의 손을 뿌리치고 아홉 번의 절을 모두 했다.

"허허허! 그래, 네가 제일 똑똑하고 언제나 정확히 맥을 짚는구나. 내 제자 될 자격이 충분하다.”

백엽동은 이제껏 전혀 상상할 수 없었던 인자한 표정으로 주애청에게 한 잔의 술을 따랐다.

그렇게 해서 두 사람은 순식간에 사제지간이 되어가고 있었다.

“대체 무슨 생각이야, 사매?”

철사홍은 혼란스럽게 짝이 없는 표정으로 주애청을 쳐다보았다. 그건 유진룡도 마찬가지였다.

주애청이 개방도가 되어버렸으니 자신들의 위치, 아니, 자신들의 신분이 어떻게 되는지 심히 혼란스러웠던 것이다.

탁!

술 한 잔을 다 마신 주애청은 소리나게 잔을 내려놓았다. 그리고 철사홍을 향해 입술을 움직였다.

“사형은 이제껏 무엇 때문에 여기까지 왔어요? 아니, 무엇 때문에 무공을 익히고 지금까지 살아왔어요?”

주애청이 선문답 같은 질문을 던졌다.

철사홍은 퉁방울 같은 눈만 끔벅거렸다.

“대답해 보세요.”

주애청이 다시 물었다.

“그야 뭐… 내 의지와는 상관없이 사부께 끌려와서 무공을 배웠고…….”

“사부, 아니, 아버지와 헤어진 후에는요?”

"사부와 헤어진 후에는 도천극, 그놈의 손에서……."

"그래요. 도천극 그자의 손에서 절 지켜주시려고 목숨을 걸고 여기까지 왔죠. 그 이전에 아버지의 제자가 된 것도 오로지 저 때문이지요. 냉정히 말하면 아버지는 제가 타고난 절맥을 치료하기 위해서 그 실험 대상으로 도천극과 사형을 탄생시킨 것이지요. 그래서 마존이라는 별호도 얻었고……."

"사매!"

철사홍이 고함을 쳤다.

"들어야 해요. 그런 사부가 뭐 그렇게 자랑스럽다고 개방의 제자가 못 된다는 거예요. 사형이나 사제도 잘못되었으면 도천극 이전의 아이들처럼 희생될 수 있었잖아요."

주애청은 피를 토하듯 말했다.

"그래도 사부야! 그건 안 변해!"

철사홍이 단호하게 말했다.

"그래서 제가 개방의 제자가 되려는 거예요. 바보 같은 사형과 사제는 앞으로도 저 때문에 예전과 마찬가지로 수없이 생사의 기로에 서게 될 테니까요. 제가 개방의 제자가 되면 도천극은 예전처럼 함부로 할 수 없을 거예요. 그랬다간 개방을 치는 것이 될 테니까요."

주애청은 눈물을 주르르 흘렸다.

"저 때문에 사형과 사제가 잘못되면 저도 자결할 거예요. 그러니 제발 사형과 사제는 개방의 제자가 되어 개방의 울타리 속으로 들어오세요. 어쩌면 아버지도 그걸 누구보다 바라실 거예요. 천산마존이라는 별호는 아버지가 원해서 얻은 것도 아니고 자랑스런 별호도 아니에요. 딸이 안전하다면 사형과 사제가 그 별호를 하루 종일 짓밟고 서 있더라도 아버지는 쌍수를 들어 환영하실 거예요. 그러니 사형과 사제도 개방의 제자가 되어주세요. 그게 저를 위하는 것이고 제 간절한 소망이에요.”

주애청이 철사홍과 유진룡 앞에 무릎을 꿇었다.

“사매!”

철사홍이 얼른 주애청을 잡아 일으켰다.

“이러지 마, 사매. 사매의 뜻은 잘 알겠는데 그렇게 함부로 결정할 일이 아니야.”

철사홍은 난처한 표정으로 유진룡을 쳐다보았다.

주애청이 자신들을 생각하는 간절한 마음은 알겠지만 갑자기 개방의 제자가 되는 결정은 쉽지 않았다. 주애청은 천산마존과 부녀지간이니 개방의 제자가 되는 것은 별문제가 없겠지만 자신과 유진룡은 달랐다. 자칫 모든 무림인들에게 사부와 사문을 배신한 배신자나 반도로 낙인찍힐 수도 있는 것이다. 백번 양보해서 무림에 뜻이 없는 자신은 또 괜찮다 치더라도 유진룡은 다를 것이다. 그래서 철사홍은 두 사람의 눈치만 보았다.

“사제······.”

주애청이 간절한 눈빛으로 주애청을 쳐다보았다.

유진룡은 천천히 고개를 흔들었다.

"사저의 마음은 잘 알겠습니다만 전 개방의 제자가 될 수 없습니다. 앞으로 할 일도……."

"네놈은 틀림없이 그렇게 나올 줄 알았다. 그리고 누가 개방의 제자라고 했느냐?"

백엽동이 예상하고 있었다는 듯 얼른 유진룡의 말을 잘랐다.

"그건 또 무슨 말씀이십니까?"

갈피를 잡을 수 없는 백엽동의 말에 철사홍이 눈살을 찌푸렸다.

"개방도가 되라고 했지 개방 제자가 되라는 말은 하지 않았네."

"그게 그거 아닙니까?"

말장난 같은 백엽동의 언사에 유진룡이 목소리를 높였다.

"개방의 제자가 아니라도 개방도가 될 수 있는 방법이 있네. 바로 봉공(奉公)이라는 것이지."

"봉공?"

"그렇다네. 봉공으로 개방에 속해 있으면 개방의 제자는 아니면서도 개방도의 자격을 가질 수가 있네. 그렇게 되면 서로의 입장을 최대한 살리면서 절충점을 찾을 수 있는 것이지."

백엽동은 이래도 싫으냐는, 득의에 찬 눈빛으로 유진룡을 쳐다보았다. 그러나 유진룡의 표정을 본 백엽동은 자신의 눈빛을 바꾸어야 할 필요성을 느꼈다.

"그것도 전 싫습니다. 전 어서 소주로 돌아가고 싶습니다. 그곳에서 동생들을 돌보며 살고 싶습니다."

유진룡은 완강하게 고개를 흔들었다.

"네놈 생각은 알겠지만 사람의 운명이라는 것이 그렇게 자기 하고 싶은 대로 흘러가는 것이 아니니라. 네놈이 이만한 고수가 된 데는 그만한 일을 하기 위함이니라."

백엽동은 유진룡의 완강한 거절에도 아랑곳없이 형형한 눈으로 유진룡을 쳐다보았다. 그 눈빛은 연륜의 현기가 가득 스며 있어 자신의 운명을 낱낱이 읽는 것 같아 유진룡은 슬쩍 고개를 돌렸다.

"소향상회의 회주가 정도맹으로 오고 있다. 아울러 네놈과 같이 있던 아이 두 명도 그녀와 같이 오고 있다. 그래도 정도맹으로 가지 않겠느냐?"

백엽동은 한 개의 패를 더 던졌다.

"회주님이 왜? 그리고 누구와 같이 온다는 말입니까?"

얼른 고개를 돌린 유진룡은 그 말의 진의를 가리려는 듯 백엽동을 뚫어져라 쳐다보았다.

갈피를 잡을 수 없는 노인이라 무슨 생각을 하는지, 무슨 음모를 꾸미는지 알 수 없었다. 그러나 이 노인은 허언은 하지 않았다.

"아직 아이들에 대해서는 정확히 파악되지 않았다. 그러나 회주가 정주로 오는 것은 사실이다. 정도맹이 창립되면 그 유지 비용도 막대하게 들고, 또 정사대전이라도 벌어지면 그야말로 어마어마한 물자가 정도맹의 이름으로 집중되었다가 분산되지. 강호 문파나 무림 세가들은 기둥뿌리가 흔들리는 일이겠지만 그와는 반대로 상가들에겐 막대한 이익을 얻을 수 있는 기회가 되는 것은 말할 것도 없고, 그 기회를 잘 붙잡으면 일약 강호 대상단으로 발돋움할 수 있지만 그 기회를 놓치면 폭풍우 속에서 닻줄이 끊어진 배처럼 표류하다가 좌초되고 말지."

백엽동은 차 한 모금을 마신 후 말을 이었다.

"소향상회 회주 역시 이번 기회를 도약의 발판으로 삼으려고 할 것은 당연한 이치가 아니겠느냐? 누구보다 영리한 여인이니 그런 기회를 놓치려 하지 않겠지. 최근 그녀는 소주뿐만 아니라 여러 곳에 사업을 확장하고 있네. 그건 네놈도 짐작하다시피 군식구들이 많아서겠지. 그러니 그녀는 이번 기회를 절대로 놓칠 수 없을 테지. 이번 기회를 놓치면 그건 기회의 상실이라는 의미뿐만 아니라 위기의 직면이라는 의미가 될 수도 있으니 말일세."

백엽동은 냉철한 표정으로 상황을 분석하며 다음 말을 이으려 했다. 그러나 유진룡에 의해 그 의도가 꺾였다.

"그녀는 누구보다 잘해낼 것입니다."

유진룡은 여전히 뜻을 꺾지 않고 대들 듯 말했다.

"당연히 그렇겠지. 그렇게 되기 위해서는 그녀가 무사해야 하는데……."

"무사해야 하다니… 그게 무슨?"

유진룡은 백엽동의 말끝을 자르며 목소리를 높였다. 그 말은 단리하연이 무슨 위협을 받을 수 있다는 뜻이기 때문이다.

"무엇보다 무서운 것이 상인들이 휘두르는 황금 칼이다. 그 칼은 무림인들의 칼보다 더 무섭지. 그런 칼이 난무하는 속에서는 누구도 안전을 장담할 수가 없는 법이니라. 소주 바닥에서는 호위대장 조항이라는 무사 정도면 되겠지만 중원 한복판에서는 그 정도로는 안심할 수가 없네. 그런 곳에서는 칠웅의 일인이나, 그 사형제들 정도가 호위를 해주어야 그녀가 제대로 뜻을 펼칠 수 있을 것이다. 그녀가 이번 행보에 네 동생놈 둘과 호위로는 조항 한 명만 데리고 오고 있다는 정보가 입수됐네. 설마 네놈은 그 위험한 전쟁터에 정인과 동생놈 둘을 홀로 내버려 두겠다는 생각은 아니겠지?"

백엽동은 쐐기를 박듯 말하며 유진룡과 철사홍을 번갈아 쳐다보았다.

"사제의 정인이 그녀란 말인가?"

철사홍이 눈알을 뒤룩 굴리며 유진룡을 쳐다보았다.

"소향상회의 회주란 여인이 사제의 정인이라는 거야? 우와! 사제 정말 능력있는 사람이다. 그럼 평생 돈 걱정은 안 해도 되겠네? 그리고 사제의 정인이라면 만사 제쳐 놓고 지켜야지. 어서 장로님 제안을 받아들이고 준비해서 정도맹으로 같이 떠나도록 해."

주애청은 감탄사를 터뜨리며 당장 일어설 듯 호들갑을 떨었다.

유진룡은 더 이상 말대꾸를 하지 않고 생각에 잠겼다.

중원에서 가장 많은 정보망을 가진 개방의 장로가 하는 말이니 틀림이 없을 것이다.

정황으로 봐서도 단리하연은 분명 그렇게 행동할 여인이었다. 지금까지는 소향상회를 소주제일의 상회로 이끌어왔지만 기회가 있으면 절대로 놓치지 않고 중원제일의 상단 자리도 차지하고자 할 여인이었다.

그건 그만큼 힘들고 또 그만큼 큰 위험이 따를 수도 있었다. 그런 위험 속에 도천극의 마수까지 스며든다면 몇 배는 더 위험해질 것이다.

"그녀는 지금 어디쯤에 있습니까?"

유진룡은 더없이 다급한 음성으로 물었다.

"쇠고집을 피우더니 이젠 아예 몸이 달았구나, 이놈!"

백엽동은 피식 웃으며 입술을 움직였다.

"영리한 그녀는 정도맹이 결성되고 총단이 정주에 세워질 것이라는 것을 미리 예측했는지 네놈이 이곳에 왔을 즈음인 한 달 전쯤에 소주를 떠났다고 했다. 그러니 조만간 정도맹에 도착할 것이다."

백엽동은 날짜를 어림하며 답했다.

"어느 경로를 통해 오는지 알 수 있습니까?"

유진룡의 말이 더욱 빨라졌다.

"워낙 비밀리에 움직이는지라 우리도 최근에야 그 사실을 알았네. 그래서 자네 동생들 중 누가 동행하는지, 그리고 지금 그녀가 어디쯤에 있는지는 알지 못하네. 하지만 백방으로 알아보고 있으니 조만간 행적을 찾을 수 있을 것이네."

용두방주가 확신에 찬 목소리로 유진룡을 안심시켰다. 그리고는 유진룡의 눈을 정시했다.

백엽동의 예측 불허하는 눈빛과는 달리 용두방주의 눈빛은 진중하고 무거웠다.

"우리의 부탁을 들어주게, 유 공자. 백 장로님의 말씀대로 자네의 운명은 그렇게 단순하지가 않네. 그 운명의 소용돌이 속에서 자네의 동생들과 정인을 지키려면 자네 혼자만의 힘으로는 어려울 것이네. 자네가 우리의 청을 들어주면 우리 역시 최선을 다해 그들의 안전을 위해 힘쓰겠네. 개방도가 되어 얽매이는 것이 정히 마음에 내키지 않는다면 자네 사저도 자네가 원할 땐 파문을 시켜주겠네."

용두방주의 눈빛이 깊게 가라앉았다.

"무슨 말씀이에요, 방주님! 전 이젠 영원한 개방도예요. 죽을 때까지 개방도로 남아 이제부터는 제가 사형과 사제를 지킬 거예요."

주애청이 손을 내흔들며 소리를 질렀다.

第六十二章
봉공(奉公) 즉위식(卽位式)

"**자**네들은 사결제자의 신분일세."

용두방주는 임시직이긴 하지만 봉공의 신분으로 개방의 방도가 된 유진룡 사형제들에게 매듭 네 개인 새끼줄을 내렸다. 유진룡 사형제들에게 그만한 무게를 실어주어야 정도맹에서 개방을 위해 그만한 목소리를 낼 수 있기에 취한 원로원의 결정이었다.

그건 파격이라 할 수 있는 대접이었다.

삼결이면 각 분타의 분타주였다. 그리고 그보다 매듭이 하나 더 추가된 사결이면 각 당의 호법이다.

어릴 때부터 촉망되는 개방도로 입문해서 삼 년 동안 무결인 백의개(白衣丐)로 생활하고 정석대로 한 단계씩 밟아 올라 사결제자가 되려면 몇십 년이 걸리는 일이었고 대부분은 평생 불가능한 일이었다. 그런데 단박에 사결 개방도 신분이 된다는 것은 파격 중의 대파격이었다.

하지만 철사홍과 유진룡은 조금도 감복해하는 기색없이 오히려 입맛만 다셨다.

칠웅의 한 사람인 철사홍은 무공 면에서는 당장 개방 장로들과 대결을 벌인다 하더라도 뒤질 것이 없었다. 그런데 개방의 사결제자로 전락해 버렸으니 오히려 손해 보는 심정이었다. 그나마 봉공 신분으로 차후에 언제든지 떠나도 좋다는 조건이 있기에 참을 수가 있었다.

유진룡 역시 멀쩡한 허리에 새끼줄을 감고 다닌다는 것이 부자연스러운 듯 이리저리 몸을 흔들어보았다.

아랫배에 힘 한 번 주면 금방이라도 끊어질 것 같은 단순한 새끼줄이 이렇게 거북스럽게 느껴질 줄 몰랐다.

봉공이니 뭐니 하는 것은 잘 몰랐지만 사결 매듭의 의미는 잘 알았다. 쉽게 될 수 없는 신분이었고 결코 가볍지 않은 매듭이었는데 그것이 한순간에 허리에 매어지니 굵은 쇠줄이 감긴 것처럼 무겁게 느껴졌다. 또한 그것이 마치 개 목줄 같은 느낌을 주어 움직임마저 부자연스럽게 만들었다.

"그런대로 멋지네요."

주애청은 개방 사결제자의 신분을 제일 기뻐했다.

그녀는 유진룡이 개방으로 약속 장소를 잡았다는 것을 꺼려하던 처음의 태도와는 달리 자신이 사결 개방도가 되었다는 것이 무엇보다 안심이 되는 표정으로 사결 매듭의 새끼줄을 쓰다듬고 또 쓰다듬었다. 더 나아가 철사홍과 유진룡의 허리에 묶인 새끼줄을 웬만해선 풀리지 않도록 두 번 세 번 거듭 매어주었다.

개방의 분타주만 되어도 다른 방파에서 함부로 대접할 수 없는데 사결의 호법 신분이 되었으니 도천극의 마수를 막아줄 커다란 방패를 하나 얻은 것처럼 든든했던 것이다.

"그만 당기십시오, 사저. 이러다간 소화도 안 되겠습니다."

유진룡은 사결 매듭의 새끼줄을 거듭 동여매는 주애청을 향해 뚱한 표정으로 소리를 질렀다.

철사홍도 이마에 주름살을 만들며 저만치 물러났다.

"네놈들은 도저히 마음에 안 드는 모양이구나."

백엽동이 뱁새눈을 하며 못마땅한 표정을 지었다.

"마음에 안 든다기보다는… 왠지 개 목줄을 맨 것 같아서……."

철사홍은 솔직하게 말하며 입맛을 한 번 더 다셨다.

"사결제자의 신분은 그 무게에 비해 개방에서 가장 자유로운 위치라네. 삼결은 분타주로 각 분타에 묶여 있는 신분이고, 오결은 각 당의 당주로 총단에 묶여 있는 신세일세. 육결은 법개로 개방의 모든 법규와 내부 사정에 밝아야 하고 개방도의 투표로 선출되는 자리이니 자네들 입장에서는 도저히 불가능한 자리들일세. 대신 사결은 호법의 신분으로 그중 행동이 자유롭다네. 그래서 특별히 사결제자로 정한 것이니 너무 거북스러워하지 말게."

이번에는 일장로인 철장신개가 점잖은 목소리로 타일렀다.

"이제 자네들의 신분은 결정되었는데 아랫사람들의 반발을 어찌할지 그게 걱정일세."

철장신개가 나지막하게 한숨을 내쉬었다.

철사홍과 유진룡 등에게는 조금도 마음에 안 드는 사결제자 신분이었지만 개방도들에게는 꿈과 같은 자리였다. 그런 자리를 굴러온 돌이 차지해 버린 것은 아무리 방주를 비롯한 원로들의 결정이라 할지라도 반발이 있을 수밖에 없었다. 어쩌면 절대 안 된다고 농성이 일어날지도 모를 일이었다.

"그건 상황을 봐가며 대책을 세우기로 하지요."

백엽동이 나섰다.

"어떤 대책 말인가?"

철장신개가 기대감이 이는 눈으로 백엽동을 쳐다보았다. 이번 일의 대부분을 꾸민 백엽동이니 그에 따른 대책도 있을 것이란 생각에서였다.

"제게 생각이 있으니 큰 염려는 하지 마시지요."

"그런가? 그렇다면 내 안심을 하지."

철장신개는 묵묵히 고개를 끄덕였다.

"그럼 이제 다음 단계로 넘어가야겠군요."

용두방주가 약간 망설이며 나섰다.

철장신개와 백엽동이 묵묵히 고개를 끄덕였다.

"비록 임시이긴 하지만 개방도가 되었으니 내적으로나 외적으로 인정을 받으려면 개방의 무공 하나 정도는 알아두어야겠지?"

용두방주가 유진룡 사형제를 번갈아 쳐다보며 표정을 살폈다.

앞으로 이들은 개방도의 자격으로 정도맹에서 큰 역할을 할 것이다. 그러려면 개방도로서 최소한의 냄새는 풍겨야 한다. 물론 그 냄새는 씻지 않아서 풍기는 악취를 말하는 것이 아니다. 누구라도 이들이 개방 방도임을 믿게 할 수 있는 무공의 냄새를 말하는 것이었다. 그것은 다른 문파 사람들에게는 물론, 같은 개방도에게도 중요했다.

"개방의 무공도 배워야 한다는 말입니까?"

철사홍이 눈썹을 역팔자로 모으며 물었다.

원하지도 않는 무공을 단지 근골이 너무 뛰어나다는 이유로 사부 천산마존에게 끌려와 강제로 수련했으니 무공수련이라면 신물이 나는 그였다.

"왜? 싫으냐, 이놈아?"

백엽동이 못마땅한 표정으로 철사홍을 쳐다보았다. 다른 놈들은 대방파의 상승무공을 못 배워서 난린데 철사홍의 표정에는 권태로움이 절절히 흘러나오고 있으니 기가 막힌 것이다.

"이 나이에 전혀 다른 문파의 무공을 배우는 것이 쉬운 일인 줄 아십니까? 그리고 전 사부에게서도 제대로 배우지 않았습니다. 그러니 사양하겠습니다. 그건 체질에 맞는 제 사제에게나 가르쳐 주십시오."

철사홍은 손을 내흔들며 뒤로 물러섰다.

"어허! 이런 망할 놈을 보았나!"

백엽동은 눈에 쌍심지를 돋우며 용두방주를 쳐다보았다. 그러나 용두방주가 보일 듯 말 듯 고개를 끄덕였다.

사실 처음부터 개방도가 아닌 이들에게, 그리고 영원히 개방의 일원이 될 수 없는 철사홍에게까지 개방의 절기를 가르쳐 주고 싶은 마음은 없었다. 제일 중요한 역할을 할 유진룡에게만 최소한의 개방 냄새를 풍기게 하면 되는 것이다.

"네 녀석은?"

백엽동은 주애청의 의향도 물었다. 주애청은 이제 자신에게 구배를 올린 제자였다. 그러니 앞으로 억지로라도 가르쳐야 했다.

"급하게 먹는 밥이 체한다고 하잖아요. 전 이제 개방의 정식 제자가 되었으니 시간을 두고 차근차근 정식으로 배우겠어요."

그럴듯한 핑계와 함께 주애청도 고개를 짤래짤래 흔들었다. 그녀 역시 무공수련이라면 지긋지긋하여 당분간은 싫은 것이다.

"그럼. 네놈이 네 사형과 사저 몫까지 모두 배워야겠구나."

백엽동은 마지막으로 유진룡을 향해 물었다. 그러면서 약간은 걱정스런 심정이 되었다. 이놈까지 안 배우겠다고 하면 계획에 차질이 오는 것이다.

"뭘 배우면 되는 겁니까?"

백엽동의 근심을 불식시키며 유진룡은 관심을 드러냈다.

'그놈 참! 다른 데는 욕심이 없는 놈이 무공 욕심은 강하군!'

백엽동은 내심 안도하며 용두방주를 쳐다보았다. 애초 생각한 의도대로 일이 풀린 것을 본 용두방주는 흡족한 표정으로 나섰다.

"시일이 촉박하니 어느 것을 배운다 해도 어차피 그 진수는 터득하기 힘들 걸세. 그러니 가장 짧은 기간에 가장 개방의 냄새를 많이 풍기는 것을 배우도록 하세나."

용두방주는 그 말과 함께 일장로 철장신개에게 눈길을 주었다.

"자네가 배울 것은 개방제일, 아니, 어쩌면 무림제일의 보법인 취팔선보(醉八仙步)이네."

"취팔선보?"

철사홍과 주애청이 이구동성으로 외쳤다.

취팔선보라면 철장신개의 말대로 무림제일의 보법 중 하나였다.

취흥을 못 이긴 신선이 춤을 추는 듯한 취팔선보는 만취한 술꾼처럼 쓰러질 듯 일어서고, 비틀거리며 나아갈 듯 뒤돌아오고, 그러면서 상대의 빈틈을 파고드는 무림에 존재하는 보법 중 가장 까다로우면서도 가장 예측 불허하고 신묘한 보법이었다. 또한 그건 개방의 냄새를 가장 많이 풍기는 무공이기도 했다.

"그건 술꾼이 되어야 배울 수 있는 보법이 아닙니까?"

유진룡도 뜻밖의 심정이 되어 물었다.

상승보법인 취팔선보를 배울 수 있다는 호기심은 증폭되었지만 그것이 결코 쉽게 배울 수 있는 것이 아니라는 생각을 했기 때문이다. 또한 그것은 술에 절어 반쯤 중독자가 되어야 제대로 배울 수 있다고 들었다.

"그 진수를 모두 습득하려면 당연히 만취한 상태에서 보법을 밟아보아야 하는 것이지만 아까도 말했듯이 시일이 촉박하여 어차피 제대로 배울 수는 없을 것이네. 그러니 최소한의 흉내라도 낼 수 있도록 최선을 다해보세나."

철장신개는 비교적 솔직한 표현으로 답했다.

"그 말씀은 진수는 가르쳐 주시지 않고 껍데기만 가르쳐 주시겠다는 뜻으로도 들리는군요."

진우청은 빙긋 웃으며 철장신개를 바라보았다.

"지금 내 솔직한 심정으로는 남은 시간 동안 그 껍데기라도 자네가 제대로 배워준다면 더 바랄 게 없겠네."

철장신개는 속마음을 숨기지 않고 한숨을 푹 내쉬었다.

"그럼 촌각이라도 아껴야 하니 지금 바로 시작하도록 하세

나. 자네들도 생각이 달라졌다면 같이 배우도록 하게.”

혹시 취팔선보라면 구미가 당겨 생각이 바뀔 수도 있다고 생각한 철장신개는 철사홍과 주애청을 바라보았다. 그러나 두 사람은 도망치듯 실내를 벗어나고 있었다.

“쯧쯧!”

백엽동이 혀를 차며 달아나는 두 사람을 쳐다보다가 열심히 배우라는 말을 남기고 용두방주와 함께 실내를 벗어났다.

“그럼 시작해 보세나.”

실내에 두 사람만 남게 되자 철장신개는 곧바로 수련을 시작했다.

*　　　　*　　　　*

벌컥!

벌컥!

목젖이 몇 번 꿈틀거리며 한 병의 술이 게 눈 감추듯 감추어졌다.

“커어—”

순식간에 술 한 병을 비운 사내는 거친 숨을 토해냈다.

터져 나오는 숨결을 따라 진한 술 냄새가 함께 섞여 나왔다. 그것은 방금 마신 술 때문만은 아니었다. 금방 마신 술은 그런 진한 냄새가 터져 나오게 하지 않는다. 위장에 흘러 들어가 반쯤 소화가 되어야 그런 진한 술 냄새가 터져 나오는 것이다. 그렇다면 방금 사내의 입에서 터져 나온 짙은 술 냄새는 이미 이전에 마신 술이 온몸에 배어 트림과 함께 흘러나온 것이다.

이전에 마신 술이 깨기도 전에 연거푸 술을 마서대는 젊은 개방도는 상취개(常醉丐) 장서홍(張書弘)이었다.

개방에는 두 명의 괴개(怪丐)가 있었다. 이른바 개방쌍괴(丐幫雙怪)였다.

원래는 일괴만 있었는데 오 년 전에 한 사람이 더 괴개의 반열에 올라 개방쌍괴가 탄생한 것이다.

개방쌍괴란 말이 생기기 전부터 괴개의 자리를 차지하고 있던 사람인 개방제일괴는 예측불허개(豫測不許丐)란 별호를 가진 개방도였는데 편의상 불허개라 불렀다.

환갑이 지난 최근에는 그 기행도 원숙한 향기를 품었지만 젊은 시절 그의 기행은 그의 몸에서 풍기는 냄새보다 수십 배 는 더 지독했다. 그래서 한때는 총단에서 금족령을 내리기까 지 했다.

그가 바로 백엽동이었다.

백엽동과 함께 쌍괴의 남은 한 자리를 차지하게 된 개방제 이괴는 지금 술을 마시고 있는 상취개 장서홍이었다.

그는 별호답게 언제나 술에 취해 대추처럼 붉은 얼굴을 한 삼십대 중반의 개방도였다.

멀쩡한 체구에 멀쩡한 생김새, 지극히 정상적인 행동을 하는 그는 술에 취한 얼굴만 아니라면 다른 개방도와 아무런 색다른 점이 없는 사람이었다. 항상 술에 취한 얼굴 역시 이곳 개방에서는 반 이상이 그런 상태이니 오히려 그게 더 정상적인 모습이었다.

그런 그가 개방쌍괴로 불리는 것은 개방에서 자기보다 무공이 강하거나 엇비슷하다고 여겨지는 사람을 보면 꼭 한 번은 대결을 벌여보아야 직성이 풀리는 무공광이라는 점 때문이었다.

지든 이기든 그건 상관이 없었다. 무공이 강해 고수라 칭해지는 개방도는 몸소 확인해 봐야 직성이 풀린다는 것이다.

다행인 것은 누구도 없는 곳에서 단둘이서만 비무를 원했고, 그 기벽이 개방도에 한해서란 것이었다. 만약 개방도가 아닌 다른 무인들에게까지 그 기벽이 발동했다면 벌써 죽었든지 개방 총단이 지금보다 더 훨씬 더 시끄러워졌을 것이다.

어쨌든 그는 기존의 개방 고수들 중에서 비무를 안 벌여본 사람이 없었고 새로운 고수가 탄생하면 천 리를 멀다 하지 않고 달려가서 비무를 벌였다.

그의 그런 기행은 개방 고수들에겐 골칫거리였다.

이겨봐야 본전이고 혹시 지기라 했다가는 개망신을 당할 입장인 기존 고수들은 당연히 그를 피했다.

그런데 비무를 벌일 수밖에 없는 상황을 만드는 데 있어 장서홍은 개방제일괴 백엽동보다 더 예측 불허였다.

어떤 수단을 써서라도 비무에 응할 수밖에 없게 만들었고 결국 비무를 벌였다. 불허개 백엽동마저도 그 일에 대해서는 손을 내젓고 비무 한판을 벌여줄 수밖에 없었다.

그런 기벽 덕분으로 상취개 장서홍은 무공이 일취월장했고 현재 사결 개방도가 되어 한 개 당의 호법 직을 맡고 있었다.

그 나이에 사결의 신분이라면 초고속 승진이었다. 하지만 총단의 사결 개방도 중에서는 그에게 이길 사람이 없었으니 크게 불만이 있는 사람이 없었다. 오히려 그는 젊은 개방도들의 우상이었다.

상취개 장서홍은 오늘 가슴이 뛰었다. 그래서 술 한 병을 게 눈 감추듯 마시고 긴 트림을 하고 있는 것이다.

신진 개방도 중에서 무공이 뛰어나다는 인간이 하나 나타났다는 소식을 들었기 때문이다.

게다가 그는 신분도 자신처럼 사결이었다.

일이 있어 호남 분타로 출타했다가 두 달 만에 돌아온 그날, 무슨 일인지—나중에 알게 된 사실로는 흰 호랑이 때문이었지만— 총단의 마사에서 모든 말이 탈출을 하여 미쳐 날뛰던 중 한 청년이 덩치가 거대한 또 다른 사내와 함께 비호처럼 날아들어 미친 말을 제압한 후 어깨 위에 가볍게 짊어지고 가는 모습을 보았다. 그때 장서홍은 자신도 모르게 피가 용솟음치는 것을 느꼈다.

두 사람 모두 처음 보는 얼굴들이었다. 그리고 개방도도 아닌 것 같았다.

그날 즉시 장서홍은 두 사람의 정체에 대해 물어보았다.

천만 뜻밖에도 한 명은 칠웅의 일인인 추풍신검 철사홍이었고 다른 한 명도 천산마존의 막내 제자인 청년이었다.

피가 끓어올랐지만 개방도가 아니었다. 그것이 정말 아쉬웠다.

그런데 며칠 전 그 둘은 물론이고, 천산마존의 딸까지 개방도가 되었다.

그것도 자신과 같은 사결의 신분인 개방도가 되었으니 이젠 싸워도 되는 것이다. 아니, 한 번 싸워보고 싶어 미칠 지경이었다.

"누구와 먼저 붙어볼까?"

장서홍은 철사홍과 유진룡의 모습을 떠올렸다.

명성으로 따진다면 당연히 철사홍이었다. 칠웅의 일인이니 이미 그 실력은 검증이 되고도 남았다.

그런데 이상하게도 장서홍의 본능은 유진룡을 더 원하고 있었다.

미친 말을 향해 달려들던 그 비호같은 몸짓과 미친 말의 발길질을 교묘히 피해내는 어지러운 보법은 철사홍의 움직임보다 더 구미를 당기게 했다.

그런 욕구에 불이라도 지르듯 요 며칠 동안 개방의 원로들도 철사홍보다는 그의 사제인 유진룡이란 청년에 더 관심을 가지며 무언가를 가르친다고 했다.

개방도 중에서 고수와는 누구를 막론하고 대결을 펼쳐 보고 싶은 광적인 장서홍의 기벽이 참을 수 없을 정도로 들끓어 올랐다.

"벌컥!"

장서홍은 또 한 병의 술을 단숨에 들이켰다.

그때 밖에서 인기척이 들렸다.

"안에 있느냐?"

제오장로이자 자신의 사부인 구천신개(九天神丐) 곽장견(郭莊堅)이었다.

"들어오십시오."

장서홍은 얼른 문을 열었다.

"네 녀석 입에서 풍기는 술 냄새는 여전하구나."

곽장견은 눈살을 찌푸리며 손을 흔들어 장서홍의 입에서 풍겨오는 술 냄새를 날려 보냈다.

"또 그놈의 기벽이 도진 모양이구나."

곽장견은 장서홍의 내심을 훤히 읽은 듯 풀썩 웃으며 장서홍의 눈을 쳐다보았다.

"그들이 어떻게 사결제자가 된 것입니까?"

장서홍은 부글거리는 호승심을 억누르며 물었다.

"자세한 것까지는 말해줄 수 없지만 그들은 앞으로 우리 개방이 꾸미는 큰 계획의 열쇠를 쥐고 있다. 그래서 그런 무리수를 두면서도 방주님을 비롯한 모든 원로들이 그런 결정을 내린 것이다."

"젊은 방도들의 반발이 만만치 않을 텐데요?"

장서홍은 약간은 걱정스런 표정으로 말했다.

"네놈도 그러느냐?"

곽장견이 찌르듯 장서홍을 쳐다보았다.

"저야 뭐… 더 좋지요. 그들이 개방도가 되었으니 한판 붙을 수 있고……."

장서홍은 흐뭇한 웃음을 지었다.

"어련하겠느냐, 이놈아! 네놈이 그런 소갈증을 가지고 있다는 것은 모든 장로들이 다 짐작하고 있는 바이다."

곽장견은 잠시 말을 멈추었다가 다시 입술을 움직였다.

"그래서 방금 장로회의에서 네 녀석의 그 기벽과 젊은 방도들의 반발을 한꺼번에 풀어줄 한 가지 계획을 세웠다. 네 녀석 마음에는 안 들겠지만 일단 들어보기나 하거라."

곽장견은 낮은 한숨을 한 번 내쉬며 손짓으로 장서홍을 불렀다.

*　　　*　　　*

"이러다간 취하지 않아도 비틀거리겠군!"

유진룡은 자신도 모르게 꼬이는 발걸음을 억지로 바로잡으며 쓴웃음을 지었다.

머칠 동안 밤낮을 가리지 않고 취팔선보의 보법을 익히다
보니 온 뼈마디가 뒤엉키며 아무리 바로 걸으려 해도 자신도
모르게 온몸이 비틀거리고 있었다.

적응을 하고 제대로 걸으려면 제법 시간이 걸릴 것 같았다.

비틀!

다시 몸이 비틀거리며 앞으로 쓰러질 것 같았다. 그리고 자
연스럽게 보법의 구결이 떠올랐다.

유진룡은 억지로 다리에 힘을 주며 흐느적거리는 신형을
바로 세웠다. 그러자 이번에는 멀쩡한 건물 복도가 취한 듯
비틀거리고 있었다.

"휴우—"

긴 호흡을 끌어올린 유진룡은 빠르게 걸음을 옮겼다.

"……?"

복도 중간에서 유진룡은 우뚝 걸음을 멈추었다.

기둥 한쪽에서 지독한 술 냄새가 풍겨왔다. 그리고 술 냄새
와 함께 날카로운 기운 한가닥도 같이 풍겨 나왔다.

"자네가 유진룡인가?"

기둥 뒤에서 한 사내가 모습을 드러냈다.

삼십대 중반 정도의 사내로 취기가 올라온 얼굴이 붉게 물
들어 있었다.

"그렇습니다만……."

유진룡은 찌든 술 냄새에 자신도 모르게 눈살을 찌푸리며

답했다.

"난 장서홍이라 하네."

사내가 물씬 술 냄새를 풍기며 자신의 이름을 밝혔다.

유진룡은 사내의 행색을 찬찬히 살폈다. 자신의 이름을 알고 있고 또 스스로의 이름을 밝힌 것으로 봐서 그냥 지나쳐 가는 인물은 아님이 분명했다.

뜻밖에도 사내의 허리에는 유진룡과 똑같은 사결 매듭의 새끼줄이 매여 있었다.

"밖에 나갔다 오니 새로운 사결제자가 탄생했다더군."

거두절미하고 자신의 말을 한 장서홍은 씨익 웃으며 몇 걸음 다가왔다. 그의 입에서 술 냄새가 더욱 거세게 풍겨 나왔다.

"원로원에서 결정한 문제니까 크게 반대할 생각은 없네만 혈기 왕성한 제자들은 그렇지가 않지. 그리고 사결 매듭은 통과의례가 있고……."

장서홍은 알 듯 모를 듯한 말과 함께 소매를 걷었다. 그리고는 경고도 없이 손을 뻗어왔다.

그의 손에서 어지러운 금나술이 펼쳐졌다.

'이자가?'

유진룡은 슬쩍 몸을 움직이며 장서홍을 노려보았다. 술독이 올라 폐인같이 보였던 그의 모습은 온데간데없고 한 마리 맹수 같은 기세가 온몸에서 흘렀다.

"좋군!"

자신의 금나술을 무위로 돌린 유진룡은 보고 장서홍이 한 마디 찬사와 함께 미소를 지었다. 그리고 더욱 현란한 움직임으로 손목을 잡아왔다.

유진룡은 눈썹을 역팔자로 모았다.

혈기왕성한 젊은 개방도는 수긍을 못하느니, 사결 매듭은 통과의례가 있느니 하는 소리로 미루어보아 뭔가 실력 검증이라도 하는 모양이었는데 이런 장소에서 이런 느닷없는 공격은 어이가 없었다.

이자는 백엽동만큼이나 예측 불허한 인간이란 생각이 들었다.

"이유라도 설명해 주어야 하지 않소?"

유진룡은 만리추영보를 밟으며 장서홍의 손을 쳐냈다.

장서홍의 손목에 붉은 줄이 그어졌다.

"후후!"

장서홍이 만족한 듯 웃었다.

"원래는 잠시 후 앞마당에서 하기로 되어 있었는데… 이것저것 격식 따지고 광대놀음 하는 것은 질색이라서 말이야."

장서홍은 유진룡의 손가락에 의해 붉은 줄이 생긴 손목을 쓱쓱 쓰다듬으며 답했다.

"그러니까……."

"자네 짐작대로일세. 원로들이 자네 사형제들에게 봉공 대접과 함께 사결 매듭을 내리는 것을 젊은 개방도들이 도저히 못 받아들이겠다며 반대하는 목소리가 하늘을 찔렀다네. 그러니 어쩌겠나? 절충안을 만들어야지."

장서홍의 설명대로 난데없는 사결 봉공의 탄생은 개방 내에 큰 소란과 함께 적지 않은 반대를 불러왔다.

백엽동과 원로들이 머리를 맞대고 수립한 계획을 알 리 없는 그들은 아무리 원로원의 결정이라 해도 쉽게 받아들일 수 없는 일이었다.

원로들이 숙의를 거듭하고 방도들의 의견을 모은 결과 그 반대의 목소리를 잠재우는 가장 효과적인 방법은 실력의 검증이라는 데 의견을 모았다.

칠웅의 일인인 철사홍의 실력은 이미 알고 있는 사실이니 불만이 적었다. 그러나 유진룡과 주애청의 실력은 공증되지 않은 상태인지라 불만이 집중되었다.

그래서 유진룡과 주애청의 실력 검증이 필요했는데 주애청은 여인이라 마땅한 상대가 없었다. 그들이 이겨봐야 본전이었고, 지기라도 했다가는 망신살이 뻗치니 자연 모든 관심은 유진룡에게 집중되어 개방도들이 정하는 상대를 통해 유진룡의 실력이 검증되면 원로들의 결정을 받아들이겠다는 절충안이 만들어진 것이다.

"그 절충안이란 것이 잠시 후 개방도들 앞에서 당신과 비무를 하는 것이라는 말이군요?"

유진룡은 눈살을 찌푸렸다.

처음에는 건성으로 가르치다가 점차 쉴 틈도 주지 않고 열성적으로 취팔선보를 가르쳐 주던 일장로 철장신개가 어쩐 일인지 오늘은 휴식 시간을 준다 싶었더니 이런 꿍꿍이가 있었던 모양이다.

"난 비무는 밥 먹는 것보다 좋아하지만 남들 보는 데서는 절대로 안 하는데… 우리 두 사람의 의지와는 아무 상관 없이 그렇게 결정되었다더군. 개뿔 같은……."

장서홍은 불평을 토하며 다시 손을 들어 올렸다.

"그렇다고 이렇게 느닷없이 공격하는 건 무슨 개뿔이오?"

유진룡은 슬쩍 기둥 옆으로 몸을 이동시키며 장서홍의 공격로를 봉쇄했다.

"원로원과 젊은 방도들의 결정을 무시할 수도 없고… 그렇다고 내 의지와 상관없이 구경꾼들 앞에서 광대 노릇하는 것도 마음에 안 들고… 결국 내 방식대로 자네와 여기서 조촐하게 대결을 벌이고 난 후 내가 자네를 인정하는 방식을 취하기로 했네. 내 말이면 젊은 놈들은 꼼짝 못하지. 그러니 협조 좀 해주게."

장서홍은 몇 걸음 옆으로 움직여 공격로를 확보했다.

"당신 방식은 그렇다 치고… 내 방식은 어떻게 되는 것이오?"

유진룡은 다시 기둥 뒤로 움직이며 대꾸했다.

"그럼 자넨 어떤 방식으로 하고 싶나?"

다시 공격로를 봉쇄당한 장서홍이 입맛을 다시며 물었다.

"글쎄… 배운 것도 실습해 볼 겸 한판 싸우고 싶은 생각도

드는데… 너구리 같은 노인네들이 자기를 마음대로 북 치고 장구 치고 다 하는 것은 영 마음이 안 내키는군요."

"동감일세. 그러니 자네 방식을 말해보게."

장서홍이 다시 옆으로 몇 걸음 움직이며 공격로를 확보했다.

"내 방식은……."

유진룡은 주변을 둘러보며 상황을 살폈다.

밖에는 벌써 많은 거지들이 모였는지 왁자지껄한 소리들이 들렸다.

그곳으로 나가면 그들의 성화에 이끌려 어쩔 수 없이 광대 놀음을 해야 할 것 같았다. 그건 마음에 들지 않았다. 그렇다고 밖으로 나가지 않고 이곳에 있어도 마찬가지일 것 같았다.

어쨌든 오늘은 이 인간과 손발을 섞어야 할 수밖에 없겠다는 생각이 들었다.

"어서 자네 방법을 말해보게!"

장서홍이 다시 재촉했다.

'피치 못한다면 그간에 쌓인 역정이라도 좀 풀어볼까?

유진룡의 입가로 희미한 미소가 어렸다.

때로는 여우 같고 때로는 너구리 같은 백엽동 노인에게 계속 끌려간다는 생각이 들어 적이 역정이 났는데 조금이나마 풀 길이 생긴 것 같았다.

"내 방식은… 주변 지형지물을 적절히 이용해서 싸우는 것이오."

유진룡은 기둥을 돌아 신속하게 보법을 밟았다.

"좋을 대로!"

장서홍이 즉시 유진룡을 따랐다.

와창창—

장서홍의 공격을 피하는 척하던 유진룡이 그대로 문쪽으로 몸을 날리자 문이 와장창 부서져 나갔다.

"왜 하필 그쪽으로 피하나?"

어리둥절한 표정을 한 장서홍이 목소리를 높이며 다시 금나수를 펼쳤다.

와장창!

유진룡은 다른 문을 부수며 다시 몸을 피했다.

"자네?"

장서홍이 눈살을 찌푸렸다.

개방 총단에서도 방주의 숙소와 접견실이 있는 이곳 용호전(龍虎殿) 건물은 유일하게 거지 티가 나지 않는 곳이었다. 비싸지는 않지만 깨끗한 재료로 만들어져 손님을 접대하기도 하고 원로회의가 열리는 곳이기도 하다.

그런 곳의 문 두 짝이 지금 복구 불능의 상태로 박살이 나버렸다.

"주변 지형지물을 적절히 이용하는 중이오. 잡을 자신이 없으면 패배를 선언하든지……."

와장창—

유진룡은 또 한 개의 문을 뚫고 나가며 이번에는 반대편 문을 향했다.

"그, 그 문은 방주님께서 직접 나무를 깎아……!"

장서홍은 질린 얼굴로 그 자리에서 움직임을 멈추었다.

번거로운 것이 싫어 아무도 없는 곳에서 유진룡과 어울려볼 참이었는데 이건 용호전 이층을 쑥대밭으로 만들게 생긴 것이다.

와장창!

장서홍이 움직임을 멈추자 문을 뚫고 나온 유진룡이 오히려 장서홍을 공격했다.

"젠장!"

역정을 토한 장서홍이 신속히 보법을 밟았다.

가만 놔두었다가는 문이란 문은 다 부술 것 같았다. 그렇다면 최대한 빨리 대결을 끝내 피해를 최소화하겠다는 심산이었다.

와장창—

다시 문짝 두 개가 박살이 났다.

휘이익—

거리를 좁히지 못한 장서홍이 더욱 빠르게 보법을 밟았다. 그러나 장애물이 많은 관계로 거리는 여전히 좁혀지지 않았다.

"젠장! 이젠 나도 모르겠다."

멀쩡한 문 하나를 유진룡처럼 부순 장서홍은 유진룡의 진로를 막아갔다.

“이, 이게 무슨 소리냐?”

오층 원로원실에 있던 백엽동은 이층에서 들려오는 소란에 얼른 자리에서 일어섰다.

“대체 무슨 일이냐?”

백엽동은 밖을 내다보며 고함을 질렀다.

잠시 후 누군가 급히 계단을 올라왔다.

“시비가 붙었나 봅니다.”

젊은 제자 하나가 황급히 소리를 질렀다.

“감히 이곳에서 무슨 시비가 붙었다는 말이냐, 이놈아!”

백엽동은 고함을 질렀다.

그러는 순간에도 이층에서는 무언가가 부서지는 소리가 진동했다.

“상취개님과… 봉공이 된 유진룡 공자가…….”

“뭐라? 그놈들이 왜? 그놈들은 잠시 후 연무장에서 싸우게 할 생각이었는데…….”

와장창!

이번에는 이층 창문이 박살나는 소음이 들려왔다.

백엽동은 얼른 창문쪽으로 다가갔다.

창밖으로 고개를 내민 백엽동의 눈에 상취개 장서홍과 유진룡이 이층 창문을 뚫고 마당 한가운데로 날아가는 모습이 보였다.

第六十三章
취팔선보(醉八仙步)

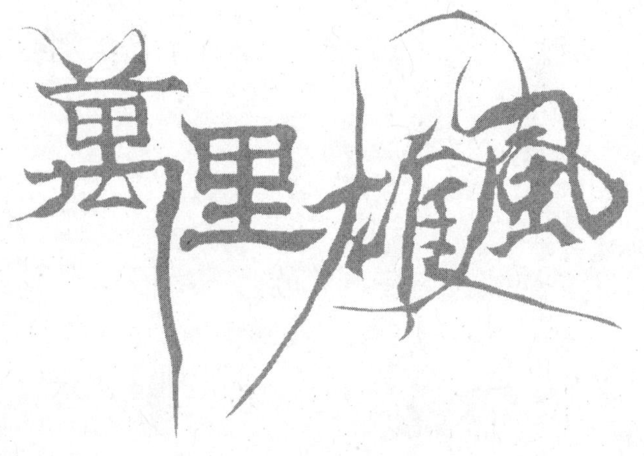

그 시각, 장서홍의 말대로 세 사람의 봉공을 맞아들이는 행사 준비가 개방 총단의 앞마당에서 진행되고 있었다.

자신들로서는 생전 처음 듣는 개방의 봉공이란 말에 총단에 있던 모든 개방도들과 인근에 나가 있던 개방도들이 꾸역꾸역 앞마당으로 모여들어 있었다.

다른 문파에서야 경우에 따라 여러 명의 봉공을 모셔 와서 문파의 힘을 강화시키는 일이 허다했지만 개방에서는 그런 일이 거의 없었다.

봉공이란 자리는 그야말로 존장의 예로 대접받으며 필요

할 때 힘을 써주는 자리인데 개방에서 아무리 대접받아 봐야 거지 신분일 수밖에 없었다. 그래서 그런 자리에 응할 사람도 없었거니와 수많은 인원을 거느린 개방에 그런 아쉬운 일도 없었기에 이제까지 그런 예가 없었던 것이다.

"봉공이라니? 그게 뭐 하는 자리인가?"

마당 근처에 자리 잡은 젊은 거지 하나가 뚱한 표정으로 물었다.

"글쎄…… 거지 중의 상거지 자리란 말인가?"

다른 거지 하나가 고개를 갸웃거리며 답했다.

"아무리 임시직이라지만 사결의 신분은 너무 과하다고 보네. 추풍신검 철사홍이야 뭐 그렇다고 쳐도 그의 사제들까지 그런 자리를 내린다는 것은 받아들일 수 없네."

조금 더 나이 든 거지가 완강한 표정으로 고개를 흔들었다. 그를 따라 다른 두 거지도 고개를 끄덕였다.

"우리의 뜻이 모두 전해졌으니 원로원에서도 이런 결정을 내린 것이겠지. 그래서 모두 이곳으로 모이게 한 것이고……."

그런 저런 불평들로 웅성거리던 소란들은 용호전 이층에서 터져 나오는 소란에 묻혀지고 모든 시선들은 창문을 뚫고 튀어나오는 두 사람에게로 모여졌다.

"젠장, 더 번거롭게 됐군!"

총단 앞마당 주변에 가득 몰려 있는 개방도를 본 장서홍은 인상을 썼다.

　이런 상황을 만들지 않고자 벌인 일인데 떼거지로 몰려 있는 인간들 앞에서 광대놀음을 하는 것도 피할 수 없게 되었고 기물까지 왕창 파손한 것이다.

　'처음부터 여기서 했으면 기물 파괴나 하지 않았지.'

　장서홍은 쓴 입맛을 다셨다.

　이층은 그야말로 난장판이 되어버렸다.

　유진룡이 의도적으로 멀쩡한 문들 사이로 누비고 다닌 터라 문이란 문은 다 부서졌다. 그리고 이곳까지 뛰쳐나왔다. 자신의 의도와는 정반대의 상황이 되어버렸다.

　'이놈은 아예 날 바보로 만들 생각이군!'

　장서홍은 눈 사이를 좁히며 유진룡을 쳐다보았다.

　'지독하군!'

　일층까지 부숴 버릴 생각으로 신형을 움직이다 장서홍의 필사적인 제지로 밖으로 튀어나온 유진룡은 총단의 앞마당을 가득 채운 개방도들을 보며 눈살을 찌푸렸다.

　총단이라서 그런지 용호전에서는 백엽동만 나타나지 않으면 거지 냄새가 나지 않았는데 앞마당 한가운데 수백 명이 한꺼번에 모이니 백엽동의 몸에서 풍기는 냄새 못지않은 악취들이 풍겨 나왔다.

　어쨌든 속은 좀 풀었다.

　이곳에서 광대놀음을 하는 것은 마음에 안 들었지만 장서홍이 싫어하는 상황을 만들었다는 것이 위로가 되었다.

"이젠 거치적거리는 것이 없으니 제대로 해보죠."

유진룡은 씨익 미소를 지었다.

"망할!"

장서홍은 역정을 토했다.

이층을 거의 박살 낸 판국까지 만들어놓고 이제 와서 아무도 안 보는 곳에서 하자며 그만둘 수도 없었다. 이젠 자신이 그간 지켜온 관례를 깨며 만 사람 앞에서 광대놀음을 해야 할 것 같았다.

"자네 각오하게! 박살난 문 값을 톡톡히 받아낼 테니."

장서홍은 흘러내린 소매를 위로 끌어 올리며 등 뒤에 찔러 넣고 있던 타구봉을 빼 들었다.

남들 앞에서는 비무를 하지 않는다는 자신의 철칙까지 깨뜨리게 만든 유진룡을 타구봉으로 준엄하게 심판할 생각이었다.

파앗—

장서홍의 신형이 빠르게 다가왔다.

휘이익—

파공음과 함께 장서홍의 타구봉이 벼락처럼 떨어져 내렸다. 어지러운 보법에 어우러진 그의 타구봉에는 극심한 변화가 섞여 있었다.

광구견미(狂狗見尾)!

장서홍의 타구봉에서 타구십팔초의 한 초식이 펼쳐졌다.

미친개가 자신의 꼬리를 물려고 돌 듯이 장서홍의 타구봉이 찌르는 속에서도 수십 개의 원을 그리고 있었다.

그 원에 걸리는 것은 무엇이든 빨려들거나 사방으로 튕겨나갈 것 같았다.

유진룡은 신속히 몸을 움직이며 광구견미의 초식이 뿌려대는 사정거리에서 벗어났다.

휘리릭—

장서홍의 타구봉이 다시 변화를 보였다.

광구견미의 초식에 이어 풍구난교(狐狗亂交)의 초식이 쏟아졌다.

수십 개의 동그라미를 그리며 찔러오던 타구봉이 난교를 벌이는 개들의 움직임처럼 두서없이 흔들리며 유진룡의 전신을 쇄도해 들었다.

유진룡은 명문대파의 초식이 무섭다는 것을 이미 실감했다.

일검탈명으로 단시간에 사람의 목숨을 취하는 데는 혈우마령대나 밀영이라는 무리들의 초식이 나아 보였지만 그건 수비를 도외시하는 약점이 있었다. 하지만 무당의 종하 진인이나 화산의 구진자가 뿌리는 검은 공수 양면에 충실하며 약점을 보완했다.

그들의 검은 무학의 완성을 추구하고 더 나아가 구도의 정점을 향하고 있었다.

장서홍의 타구봉에서도 쉴 새 없이 그런 기운이 뻗어 나왔다.

유진룡은 불끈 내력을 끌어올리며 최근 가장 큰 성취를 보이고 있는 만리추영보를 펼쳤다.

그의 몸이 흐릿한 궤적을 보이며 어지럽게 움직였다.

'이건?'

장서홍은 두 눈을 부릅떴다.

개방의 독문보법인 취팔선보만큼 변화가 심하고 예측 불허한 보법은 드물었다.

술에 취해 흐느적거리는 움직임은 진퇴가 불분명하고 그 진행을 예측할 수가 없다.

넘어질 듯하다가 일어서고 일어설 듯하다가 옆으로 기울고…….

그래서 취팔선보는 강호 최고의 보법 중에 하나였다. 그런데 지금 유진룡의 보법은 취팔선보 못지않게 변화무쌍했다.

돌아나갈 듯하다가 물러서고 물러서는 듯하다가 순식간에 전진하며 압박하는 보법은 취팔선보에 뒤지지 않았다.

쉬이익—

유진룡은 타구봉의 궤적 한 곳으로 주먹을 찔러 넣었다.

퍼엉—

주먹에서 가격당한 타구봉의 궤적이 주춤 흔들렸다.

‘됐다!’

유진룡은 신속히 만리추영보를 밟으며 흔들린 궤적 안으로 스며들었다.

두 개, 세 개로 흔들리던 유진룡의 신형이 하나로 모이며 장서홍의 가슴에 손바닥을 찔러 넣었다.

흐느적!

유진룡의 주먹이 장서홍의 가슴을 두드리는 순간 장서홍의 신형이 허물어지듯 뒤로 밀려났다.

그건 마치 정통으로 한 방 맞고 힘없이 꺼꾸러지는 것 같은 모습이었다. 그러나 장서홍의 가슴에서는 한줄기의 파육음도 들리지 않았기에 구경하는 개방도들은 모두 손에 땀을 쥐고 바라보았다.

‘취팔선보!’

유진룡은 장서홍의 방금 펼친 보법이 그것임을 단박에 느꼈다. 자신 역시 지난 며칠 동안 일장로 철장신개로부터 밤낮 없이 수련을 받았기 때문이다.

휘리릭—

뒤로 넘어간 것 같았던 장서홍의 신형이 오뚝이처럼 벌떡 일어섰다.

“와아—”

취팔선보의 진수가 펼쳐지자 젊은 개방도들이 함성을 터뜨렸다.

취팔선보는 상취개 장서홍의 가장 큰 특기라고 할 수 있었다. 항상 취해 있는 그에게 취팔선보의 수련은 거의 일상사였다. 또한 그 수준은 사결제자들 중에서는 최고였다.

파아앗—

일어서는가 싶었던 장서홍의 신형이 돌부리에라도 걸린 듯 다시 쓰러지며 예측 불허한 자세에서 타구봉이 쏘아져 나왔다.

순간 유진룡의 신형도 비틀 흔들리며 옆으로 쓰러졌다.

"어엇!"

젊은 개방도들이 입에서 함성 대신 경호성이 터져 나왔다.

장서홍이 쓰러질 땐 당연히 취팔선보를 펼친 것이라 생각했지만 유진룡이 쓰러지는 장면은 말 그대로 뭔가 잘못되어 쓰러진 것이라 여겼기 때문이다.

그러던 유진룡이 장서홍과 똑같은 동작으로 벌떡 일어서며 장서홍을 공격해 갔다.

"어? 어?"

젊은 개방도들의 입에서 다시 경호성이 흘러나왔다.

뭔가 잘못되어 쓰러진 것이 아니라 똑같은 취팔선보였다. 그것이 천만뜻밖이었던 것이다.

'취팔선보를?

장서홍의 눈도 크게 뜨여졌다.

그게 그렇게 쉽게 익혀지는 보법이었던가? 또한 저렇게 술도 취하지 않은 상태로?

'어디?'

흐느적—

장서홍의 신형이 더욱 심하게 비틀거렸다. 그리고 반쯤 쓰러진 상태에서 뻗어 나온 타구봉이 유진룡의 무릎과 허벅지를 사정없이 공격해 들었다.

휘리릭—

유진룡의 다리가 어지럽게 교차하고 발끝과 발뒤축이 교대로 들리며 쓰러지기 직전의 팽이가 회전하듯이 두 발을 축으로 신형이 크게 회전했다. 그러면서도 장서홍의 공격을 아슬아슬하게 피해냈다.

비록 장서홍에 비해 많이 어설프고 자칫하면 제대로 펼치지 못해 꽈당 넘어가 버릴 듯한 동작이었지만 그건 분명 취팔선보의 동작이었다.

요 며칠 철장신개가 유진룡에게 취팔선보를 가르치며 처음에는 껍데기만이라도 제대로 가르칠 수 있으면 천만다행이라고 생각했다.

그러나 무한십이수의 후반부에 실린 만리추영보의 보법을 익힌 유진룡은 취팔선보의 보법에 대한 적응력이 상상을 뛰어넘었다. 열두 개의 돌기둥 사이를 휘돌아 나가는 만리추영보는 쓰러질 듯 일어나고 비틀거릴 듯 휘돌아 나가는 취팔선보의 동작보다 훨씬 포괄적이었다.

철장신개는 갈등했다.

온전히 가르치느냐? 아니면, 더 이상 오의는 가르치지 않느냐?

결국 철장신개는 수박 겉 핥기 식으로만 가르치겠다는 생각을 접고 결국은 온전히 가르치는 쪽으로 생각을 굳혔다.

그건 제대로 배울 자질을 갖춘 후진에게 자신의 모든 것을 넘겨주고 싶은 무인의 공통된 심정과도 같은 것이었다.

"취팔선보!"

구경하던 개방도들 중 누군가 소리쳤다. 그것을 신호로 다른 개방도들도 따라서 소리를 질렀고 순식간에 호기심이 증폭되어 갔다.

굴러온 돌이면서 감히 사결의 매듭을 묶고 호법의 신분을 꿰찬 유진룡이기에 그만큼 반감이 컸는데 뜻밖에도 그가 개방의 독문보법인 취팔선보를 펼치자 더없이 신기한 생각이 든 것이다.

'이것 봐라?

취팔선보로 자신의 공격을 두 번이나 피한 유진룡을 보며 장서홍도 부쩍 호기심이 일었다.

"그럼 이것도 한번 따라 해보게."

장서홍은 다시 신형을 비틀거렸다.

이번에는 그야말로 온몸이 흐느적거리며 어디로 주저앉을지 모르는 만취해서 뻗어버리기 직전의 동작이었다.

'제길!'

유진룡은 속으로 역정을 토했다. 이 동작은 그야말로 맛만 본 것이었다.

취하지도 않은 상태에서 취한 동작을 흉내 내려니 속이 다 울렁거렸다. 더구나 아직은 제대로 몸에 익히지 못한 동작이었기에 뼈마디까지 욱신거렸다. 그러나 이미 펼친 취팔선보를 이제 와서 포기하고 만리추영보로 다시 바꿀 수도 없었다.

처음에는 반감이 가득한 젊은 개방도의 눈이었는데 자신이 취팔선보를 펼치자 그 반감이 급속도로 사라지며 친근감이 솟아오르고 있었다. 그걸 만리추영보를 펼치며 일시에 지워 버릴 수는 없었다. 죽으나 사나 취팔선보로 밀고 나가야 할 것 같았다.

휘리릭―

유진룡은 장서홍의 동작을 따라 하며 몸을 흐느적거렸다. 그러나 이 동작은 취팔선보 중에서도 상승의 동작이고 오늘 겨우 맛만 본 것이었다. 당연히 제대로 펼쳐지지 않고 약간은, 아니, 많이 뻣뻣한 이상한 동작이 되었다.

"와하하!"

결국 웃음이 터져 나왔다.

완벽한 장서홍의 동작에 비해 너무 차이가 났던 것이다.

"그게 아니야. 이렇게 하는 거라고."

공격을 멈춘 장서홍이 다시 시범을 보였다. 그의 입에서 술 냄새가 훨씬 진하게 풍겼다.

유진룡은 멍하니 장서홍을 쳐다보았다.

분명히 이 자리는 서로 대결을 펼치러 나온 자리였는데 뜻밖에도 배움의 자리로 변질되어 가고 있었다.

'어쨌든 끝까지 가보는 수밖에……'

유진룡은 다시 한 번 몸을 흐느적거렸다. 여전히 몸이 뻣뻣하며 스스로 어색한 기분이 느꼈다.

스스로 자연스럽지 못하면 보는 사람들 눈에는 더욱 그렇게 보이는 법이다.

개방도들 사이에서 또다시 웃음이 터져 나왔다.

'쩝!'

입맛을 다신 유진룡은 만리추영보의 보법을 떠올렸다.

비록 취팔선보와는 연관없는 보법이었지만 만류귀종이라는 말이 있듯이 만리추영보의 보법을 펼치면서 느꼈던 그 혼연일체감을 취팔선보에서도 느낄 수 있다면 무언가 상통할 수도 있을 것 같았다.

유진룡은 순간적으로 몸에 힘을 뺐다.

억지로 취팔선보를 펼치는 것이 아니라 만리추영보를 펼칠 때처럼 취팔선보의 구결과 동작에 전신이 녹아들어 가게끔 온몸을 내맡겼다.

흐느적!

그렇게 취팔선보의 보법 속으로 녹아들려 하자 억지로 비틀거리던 몸이 부드럽기 흐느적거렸다. 동시에 삐걱거리던 뼈마디가 주흥에 못 이겨 가무를 펼치듯 신명나게 돌아갔다.

순간 머릿속이 환하게 밝아오고 있었다.

상허하실(上虛下實), 취흥농월(醉興弄月), 음풍유운(陰風流雲)…….

머릿속으로만 틀어박혔던 공부들이 빠르게 전신으로 퍼져 나갔다.

휘리릭—

파파팟—

유진룡의 신형이 장서홍과 거의 비슷한 움직임을 보이며 거의 비슷한 각도로 몸을 뉘였다가 바람이 지나간 후에 일어서는 갈대처럼 흐느적 일어서고 있었다.

"그래 바로 그거야!"

장서홍이 고함을 지르며 타구봉을 휘둘렀다.

흐느적—

유진룡이 조금 전과 똑같은 동작으로 허물어졌다가 장서홍의 공세를 모두 흘린 후 그대로 일어섰다. 그리고는 장서홍을 향해 반격해 나갔다.

"와아!"

유진룡의 반격에 몇 마디 환호성이 터졌고 그것은 순식간에 들불처럼 번져 나가 온 장내를 뒤덮었다.

취팔선보에 있어서 유진룡은 장서홍에 비해 분명 풋내기

였고 약자였다. 그런 유진룡의 취팔선보가 차츰 정교해지며 장서홍에 맞서가자 젊은 개방도들은 자신도 모르게 약자인 유진룡을 응원하게 된 것이다.

'우읏!'

배신감에 온몸을 부르르 떨던 장서홍이 내심 경호성을 삼켰다.

취팔선보의 보법에 만리추영보의 보법이 자연스럽게 가미되어 유진룡의 몸에서는 훨씬 부드러우면서도 강력한 동작이 터져 나온 것이다.

파파팍—

장서홍의 타구봉과 유진룡의 양손이 어지럽게 얽혔다.

"그거… 반칙일세!"

취팔선보에 다른 동작이 섞였음을 느낀 장서홍이 장난처럼 소리쳤다.

"나로서는 어쩔 수 없는 일이오. 밑바탕이 그것이니."

유진룡은 마주 소리쳤다.

자신도 모르는 사이에 만리추영보의 보법이 같이 펼쳐진 건 어쩔 수 없는 일이었다.

"그런데 그게 뭔가?"

타구봉을 휘두르며 장서홍이 다시 소리를 질렀다.

"만리추영보!"

유진룡이 답했다.

"이름 한번 거창하군. 어디 얼마나 거창한지 견식해 볼
까?"

장서홍의 몸이 훨씬 어지럽게 움직였다.

이 동작은 유진룡으로서도 아직 배우지 못한 것이었다.

유진룡은 최대한 어지럽게 취팔선보를 밟았다. 그러나 장
서홍의 움직임을 따를 수 없었다.

"내가 원하는 건 그게 아닐세."

장서홍은 빠르게 타구봉을 휘둘렀다.

그는 유진룡에게 취팔선보가 아닌 만리추영보를 원하고
있는 것이다.

'할 수 없군.'

유진룡은 이젠 더 이상 자신이 배운 취팔선보로는 장서홍
을 상대할 수 없다는 것을 느꼈다. 장서홍 역시 그런 의도로
유진룡을 내몰고 있었다.

파앗—

유진룡의 발끝이 땅을 찍었다.

쉬이익—

흐느적거리던 유진룡의 신형이 포탄처럼 앞으로 쏘아졌
다.

흔들—

장서홍의 신형이 다시 만취한 신선처럼 움직였다.

휘리릭—

화살처럼 앞으로만 쏘아질 것 같던 유진룡의 신형이 어지럽게 흔들리며 돌기둥 사이를 휘돌 듯 비틀거리는 장서홍의 신형 사이로 휘돌았다.

"이름뿐만이 아니군!"

장서홍은 온 내력을 다 끌어올리며 취팔선보를 밟았다.

취팔선보가 유(柔) 속에 강(强)이 있고, 허(虛) 속에 실(實)이 있다면, 만리추영보는 강(强) 속에 유(柔)가 있고 실(實) 속에 허(虛)가 있었다. 그러면서도 취팔선보 만큼이나 예측 불허하고 변화막측했다.

휘리리릭—

장서홍은 필사적으로 취팔선보의 보법을 밟으며 타구봉을 휘둘렀다.

파파파팡—

파열음이 터져 나오며 유진룡의 발과 손, 무릎이 타구봉을 막아갔다.

"이런!"

장서홍은 신음을 흘리며 타구봉 끝을 쳐다보았다.

어느새 타구봉 끝이 너절하게 변해 있었다.

"우우……."

신음인지 탄성인지 모를 소리가 장내에 울려 퍼졌다.

장서홍의 타구봉이 저렇게 너덜거리는 것은 아직 본 적이 없었다.

또한 취팔선보를 따라잡는 보법이 있으리라고는 생각지도 못했다.

취팔선보를 펼칠 때는 어설펐지만 본연의 무공을 펼치니 절대로 장서홍의 아래가 아니었다.

너덜거리는 장서홍의 타구봉이 그걸 증명해 주고 있었다.

"이젠 이건 버려야겠군."

장서홍이 갈라진 청죽의 타구봉을 버렸다. 그리고 적수공권으로 상대할 자세를 잡았다.

"그만!"

두 사람이 다시 격돌하기 직전 일장로 철장신개가 나섰다.

"그것으로 충분했네. 비록 승부는 결하지 않았으나 사결 이하의 제자들 중에 상취개와 이 정도로 대적할 수 있는 제자는 없다고 보네. 실력으로도 인정을 받았고 취팔선보 또한 괄목할 만한 성장을 보이고 있으니 유 공자가 개방의 봉공 대접을 받을 만한 자격을 갖추었다고 보네. 개방의 큰 계획을 위한 원로원의 심사숙고한 결정이니 더 이상은 불만을 가지지 않길 바라겠네. 그래도 불만이 있는 제자는 지금 나서게."

철장신개가 자신의 독문병기인 철장을 들고 형형한 눈빛으로 젊은 제자들을 쳐다보았다.

평소 철장신개는 백엽동과는 정반대로 행동이 바위처럼 무겁고 조용한 사람이었다. 대신 그가 분노하면 용두방주도 쩔쩔매는 사람이었다. 그때는 천하의 백엽동도 꼬리를 말았다.

그런 그가 이번 일에 최대한 젊은 방도들의 의견을 존중해서 상취개와 유진룡의 대결을 허용하여 이런 자리까지 만들어주고 유진룡의 실력을 직접 견식하게 해주었으니 더 이상은 나서는 사람이 없을 것이라 여겼다.

그러나 군중심리란 것이 있다.

혼자 있을 때는 도저히 할 수 없는 행동도 수많은 군중들 앞에서는 과감히 할 수가 있는 법이다.

그런 군중심리에 도취된 한 개방도가 불끈 일어설 자세를 잡았다.

바로 그때!

"크흠!"

정적을 깨뜨리며 심술 가득한 기침 소리가 들렸다.

예측불허개 백엽동의 기침 소리였다.

공력을 실었는지 기침 소리는 온 사방으로 길게 울려 퍼졌다.

"젊은 놈들이 왜 그렇게 용기가 없어! 맞아 죽을 땐 맞아 죽더라도 한번 나서 보는 패기도 있어야지."

백엽동은 타구봉으로 바닥을 심술궂게 두드리며 장내를 둘러보았다.

얼핏 젊은 제자들의 패기를 북돋우는 말 같았지만 그 안에 담긴 뜻은 '나서는 놈은 누구든 내 타구봉에 맞아 죽는다' 였다.

다른 사람은 몰라도 백엽동이라면 이것저것 따지지 않고 그렇게 하고도 남을 것이다.

실제로도 지금 그의 행동은 금방이라도 타구봉을 휘두를 듯 땅을 두드리고 있지 않은가?

"없어? 정말 없느냔 말이다?"

백엽동이 다시 한 번 고함을 지르자 불끈하며 일어서려고 자세를 취하던 개방도가 불편한 자리라도 고르는 듯 손바닥으로 땅을 한 번 쓰다듬은 후 능구렁이 담 넘어가듯 어물쩍도로 주저앉았다.

그렇게 유진룡과 철사홍의 봉공 즉위식은 막을 내렸다.

*　　　*　　　*

개방에서 정도맹으로 가는 인원은 이젠 상처가 다 나은 적아를 대동한 유진룡의 사형제와 개방에서는 장로 급으로 예측불허개 백엽동과 장서홍의 사부이자 오장로인 곽장견으로 결정되었다. 그 외 개방도로는 상취개 장서홍과 분타주로 나가지 않은 총단의 삼결제자 다섯 명이 대동하기로 했다.

그들은 맨발로 돌아다니는 평소의 행차와는 다르게 특별히 구한 마차를 타고 정도맹을 향해 움직이고 있었다.

출행 중에도 쉴 새 없이 전서구를 날리고 삼결 개방도들이 교대로 마차 밖으로 나갔다가 한참 후에 다시 합류하는 모습은 개방이 왜 정보를 가장 많이 가진 방파로 불리는지 수긍이 가게 했다.

이번 정도맹 행은 개방에 있어서는 그 어떤 때보다 중요한 일인지라 예측불허개 백엽동은 평소와는 다르게 근엄함 표정으로 마차 안에서 자리만 지켰다.

유진룡으로서는 그게 편했다.

시도 때도 없이 이것저것 질문을 해대면 피곤하기 짝이 없을 텐데 백엽동은 앞으로 계획을 짜는지 무언가 깊은 생각에 몰두하며 자리만 지키고 있으니 더할 수 없이 좋았다.

아울러 유진룡도 마차 안에 느긋이 앉아 생각에 잠겼다.

단리하연이 어디쯤 왔을지 무척 궁금했다. 그리고 걱정도 되었다.

출발할 때는 몰랐겠지만 지금쯤이면 자신이 개방에 있는 것을 알고 있을 수도 있었다. 그리고 또 지금쯤이면 도천극 역시 자신의 정체에 대해서 샅샅이 알고 있을 것이다.

자신이 천산마존의 마지막 제자라는 것은 물론, 소주 뒷골목에서 지낸 어린 시절과 소향상회에 얽힌 사연들까지…….

그걸 알게 됐다면 도천극은 그곳으로 마수를 뻗칠지도 모른다.

사형과 사저에게 달라붙은 중독의 기운이 다 빠져나가기를 기다리는 동안 그 점이 제일 마음에 걸렸다.

그래서 하루에도 몇 번씩 소주를 달려가고 싶었다.

그런데 결과적으로 여기서 머물렀던 게 다행이었다.

자신이 곧바로 소주로 달려갔다면 단리하연과는 길이 어긋났을 것이다.

지금쯤 자신은 소향상회에 도착했을 것이고 단리하연은 정주로 가고 있을 것이다.

"무슨 생각을 그렇게 골똘히 해, 사제?"

주애청이 상념을 끊으며 질문을 던졌다.

"그냥…… 앞으로 할 일을 이것저것 생각해 보았습니다."

유진룡은 계면쩍게 웃으며 얼버무렸다.

"그게 아닌 것 같은데?"

주애청은 희미한 미소와 함께 유진룡의 얼굴을 주시했다.

"정인을 생각하고 있었지?"

주애청은 짓궂은 미소와 함께 다시 물었다.

"그게 아니라……."

유진룡은 머리를 긁적이며 우물거렸다.

단리하연과는 겨우 두 번 만났는데 모두들 그녀를 자신의 정인으로 단정 짓는 것이 부담스러웠다.

"후후! 솔직한 표정이 사제의 최고 장점이야."

주애청이 활짝 웃었다.

"어쩐지… 나 때문에 그녀가 위험해질 것 같습니다. 아울러 동생들도……."

유진룡의 얼굴에 먹구름이 내려앉았다.

"도천극 때문에?"

주애청도 어두운 표정을 했다.

"도천극, 그 개자식이라면 그러고도 남을 놈이지. 하지만 너무 걱정 말게. 이젠 사제는 혼자가 아니니까 말일세. 우리도 있고 개방도 있지. 사제를 건드리면 그건 개방을 건드리는 일이니까 도천극도 함부로 하지 못할 것이야."

철사홍이 유진룡을 위로했다.

"그래서 그녀와 동생들은 오히려 더 위험할 수도 있습니다. 나에게 직접적으로 위협을 줄 수 없다는 것을 안 도천극은 다른 식으로 마수를 뻗칠 수도 있으니까요."

유진룡은 속에 있던 걱정을 끄집어냈다.

"그렇군. 그래서 우리가 사결 봉공이 된 후 사제는 오히려 더 불안해했군."

철사홍은 무겁게 고개를 끄덕인 후 백엽동을 쳐다보았다.

"아직 연락이 없습니까, 장로님?"

"무, 무엇 말이냐, 이놈아! 그리고 가까이서 말할 때는 좀 살살하거라. 귀청 떨어지겠다!"

자신만의 생각에 잠겼다가 철사홍의 고함 소리에 번쩍 고개를 든 백엽동은 와락 인상을 찌푸리며 마주 고함을 질렀다.

"소향상회 회주에 대한 정보는 아직 안 들어왔습니까?"

철사홍은 더욱 목소리를 높였다.

"그놈 참! 왜 네놈이 더 궁금해하느냐? 네놈은 네놈 짝이나 잘 간수하면 될 것 아니냐?"

백엽동은 주애청을 흘깃 쳐다보며 대꾸했다.

주애청이 얼른 시선을 피하며 아미를 찌푸렸다.

"객쩍은 말씀 마시고 새로 들어온 소식이 있으면 말씀해 주십시오. 내 사제는 온통 그 걱정뿐이니 여차하면 마차 밖으로 뛰쳐나가 버릴지 모릅니다. 그러면 개방에서 꾸미는 일이 모두 틀어지는 게 아닙니까?"

철사홍은 반쯤 협박을 했다.

"아직은 소식이 없네. 그리고 지금은 이동 중이니 개방 총단에서처럼 수시로 정보를 받을 수 없는 처지이기도 하고……."

다섯 번째 장로인 곽장견이 대신 답했다.

"조금만 더 가면 개방분타가 있네. 그곳에서 방도들을 만날 수 있을 터이니 그때 이것저것 물어보면 알 수도 있겠지."

"그럼 어서 갑시다, 장 대협!"

철사홍은 말고삐를 잡고 있는 장서홍을 향해 고함을 질렀다.

장서홍이 술 냄새를 물씬 풍기며 고삐를 휘둘렀다.

그는 유진룡과의 비무 후 지금까지 술은 두 배로 더 마셨다. 반면 말수는 반으로 줄어들었다.

그건 상취개 장서홍의 또 다른 기벽이었다.

자신보다 훨씬 많은 나이의 방도에게는 지든 이기든 평소와 별로 달라지지 않았지만 비슷한 나이나 더 작은 나이의 개방도와 비무를 벌여 지고 나면 근 한 달 동안은 말수가 극도로 줄어들었고 주량은 몇 배로 늘어났다. 비록 유진룡과의 대결에서 승부를 결하지는 않았지만 그는 스스로 패배를 인정하고 있는 중이었다.

이젠 개방도 모두들 그런 장서홍의 기벽을 알기에 스스로 입이 트일 때까지는 말을 걸지 않았다.

두두두—

마차가 속력을 냈고 번화한 성시가 서서히 가까워졌다.

"너희들은 잠시 여기서 기다리거라. 내 급히 다녀올 곳이 있다."

제법 번화한 모습을 보이는 성시의 길목에서 불허개 백엽동은 갑자기 마차를 멈추고는 밖으로 나갔다.

"어디로 가시려는지요."

오장로 곽장견이 의문스런 표정으로 물었다. 지금까지는 계속해서 길을 재촉했는데 갑자기 마차를 멈춘 것이 이해가 가지 않는 것이다.

유진룡과 철사홍 등도 의구심 가득한 눈으로 백엽동을 쳐다보았다.

"거지는 갑자기 배가 아프면 안 된다는 법이라도 있다던가? 그러니 잠시만 기다리게."

백엽동은 인상을 쓰며 종종걸음으로 골목을 돌아 사라졌다.

워낙 예측을 불허하는 행동을 일삼는 백엽동이기에 마차에 남은 일행들은 입맛을 다시며 백엽동이 사라진 골목 쪽을 쳐다만 보았다.

"내 평생 백 장로께서 배 아프단 소리를 하는 것은 처음 들어보는군. 썩은 만두를 집어삼켜도 끄떡없이 삭이는 사람인데 말이야."

곽장견은 쓴웃음과 함께 고개를 저었다.

第六十四章
길동무

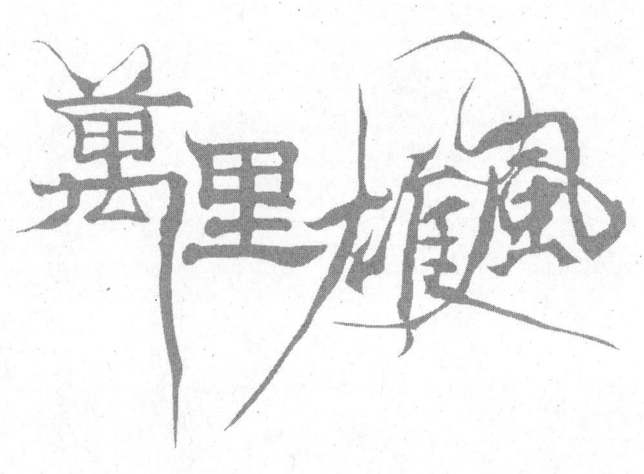

골목 서너 개를 빠르게 돌아 걸음을 멈춘 백엽동은 잠시 주변을 살핀 후 담장 하나를 훌쩍 뛰어넘었다.

담장 안쪽에는 폐허로 변해가는 건물이 있었고 그 주변으로 잡초가 무성하게 번성을 이루고 있었다.

인간의 번성과 다른 생명체의 번성은 서로 상반된다는 사실을 극명하게 보여주는 장소였다.

"장로님!"

폐허 한쪽에서 중년의 사내 하나가 모습을 드러냈다.

개방도 같았지만 허리에는 아무런 매듭을 묶지 않았다. 비밀리에 움직이는 개방도인 것이다.

“이리로 오게.”

백엽동은 빠르게 움직여 반쯤 무너진 건물 벽 쪽으로 몸을 숨겼다.

“행적은 찾았는가?”

백엽동의 성마른 질문에 허리에 새끼줄을 매지 않은 개방도 신수검(伸樹檢)은 고개를 끄덕이고는 품에서 서찰 한 장을 끄집어냈다.

“어제 오후에 겨우 흔적을 찾았다는 보고가 들어왔습니다. 그녀는 지금 세 명의 동행과 함께 배를 타고 황하를 거슬러 올라오고 있다는 보고입니다.”

“아직도 세 명뿐이란 말이냐?”

백엽동의 얼굴이 와락 일그러졌다.

소향상회의 호위들을 모두 대동하고 온다고 해도 안심이 되지 않을 판인데 아직까지 단 세 명으로 움직이고 있다니?

“그렇습니다. 그중에 한 명은 호위무사이고 다른 두 명은 집에서 같이 기거하는 소년들이라 합니다.”

중년 사내는 보고서를 쳐다보며 빠르게 말했다.

“쯧쯧!”

혀를 찬 백엽동은 근심 가득한 눈동자를 이리저리 굴렸다.

“변복을 하고 은밀하게 움직이고 있어 오히려 더 안전할 수도 있습니다. 우리는 처음부터 그녀 주변을 주시하고 있었기에 행적을 파악할 수 있었지만 다른 사람들은 그녀의 행적을 파악하는 것이 불가능할 것입니다. 그만큼 은밀하게 움직이고 있습니다."

중년 개방도는 백엽동의 걱정을 덜어주려는 듯 자신의 생각을 덧붙였다.

백엽동은 잠시 말문을 닫고 생각에 잠겼다.

"하긴. 그녀는 자신에게로 닥쳐올지도 모를 위험을 짐작하지 못할 테니 그렇게 움직이는 것도 무리가 아니지."

백엽동은 무겁게 고개를 끄덕였다.

"대체 그녀가 어떤 존재이기에……? 그리고 왜 그렇게 위험한지……?"

중년의 개방도는 조심스런 표정으로 백엽동을 쳐다보았다.

"아직은 내 예상일 뿐이지만 앞으로 불어 닥칠 무림의 혈풍을 막는데 큰 역할을 할 놈이 있다네. 그런데 그놈에게 있어 또 큰 역할을 하는 여인이 바로 그녀일세. 그녀에게 무슨 일이 벌어지면 그놈의 행보도 틀어질 것이고 그럼 혈풍은 더 크게 일 것이네. 아울러 우리 개방의 계획에도 큰 타격을 줄 것이고……. 그러면 배고파서 죽어가는 개방도들이 더 많아질 테지."

백엽동의 눈에 언뜻 아픔이 지나갔다.

"그래서 이렇게 당부하는 것이니 자네는 앞으로도 계속해서 수고를 좀 해주게."

백엽동은 평소의 대책없고 예측 불허한 모습과는 전혀 다른 표정으로 당부했다.

신수검은 너무 달라진 백엽동의 모습에 더 이상 토를 달지 못하고 고개만 끄덕였다.

"소향상회 주변은 잘 살피고 있는가?"

백엽동은 다시 물었다.

"인원을 몇 배로 늘려 은밀하게 주시하고 있습니다. 그러나 아직까지는 별다른 낌새를 느끼지 못하고 있습니다."

"그곳 역시 소홀히 해서는 안 될 것이네. 그곳에 있는 아이들도 그놈에겐 그녀만큼이나 중요한 존재들이니 말일세. 무석의 정가장과 항상 긴밀하게 연락하여 긴장을 늦추지 말게. 방주께 청을 넣어두었으니 정가장으로 은밀하게 인원 지원이 있을 것이네."

백엽동의 목소리가 조금 낮아졌다.

"누구 말입니까?"

신수검이 호기심 어린 눈으로 물었다.

"풍현오개(風弦五丐)와 광개(狂丐)가 갈 것이네. 그러니 자네는 이제 소향상회 회주 일은 이곳 분타에 맡기고 소주로 가서 그들과 합류하게."

"하필 왜 그놈들입니까? 제 말은 지독하게 안 듣는 놈들인데……."

신수검의 눈살이 심하게 찌푸려졌다.

"말 안 듣는 놈들을 잘 구슬려서 그놈들 손에 든 곶감을 뺏어 먹는 게 자네 특기 아닌가? 그러니 이번에도 잘해보게."

백엽동은 어느새 대책없는 표정으로 돌아와 느물거렸다.

"이십 년도 더 지난 얘기를…… 쩝!"

입맛을 다신 신수검은 품속에서 다시 한 장의 서찰을 끄집어냈다.

"뭔가, 또 그건?"

백엽동의 눈이 가늘어졌다.

"며칠 전에 이곳을 지나던 남궁가의 가주께서 분타로 들렀는데 장로님께 오늘 이곳을 지나신다고 하니 부탁이 있다며 남긴 서찰입니다."

"남궁가주? 붙잡아두지 그랬나?"

"백엽동은 서찰을 받아 들며 이리저리 살피며 아쉬운 입맛을 다셨다.

중원세가의 수위를 차지하는 남궁가의 가주이니 근처만 가도 먹을 것이 생겼고 금붙이가 휘날렸다. 그런 기회를 놓친 것이 안타까운 것이다.

"곧장 정도맹으로 향하는 중이라 여유가 없다고 했습니다."

"그 사람은 항상 급하군. 하긴 한발이라도 빨리 가야 그만큼 유리하겠지. 하지만 이번에는 좀 힘들 것이야."

백엽동은 득의의 미소를 지었다.

“그런데… 그가 부탁한 아들놈은 어디 있는지 알아보았느냐?”

서찰을 한 번 더 살핀 백엽동은 신중한 눈빛과 함께 물었다.

“여기서 일다경쯤 더 직진하면 장한객점(壯旱客店)이라는 객점이 있는데, 좀 전에 그곳으로 들어갔습니다.”

신수검은 고개를 끄덕이며 답하고는 이것저것 몇 가지 사항을 더 보고했다.

“그놈들 참! 자기 부친을 따라 정도맹으로 곧장 갈 것이지 샛길로 빠져 농땡이를 부리고 있군. 어쨌든 잘됐구먼. 그놈들 덕에 점심 값은 굳힐 수 있겠어. 또한 그 녀석들을 이용해서 소문도 좀 퍼뜨리고……”

예측불허개 백엽동은 뜻 모를 소리를 중얼거리며 미소를 지었다.

“무슨?”

신수검은 백엽동의 의도를 파악하지 못하고 고개를 갸웃거렸다.

“점심때는 되었고 돈은 없으니 돈 많은 놈들 옆에 빌붙어서 한 끼 때우자는 얘기지.”

“그거야 알겠는데 소문을 퍼뜨린다는 것은 무슨 말씀인지……?”

“며칠 지나보면 알 걸세. 그러니 이젠 그만 가보세. 더 이상 지체하면 설사가 아니라 변비인 줄 알겠네.”

몸을 일으킨 백엽동은 휘적휘적 담장 쪽으로 걸어나갔다.

"변비?"

신수검은 말뜻을 몰라 눈알만 굴렸다. 그의 눈동자 속으로 허깨비처럼 사라지는 백엽동의 모습이 어렸다.

*　　　　*　　　　*

"어서 오십……."

깍듯이 인사를 하던 장한객점의 점소이 우칠은 와락 인상을 찌푸렸다.

한참 바쁜 점심시간에 객점 문을 박차고 보무도 당당하게 들어선 손님들의 몸에서 심한 악취가 풍겨왔기 때문이다.

"이런 망할 거지 떼들이!"

우칠은 고함을 지르며 자리를 박찼다.

거지 떼들이 식당으로 난입하면 애초부터 문전박대하며 쫓아내야 한다.

떼거지들이 장타령을 외치며 동냥을 하려 해도 문제였고, 어쩌다 돈을 가지고 정당하게 식사를 하러 들어왔다 해도 그들의 몸에서 풍겨 나오는 악취는 다른 손님들을 모두 쫓아내기에 그것 역시 절대 달갑지 않았다.

그래서 무조건 쫓아내야 하는데 한 가지 조건이 있었다.

그건 허리에 새끼줄 매듭이 있는 개방의 거지들은 함부로 다루어서는 안 된다는 것이었다.

자리를 박차고 나오다 그 생각이 떠오른 우칠은 주루를 들어선 거지들의 허리를 살폈다.

"헉!"

우칠은 외마디 비명을 삼켰다.

매듭이 두 개만 되어도 깍듯이 모셔야 했고 세 개면 코가 땅에 닿도록 절을 해야 하는데 늙은 거지의 허리에 묶인 매듭은……?

한두 개도 아니고 일곱이었다.

우칠은 그 자리에서 얼어붙고 말았다.

일곱 개의 매듭을 묶고 나타난 거지는 어떻게 대접해야 하는지 교육을 받지 못했기 때문이다.

"이놈아! 거지 처음 보느냐? 어서 자리를 마련하지 않고 무얼 하는 거야?"

백엽동은 얼어붙은 우칠을 향해 고함을 질렀다.

"예? 아— 예!"

호통에 제정신을 차린 우칠은 허둥거리며 빈자리를 찾았다. 그러나 가장 붐비는 시간인지라 열 명도 넘는 손님들을 한곳에 앉힐 만한 자리가 없었다. 결국 빈 좌석 여러 곳에 나누어 합석을 시켜야 하는데 그것 또한 보통 문제가 아니었다.

입구에 들어서는 것만으로 악취가 진동을 하는데 누가 옆자리나 앞자리에 합석을 하려 하겠는가? 게다가 송아지만 한 늑대도 있지 않은가?

자신의 직장 생활 최대의 위기를 맞은 우칠은 식은땀을 흘렸다.

"이놈아! 어서 자리를 마련하지 않고 무얼 하느냐?"

백엽동이 다시 고함을 질렀다. 그러나 우칠은 쉽게 입을 열지 못하고 빈자리 몇 개를 가진 손님들의 눈치만 보았다.

가장 가까운 곳에 앉아서 식사를 하고 있던 손님들 역시 우칠처럼 눈치를 보기는 마찬가지였다.

마음 같아서는 냄새나는 거지 떼들을 당장 내쫓아 버리고 싶었지만 그들의 허리에 묶인 매듭이 문제였다.

늙은 거지 두 명은 평생 한 번 보기 힘든 칠결이었고 동행하는 거지들도 최하가 삼결이었다.

그래서 모두들 이러지도 저러지도 못하고 눈알만 굴리고 있었다.

"저기… 손님, 합석을 좀……"

우칠이 바로 앞자리의 손님들을 향해 천 근 같은 입을 열었을 때 백엽동이 느닷없이 고함을 지르며 창가의 제일 상석에 있는 손님들에게로 몸을 움직였다.

"이게 누구신가? 창해일룡(蒼海一龍) 공자 아니신가?"

우칠이 안도의 한숨을 내쉬었고 객점의 모든 시선이 백엽동과 백엽동이 다가가고 있는 손님들에게로 쏠렸다.

그곳에는 이남이녀의 젊은이가 두 개의 큰 탁자를 독차지하며 앉아 식사를 하고 있었는데 화려한 차림새와 탁자 위에 차려진 값비싼 음식들로 보아 한눈에도 명문대가의 자녀들임을 짐작할 수 있었다.

백엽동은 그들을 향해 거침없이 걸음을 옮겼다.

창가 쪽에서 식사를 하고 있던 청년 하나가 입맛을 다시며 일어섰다.

"누구신가 했더니… 백 장로님이셨군요. 하도 오랜만이라 얼른 알아보지 못했습니다."

청년은 뒷머리에 손을 대며 백엽동을 향해 인사를 했다.

그를 따라 다른 세 명의 남녀도 엉거주춤 일어섰다.

"하긴. 그간 내가 좀 늙었지. 그러니 자네같이 창창한 젊은이들 눈에도 관에서 끌어낸 송장쯤으로 보였겠지."

백엽동은 권하지도 않은 자리에 털썩 주저앉으며 가시 돋친 답사를 토했다.

"아이쿠! 송장이라니요. 천부당만부당하신 말씀입니다. 제가 배가 고파 식사에만 열중하느라……. 어서 동행 분들도 이리로 모시지요."

청년은 서둘러 변명을 하며 빈자리로 오장로 곽장견과 장서홍 등을 안내했다.

"이럴 게 아니라 실내로 모시겠습니다. 경치는 여기만 못하겠지만 자리는 넉넉할 테니……."

청년은 점소이를 쳐다보며 무언가 지시를 내리려 했지만

백엽동이 손사래를 쳤다.

"그럴 필요 없네. 우리야 바닥에 앉아도 상관없는 사람들일세. 눈치껏 이곳저곳 빈자리에 끼워 앉겠네."

자리는 조금 모자랐지만 젊은이의 동행이 좀 당겨 앉고, 빈 의자를 몇 개 더 가져와 옆쪽에도 놓으니 비좁으나마 자리가 마련되었다.

유진룡과 철사홍 등도 이남이녀의 옆 탁자에 자리를 잡고 앉았다.

"가만있자. 이 처자는……?"

모두 자리를 잡자 백엽동은 눈 사이를 좁히며 창해일룡이라 불린 청년 옆에 앉은 소녀를 쳐다보았다.

"안녕하세요, 백 할아버지?"

소녀가 얼른 일어나서 인사를 했다.

"그러고 보니 중원제일세가의 금지옥엽이로구먼. 코를 찔찔 흘리던 놈이 그새 이렇게 컸단 말이냐. 이젠 시집가서 아들딸 쌍둥이를 낳아도 되겠구나."

"할아버지!"

소녀가 뾰족하게 고함을 질렀다.

"그런데 이 선남선녀들을 뉘신가?"

백엽동은 얼른 고개를 돌려 창해일룡 남매 맞은편에 앉은 일남일녀를 쳐다보았다.

이미 그들 남매에 대해서도 알고 있는 눈치였지만 그는 계속 너스레를 떨었다.

청년이 미소를 지으며 그들 남매를 소개했다.

창해일룡이라 불린 청년의 정체는 중원제일가라 불리는 남궁세가의 소가주인 남궁세준(南宮洗峻)이었고 그의 옆에 앉은 여인은 동생인 남궁세희(南宮洗熹)였다. 맞은편에 앉은 일남일녀는 모용세가의 남매인 모용현(慕容玄)과 모용영경(慕容英慶)이었다. 그야말로 중원 거대세가의 용봉들이었다.

유진룡은 호기심이 이는 눈으로 그들 이남이녀를 살펴보았다.

모두들 그린 듯한 외모에 안으로 잘 갈무리된 기운이 절로 신진 고수의 면모를 보여주었다.

철사홍과 주애청도 처음 만나보는 중원 대세가의 자제들을 호기심 가득한 눈으로 쳐다보았다.

"자네들 소개는 받았으니 우리도 소개를 해야겠군!"

백엽동이 장서홍을 비롯한 삼결제자들과 유진룡 일행에게로 고개를 돌리자 남궁세준을 비롯한 일행들의 시선이 유진룡 사형제들에게 꽂혔다.

장서홍을 비롯한 다른 삼결제자들은 한눈에 보아도 개방도가 분명해 보였다. 그러나 유진룡 일행은 뭔가 이상했다.

비록 허리에 사결 매듭은 하고 있었지만 행색이 오랜 거지 생활에 물든 개방도와 달랐고, 게다가 주애청은 여인이었다.

늑대를 데리고 다니는 여인으로서 사결 신분의 개방도가 있다는 말은 아직 들어보지 못했다. 그리고 기도 역시 다른 개방도들과 너무 달랐다.

가만히 있어도 절로 밀려오는 압박감으로 고강한 내력을 몸에 지니고 있음이 절로 느껴진 것이다.

"역시 중원 대가문의 신룡들이라 눈매가 날카롭구먼."

백엽동은 개방도들에게는 전혀 관심이 없고 유진룡과 철사홍, 주애청에게만 온 신경을 집중하는 남궁가와 모용가의 남매들을 바라보며 쓴웃음을 지었다.

"자네들이 관심있어 하는 놈들부터 먼저 소개하지."

무슨 이유인지 목소리에 내력을 약간 실은 백엽동은 제일 먼저 철사홍에게 눈길을 보냈다.

"이놈에 대해서는 자네들도 알 것이네. 몇 년 동안 산속으로만 돌아다녀서 외모는 잘 알려지지 않았지만 그간 죽인 놈들이 하도 많아 악명은 좀 떨치고 있지. 이름은 철사홍이라 하고……."

"추풍신검!"

"칠웅의 일인?"

철사홍의 이름이 백엽동의 입에서 흘러나오자마자 남궁세준과 모용현은 거의 동시에 철사홍의 별호를 토해냈다. 두 사람의 목소리를 들은 주루 내의 손님들도 어리둥절한 표정으로 눈을 크게 뜨고 철사홍을 쳐다보았다.

그들도 추풍신검 철사홍의 이름은 간간이 들어보았지만 백엽동의 말대로 별호와 이름 외에 다른 것은 잘 알려져 있지 않았다. 그런데 그가 개방의 일원이라는 소리는 전혀 들은 바가 없었는데 지금 그의 술통같이 굵은 허리에는 분명히 사결 매듭의 새끼줄이 묶여 있었다.

남궁세준 남매와 모용현 남매는 그걸 느꼈는지 철사홍의 허리에 시선을 고정시키고 있었다.

"그놈 참! 생각보다 악명이 더 높군 그래."

백엽동은 풀썩 웃으며 이번에는 유진룡을 향해 턱짓을 했다.

"그리고 이놈은 그의 사제인 유진룡이라고 하는 놈일세."

백엽동은 이번에도 목소리에 내력을 실어 유진룡을 소개 했지만 남궁, 모용가 남매와 주루 안 손님들의 시선은 여전히 철사홍에게 고정되어 있었다.

"어라? 이놈은 아예 이름이 안 알려져 있구먼. 하긴, 동굴 속에서 기어나온 지 아직 일 년도 안 된데다 그동안 가명을 쓰고 다녔으니 그것도 무리가 아니지."

입맛을 한 번 다신 백엽동은 입술을 움직였다.

"이놈이 단신으로 혈우마령대 서른 명을 모조리 묵사발을 만들어 버렸다는 소문은 아직 안 퍼졌단 말인가?"

백엽동이 내력을 조금 더 돋우어 중얼거리자 철사홍에게 고정되어 있던 시선들이 일제히 유진룡에게로 쏟아졌다.

'이 노인네가 대체 무슨 수작인가?

내력까지 운기하며 자신들의 정체를 뭇사람들에게 폭로하는 백엽동을 보며 유진룡은 슬쩍 눈살을 찌푸렸다.

그러거나 말거나 백엽동은 이번에는 주애청을 소개하며 천산마존의 딸이라는 사실까지 모두 떠벌렸다.

남궁, 모용 남매에게 설명하는 듯 말했지만 내력을 운기했기에 백엽동의 목소리는 온 주루 안을 울려 퍼졌고 점심 식사를 하는 손님들은 거의 손을 멈추고 유진룡 사형제들을 뜯어보기에 바빴다.

"그게 사실인가요?"

한참 동안 유진룡 사형제들을 살피던 남궁세희가 미심쩍은 눈으로 백엽동을 쳐다보며 물었다.

"뭐 말이냐? 이 통나무 같은 놈이 철사홍이란 사실 말이냐? 아니면, 이 처자가 천산마존의 딸이란 사실 말이냐? 그것도 아니면 이놈이 소주 인근에서 혈우마령대를 모조리 묵사발을 만든 것 말이냐?"

백엽동은 한층 더 큰 목소리로 지금까지 떠벌렸던 얘기들을 요약해서 한 번 더 떠들었다.

"그러니까… 그 세 가지가 모두……"

남궁세희가 여전히 의심스런 눈으로 백엽동의 질문을 재확인했다.

부친과 친분이 있어 어릴 적 몇 번 본 적이 있는 백엽동이었다. 그리고 그의 기행을 기억하기에 그녀는 이번에도 갈피를 잡을 수 없었던 것이다.

"아니, 그럼 네 녀석 보기엔 내가 지금 노망이라도 떨고 있단 말이냐?"

백엽동이 남궁세희에게 고함을 질렀다.

"그게 아니라, 할아버지 얘기가 너무 뜻밖이라서… 추풍신검 대협을 여기서 마주치는 것도 그렇고, 또 저분 소저가 천산마존의 따님이라는 얘기도 그렇고… 하지만 도저히 이해가 안 가는 것은 저분들이 모두 개방도란 사실은 믿을 수가 없어요."

남궁세희가 다시 유진룡 사형제들의 허리에 묶인 매듭에 시선을 던졌다.

"아하! 그것 말이로구나. 하긴 그게 좀 뜻밖이겠구먼. 그건 엄연한 사실일세."

이곳으로 온 목적을 이루게 된 백엽동은 더 큰 목소리로 신명나게 떠들어댔다.

애초부터 백엽동의 목적은 이것이었다.

적당한 기회를 잡아 유진룡 사형제들이 개방의 봉공 자격으로 개방도가 되었다는 사실을 소문내려 하던 백엽동은 신수검이 전해준 정보로 남궁세가와 모용세가의 남매가 이곳 객점에서 점심을 먹고 있다는 것을 알고 기회를 포착해 일을 꾸민 것이다.

차후 이들을 통해 그 사실이 자연스럽게 남궁가나 모용세가의 어른들에게 들어갈 것이고, 그럼 중원세가로 퍼지는 것은 시간문제다. 또한 지금 객점에 있는 모든 사람들을 통해 유진룡 사형제들이 개방도가 되었다는 사실은 빠르게 퍼져 나갈 것이고 도천극이 있는 흑사련과 정도맹의 귀에까지 들어갈 것이다.

백엽동은 날라져 온 음식을 연신 입으로 쑤셔 넣으면서도 유진룡 사형제들이 개방의 봉공이 되었음을 거듭 강조했다.

음식을 쉴 새 없이 먹으며 설명을 하는 백엽동의 모습에, 아니, 애초부터 그의 몸에서 풍기는 냄새 때문에 입맛을 잃은 남궁, 모용세가의 남매는 식사를 멈추고 남은 음식들을 모두 개방도들에게 내밀었고 백엽동의 의도대로 개방도들은 공짜로 푸짐한 점심을 먹게 됐다.

"그런데 정말 유 소협이 단신으로 혈우마령대를 몰살시켰나요?"

음식에 관심을 끊은 남궁세희는 눈을 반짝이며 유진룡에게 관심을 드러냈다.

"무석에 있는 정가장의 도움이 있어서 겨우 목숨을 부지했습니다."

유진룡도 열심히 음식을 들며 답했다.

"내가 듣기론 정체 모를 한 신진 고수가 오히려 위기에 빠진 정가장을 구했다던데… 그게 아니오?"

이번에는 모용현이 서늘한 눈빛으로 유진룡을 쳐다보며 물었다. 그의 눈에 강한 호승심이 어렸다.

"소문은 부풀려지고 와전되기 마련이지요."

유진룡은 여전히 짤막하게 답하며 부지런히 음식을 먹었다.

백엽동의 과장된 언행으로 절로 눈살이 찌푸려지던 참이었다. 무림에서는 과도한 관심은 과도한 위험이나 마찬가지였다. 자신을 쳐다보는 모용현의 눈빛은 벌써 위험해 보였다.

"그런… 가요?"

모용현이 미심쩍은 눈으로 유진룡의 전신을 훑었다. 그러나 유진룡은 일체의 관심을 끊고 식사에만 전념했다.

"혈우마령대를 쳐부순 신진 고수가 만박노조의 가문인 석대가문에서도 활약을 했다는 소문이 있던데… 그리고 그 청년은 백호라는 호랑이와 같이 다닌다더니 오늘은 안 보이는 것 같소."

남궁세준이 모용현보다 조금 더 서늘한 눈으로 유진룡을 쳐다보며 질문을 던졌다.

유진룡은 적이 놀라는 심정이 되었다.

정가장이 있는 무석에서 석대가문으로 가고, 다시 개봉으로 오면서 되도록 정체를 숨기고 다녔는데 남궁세준은 그 행적을 꿰뚫고 있었다. 더구나 백호의 존재까지…….

역시 중원세가라는 생각이 들었다.

이들 가문 역시 중원 곳곳에 정보망을 두고 다양한 정보를 수집하며 그것을 바탕으로 모든 일에 한발 앞서 움직이는 것이다.

그런 능력이 있기에 중원세가가 되었을 것이고 또한 그런 능력이 있어야 그 자리를 계속 유지할 수도 있을 것이다.

"그곳에서는 화산파와 무당파의 고수들이 있어서 목숨을 건졌지요."

"역시 동일인이었구려."

남궁세준은 훨씬 더 서늘한 눈으로 고개를 끄덕였다.

담담하게 쳐다보는 것 같았지만 찌르는 것 같은 기운이 느껴지는 눈빛이었다. 무공을 익히지 않은 보통 사람이었다면 그 눈빛만으로도 기가 질려 먹은 것을 게워냈을 것이다. 하지만 유진룡은 그럴 생각이 없었다. 오히려 더욱 게걸스럽게 음식을 삼켰다.

남궁세준의 눈빛이 차츰 멀어져 갔다. 대신 다른 한 쌍의 눈빛이 부딪쳐 왔다.

"별호는 어떻게 되나요?"

남궁세희였다.

"동굴 속에 틀어박혀 있다가 나온 지 일 년도 안 된 놈이 별호는 무슨? 네 녀석이 하나 지어주지 그래."

백엽동이 콧방귀를 뀌며 짓궂은 눈빛을 주었다.

"제가 무슨 자격으로요. 차차 이름이 알려지면 별호 역시 알아서 생기겠지요."

남궁세희는 생긋 웃으며 유진룡을 쳐다보았다.

그걸 본 모용현의 눈꼬리가 치켜 올라갔다.

남궁세희에 대해 평소에 한없는 사심(?)을 품고 있던 그는 남궁세희가 다른 남자, 특히 왜소한 체격의 자신으로서는 꿈에도 그리던 신장과 체격을 가진 남자에게 보통이 넘는 관심을 가지자 없던 질투심까지 모조리 끓어오른 것이다.

남궁세희는 그걸 아는지 모르는지 호기심 가득한 표정으로 유진룡에게 이것저것 질문을 던졌다.

"백호란 호랑이와 같이 있었다고 들었는데, 어디 있나요?"

남궁세희는 주애청 곁에 있는 적아를 쳐다보며 눈을 반짝였다.

보통 영특한 늑대가 아닌 것 같았다. 늑대가 이 정도이면 백호라는 호랑이는 상상을 뛰어넘을 모습일 것이다.

중원제일의 가문 중 한 가문에서 어려서부터 부러운 것 없고 거칠 것 없이 살아온 그녀로서는 이젠 웬만한 명승지나 웬만한 인간들에게서는 별 감흥을 느끼지 못하고 있었다.

웬만한 절경보다는 남궁가 내의 가산이나 인공 호수가 더 빼어난 경관과 기묘한 분위기를 연출했고, 웬만한 무인들보다는 남궁가의 문지기가 더 고수였다.

정도맹으로 향하는 이번 여행에 잔뜩 기대를 하고 왔지만 그동안 만나는 사람들마다 그렇고 그런 사람들이었고, 지나친 장소마다 그렇고 그런 장소였던지라 따분함만 가중되어 결국 오빠와 의기투합하여 대열을 이탈한 차였다.

그런 그녀에게 천산마존의 제자라는 유진룡 사형제들은

정말 오랜만에 호기심을 충족시켜 주는 존재들이었다.

한눈에 보아도 자신과는 전혀 다른 환경에서 자란 것 같은 이질적인 기운들!

늘상 보아왔던 조각상 같은 얼굴과 몸매의 오빠들이나 다른 세가 사내들과는 전혀 다른, 석상같이 크고 단단한 체격과 야성미 넘치는 외모. 거기다가 사결 새끼줄까지 허리에 매고 있지 않은가?

그야말로 이번 여행을 통해 처음으로 진한 감흥이 일고 있었다.

남궁세희는 백호를 찾는 듯하면서 천산마존의 제자들, 특히 임자가 없어 보이는 유진룡을 알게 모르게 힐끔거렸다.

"백호는 이제 자기 살던 곳으로 돌려보냈어요. 야성이 워낙 강해 데리고 다니기가 힘들었어요."

주애청이 적아의 목덜미를 쓰다듬으며 대답했다.

"그렇군요."

일생에 한 번 볼까 말까 한 영물을 볼 수 없다는 생각에 남궁세희는 한없이 안타까운 표정을 했다.

입맛을 다신 남궁세희는 유진룡에게 시선을 주었다.

"그런데 어떻게 사결 개방도가 된 건가요? 이미 천산마존을 사부로 모셨다면서……."

그건 남궁세준이나 모용현 남매도 궁금한 사항이었기에 그들의 시선도 남궁세희와 같이 유진룡과 주애청, 철사홍의 허리에 고정되었다.

"그거야 우리 개방이 맘에 들어 잠시 눌러앉을 생각을 한 것이지. 그렇다고 칠웅의 일인으로 악명이 높은 놈을 무결부터 시작할 수 없기에 봉공 대접과 함께 호법 신분을 내려주기로 했지."

백엽동이 냉큼 나서며 묻지도 않은 것까지 주절주절 설명해 나갔다. 물론 이번에도 목소리에 내력을 은은히 싣는 것을 잊지 않았다.

백엽동의 설명을 듣는 남궁세희의 눈빛은 더욱 호기심 어린 빛을 발했다.

"그런데……."

모용현이 낮게 가라앉은 음성으로 끼어들었다.

"흑사련의 풍운당주인 도천극도 같은 사형제라 들었는데……."

모용현의 눈에 짧은 순간 적개심이 스쳐 지나갔다.

천산마존이 배출한 큰제자가 흑사련의 수뇌부가 되어 무림의 풍파를 조장하고 있었다. 그렇다면 그의 사제들 역시 같은 부류로 취급되는 것이다.

"그놈은 사부님을 돌아가시게 만든 반도일세!"

유진룡과 세가 후예들의 대화를 묵묵히 듣고 있던 철사홍이 버럭 고함을 질렀다.

갑작스럽게 터져 나온 우레와 같은 고함 소리에 남궁세희와 모용영경이 깜짝 놀라 상체를 세웠고 근처에 있던 사람들도 불식중에 몸을 굳혔다.

"우리 역시 그놈 손에 무수히 죽을 뻔했지. 그러니 다시는 그놈과 같은 자리에 우리를 올려 넣지 말게."

철사홍은 당장이라도 폭발할 듯한 표정으로 모용현을 노려보았다.

철사홍의 갑작스런 고함과 하대에 모용현도 지지 않고 철사홍의 눈을 노려보았다.

"그야 그쪽 사정이 아니겠소."

모용현은 딱딱한 어조로 말을 받았다.

"뭐가 어째?"

철사홍은 숯덩이 같은 눈썹을 역팔자로 모으며 금방이라도 검을 뽑을 듯 모용현을 노려보았다.

모용현이 순간적으로 움찔했다.

자신보다 거의 두 배는 더 크고 무거워 보이는 철사홍이 눈에 불을 뿜으며 노려보자 절로 간담이 서늘해진 것이다.

게다가 철사홍은 그동안 수많은 흑도 고수들을 고혼으로 만들어 추풍신검이라는 별호까지 얻고 있지 않은가?

모용현은 절로 주눅이 드는 마음을 추스르기 위해 안간힘을 썼다.

여기서 주눅이 들면 제일 먼저 남궁세희에게 인간 대접을 못 받을 것이다.

대놓고 그런 말은 하지 않겠지만 앞으로 그녀는 자신을 떠올릴 때마다 '병신'이나 '쪼다' 등의 단어를 같이 떠올릴 것이다.

그러나 그것보다 더 심각한 일은 모용이라는 성씨의 자존심에 관한 문제이다.

여기서 꼬리를 말면 자신뿐만 아니라 자신의 가문에도 먹칠을 하는 것이다. 또한 이곳으로 온 계획에도 차질이 생긴다.

모용현은 천천히 숨을 들이마시며 아랫배에 힘을 주었다.

절로 오그라들던 간담이 조금 주름살을 떨치는 기분이 들었다.

자신은 죽어도 떨어뜨려서는 안 되는 가문의 명예!

또한 그것은 자신을 지켜주는 커다란 후광이기도 했다.

놈이 아무리 악명이 자자하다 해도 자신에게는 가문의 후광이라는 것이 있다. 중원 십대가문에 드는 모용가의 이름이면 칠웅의 한자리를 차지하고 있는 추풍신검에 결코 밀리지 않는다. 아니, 해일처럼 휩쓸어 그런 별호 하나 정도는 단번에 집어삼킬 수도 있는 것이다.

모용현은 상체를 쭉 폈다.

"내가 없는 소리를 했소?"

모용현의 목소리는 어느새 고압적으로 변해 있었다. 그리고 그의 눈빛도 되살아났다. 가문의 후광이 그를 수렁에서 건져 주고 있는 것이다.

그러나 그는 철사홍에 대해 다분히 오해를 하고 있었다.

화가 나면 자신의 이름조차 잊어버리는 철사홍이 남의 가문 문패까지 고려할 리 만무했다.

"없는 소리는 아니지. 하지만 틀린 소리야. 그러니 취소를 하게!"

철사홍은 여전히 변함없는 기세로 말했다.

"취소?"

모용현이 눈살을 찌푸렸다.

사과나 용서보다는 약했지만 자신이 뱉은 말을 도로 주워 담는 취소 역시 길바닥에 음식을 쏟은 후 도로 주워 담는 것만큼 모양을 구기는 것이다.

"그럴 필요성을 못 느끼는데……."

모용현은 이제 완전히 여유를 되찾으며 느물거리는 자세까지 잡았다.

그러면서 슬쩍 남궁세희를 곁눈질했다.

얼핏 보니 추풍신검과 마주하면서 전혀 주눅 들지 않은 자신에게 감탄을 하고 있는 것도 같았다.

"그럼 필요성을 느끼게 해주는 수밖에……."

철사홍이 천천히 몸을 일으켰다.

"사, 사형!"

철사홍의 다음 행동이 어떤 것일지 익히 짐작한 주애청은 걱정스런 모습으로 같이 일어섰다.

이런 경우 철사홍은 모든 진실을 검으로 증명해 보이는 방법을 택했다.

그게 가장 간단하고 명쾌하다는 이유에서였다.

그러나 그건 흑도의 인간들에게나 순순히 통하는 방법이었다. 그들은 힘이 곧 진실이라는 철칙을 가슴속에 공통으로 품고 있었지만 모용세가와 남궁세가 같은 사람들에겐 그게 통하지 않는다. 속으로야 어떨지 몰라도 그들은 진실이 곧 힘이라는 고귀한 사상을 몸에 두르고 다닌다.

그걸 증명하기 위해 없는 용기도 내는 사람들인 것이다.

그런 사람들은 칼로 가린 진실은 인정하지 않는다.

오히려 진실이 칼에 매도되었다는 구호와 함께 벌 떼처럼 몰려올 것이다.

"사제!"

자신의 애절한 눈빛에도 철사홍이 아랑곳 않자 주애청은 사제가 어떻게 해보라는 다급한 눈빛으로 유진룡을 쳐다보았다.

유진룡은 묵묵히 일어섰다.

"사형!"

유진룡이 불쑥 철사홍을 불렀다.

"무슨… 일인가, 사제?"

막 모용현을 향해 실력으로 진실을 가리자는 제안을 하려던 철사홍은 단호한 표정으로 유진룡을 쳐다보았다.

사저 주애청과 함께 유진룡까지 말린다면 그건 진실을 밝히는 데 있어 넘어야 할 또 하나의 장벽이 될 공산이 컸기 때문이다. 그래서 철사홍의 표정이 엄해졌다.

"검은 이리 주고 이걸로 하십시오, 사형. 사형은 이젠… 개방의 일원이니 당연히 타구봉으로 해야 하지 않겠습니까?"

유진룡은 탁자 옆에 세워놓은 백엽동의 때 묻은 타구봉을 들어 철사홍에게 건넸다. 대신 철사홍의 허리에 묶인 청룡검을 떼어내 자신의 손에 들었다.

철사홍이 멍한 표정으로 유진룡과 때가 꼬질꼬질한 타구봉을 번갈아 쳐다보았다.

말릴 줄 알았던 유진룡이 오히려 싸움을 부추기는 상황에 멍해졌고 검을 놓고 타구봉을 들고 싸우라는 제의에 어이가 없었다.

'이, 이놈이?'

이제껏 흥미진진하게 상황을 지켜보던 백엽동이 눈을 세모로 만들었다.

분위기가 심상치 않았지만 절대로 싸울 수 없는 상황이었다. 장소도 좁았고 자신과 곽장견을 비롯한 열 명도 넘는 사람이 옆에 있으니 마지막에 누가 말려도 말리면 되었다. 그래서 모용세가의 자식놈은 얼마나 담이 큰지 조금만 더 지켜볼 요량이었는데 갑자기 이상한 방향으로 상황이 전개되고 있었다.

진검을 들고 싸우려 한다면 기필코 말릴 것이니 싸움이 일어날 리도 없고 그래서 걱정할 일이 없었다.

　그런데 저놈이 타구봉을 주고 싸우라고 부추기면 진검에 목숨이 왔다 갔다 하는 위험은 사라지고 반대로 타구봉을 휘두르는 철사홍의 신위는 어떤 것일까 하는 색다른 호기심이 생겨 모두 대결을 방치할 가망이 높아진다.

　그렇게 되면……?

　만약 저 무식한 철사홍 놈이 자신의 타구봉으로 모용가의 자식을 개 패듯이 두들겨 패면……?

　그땐 모든 책임이 자신과 함께 개방으로 돌아온다.

　'이런 망할 놈!'

　백엽동은 유진룡을 향해 속으로 험구를 터뜨렸다.

　저놈은 자기 사형의 분기를 풀어주며 그에 따른 뒤탈은 모두 개방으로 돌리려 하고 있는 것이다.

　백엽동은 고개를 돌려 곽장견을 쳐다보았다.

　'이 늙은이가!'

　곽장견마저 이젠 잔뜩 흥미로운 눈빛으로 타구봉을 든 철사홍을 쳐다보고 있었다. 그리고 다른 모든 사람들도…….

　"좋소! 나도 이것으로 하겠소!"

　모용현도 분위기에 휩쓸렸는지 곽장견의 타구봉을 손에 들었다.

　그렇게 갑작스런 대결이 성사되어 갔다.

第六十五章
동상이몽(同床異夢)

"이, 이런 놈들을 보았나! 그만두지 못하
겠느냐!"

백엽동이 뒤늦게 소리를 질렀지만 이미 타오른 불을 끄기
엔 역부족이었다.

철사홍과 모용현은 타구봉을 들고 주루 밖으로 나갔고 그
뒤를 따라 주루 내에 있던 사람들도 모두 따라 나갔다.

"일의 시발이야 어찌 됐든, 지는 사람이 사과한 걸로 하는
게 어떻겠소?"

유진룡은 철사홍과 모용현을 보며 제안했다.

철사홍이 먼저 고개를 끄덕였다. 그는 애초에 그러려고 했

던 것이다.

"까짓것! 그럽시다. 사내들끼리 말보다 몸으로 때우는 것은 나도 찬성이오."

모용현도 기꺼이 찬성했다.

그의 가슴은 거칠게 뛰고 있었다.

유진룡에 대한 질투심 때문에 시비가 일어나긴 했지만 진검을 든 철사홍은 벅찬 상대였다. 아니, 현재로서는 뛰어넘기 불가능한 상대였다.

그런데 진검이 아니라면…….

죽을 걱정은 없다. 그리고 아무래도 손에 익지 않아 진검으로 펼칠 때만큼의 쾌검을 뿌릴 수 없을 것이다.

그리하여 만에 하나 자신이 이기기라도 하면 자신은 오늘 당장 칠웅을 꺾은 새로운 칠웅의 반열에 들 수도 있는 것이다.

반면, 진다면……?

속은 한참 쓰리겠지만 칠웅의 일인에게 졌으니 그리 큰 오점은 남기지 않을 것이다. 끝까지 기죽지 않고 철사홍과 당당히 맞서 겨뤘다는 것만으로도 명성이 높아질지도 모른다.

"사제, 어쩌자고……."

주애청이 유진룡을 향해 나직하게 말했다. 타구봉이라 하지만 철사홍의 성격상 절대로 가벼이 넘어갈 것이 아니기 때문이었다.

"말리면 성질만 더 돋울 수도 있습니다."

유진룡은 고개를 저으며 두 사람이 대치한 곳으로 시선을 돌렸다.

흥정은 붙이고 싸움은 말리라는 말이 있지만 그게 언제나 통용되는 것은 아니다.

말려서 그치는 싸움이 있지만 때로는 말리는 바람에 더 크게 확대되는 싸움도 있는 것이다.

가만히 두면 그칠 싸움도 괜히 관중을 의식해서 죽을 둥 말 둥 설치다가 정말 죽는 경우도 소주의 뒷골목에서 여러 번 보았다.

오늘 역시 계속 말렸다간 작정을 하고 달려드는 모용현에게 화가 날 대로 난 철사홍은 앞뒤 가리지 않고 살수를 펼쳐 생사가 갈릴 수도 있는 것이다.

그럴 바에야 그냥 싸우게 놔두는 것이 낫다. 그러면 오히려 감정이 가라앉는다. 더구나 검 대신 손에 때 묻은 몽둥이를 들려주었으니 위험은 사라지고 재미있는 싸움이 되는 것이다.

그러나 그런 모든 이유보다 더 큰 속마음은…….

사실 그동안 사형이자 칠웅의 일인인 철사홍의 무위가 무척 궁금했다.

그 궁금증을 명문가의 후예를 통해 견식하는 것도 흥미진진한 일이다.

"그럼 내가 먼저 공격하지요."

모용현이 타구봉을 쳐들었고 철사홍이 고개를 끄덕였다.

쉬이익—

모용현의 타구봉이 허공을 갈랐다.

진검이 아닌 몽둥이였지만 세가의 후예가 휘두르는 몽둥이는 결코 단순하지가 않았다.

단순히 횡으로 휘두르는 것 같았는데 어느새 타구봉은 천변만화를 그리며 온 공간을 덮어가고 있었다. 만약 진검이었다면 검광이 사방을 온통 뒤덮었을 것이다. 타구봉이었기에 검광 대신 땟국물이 온 사방을 뒤덮고 있었다.

철사홍은 꼼짝도 않고 날아오는 몽둥이를 쳐다보았다. 그것은 단 일 초에 승부를 결하는 쾌검술 달인들의 공통된 비무 모습이기도 했다.

파앗—

모용현이 휘두른 몽둥이가 또 다른 변화를 보이려던 어느 순간 철사홍의 몽둥이가 쾌속하게 휘둘러졌다.

따악—

타구봉 두 개가 허공에서 얽히며 경쾌한 격타음을 토해냈다.

모용현의 타구봉이 휘청 뒤로 튕겨 올랐다. 그 사이로 철사홍의 타구봉이 섬전처럼 쏟아져 내렸다.

모용현은 새파랗게 질리며 상체를 틀었다. 진검으로 하는 승부였다면 철사홍의 검이 모용현의 검을 싹둑 자르며 그대로 목을 자르거나 심장을 갈라 모용현은 벌써 바닥에 시신을 뉘였을 것이다. 다행히 타구봉인지라 상체를 틀 여유가 있었다.

찌이익—

퍽! 하는 격타음 대신 이질적인 소리가 들렸다.

철사홍의 타구봉이 모용현의 어깨를 때렸는가 싶었는데 때리는 순간 모용현이 필사적으로 몸을 뒤튼 결과 타구봉에 애꿎은 모용현의 옷깃이 길게 찢어졌다.

휘이익—

이번에는 모용현이 반격을 가했다.

우우웅—

모용현이 휘두른 타구봉에서 무거운 진동음이 흘러나왔다.

썩어도 준치라고 했다.

아무리 수련을 게을리 하고 돌아다녔다고 해도 강호 십대 가문 안에 드는 모용가의 무공은 절대 허술한 것이 아니었다. 그 전통 깊은 세가의 무예가 모용현의 타구봉에서 어지럽게 펼쳐졌다.

따다닥—

모용현의 타구봉이 반복적으로 철사홍의 타구봉을 두드렸다.

"환상적이군!"

철사홍은 비릿하게 웃었다.

철사홍이 보기에 모용현의 초식은 실질적인 효용보다는 겉멋이 잔뜩 든 초식이었다. 또한 허영이 느껴지는 초식이었다. 이런 초식은 수많은 관중들 앞에서 펼치는 비무에는 최선일지 몰라도 생사를 가르는 순간에서는 유치할 따름이었다.

비릿한 미소를 입가에 문 철사홍이 다시 타구봉을 휘둘렀다.

따앗—

모용현의 이마에서 경쾌한 타격음이 터져 나왔다.

"크윽!"

모용현이 비명을 지르며 뒤로 물러섰다. 그리고는 왼손을 들어 올려 불이 난 듯한 이마를 주물렀다.

이마에는 이미 계란만 한 혹이 솟아올라 있었다. 모르긴 해도 외모마저 변형시켰을 것이다. 그리고 그곳에서 전해지는 지독한 통증이 머리를 어지럽게 하고 있었다.

"타앗!"

모용현이 큰 기합성을 터뜨리며 다시 짓쳐들었다.

이번에는 변화보다는 쾌를 가미한 검초를 타구봉으로 펼쳤다. 잔뜩 악에 받쳐 변초니 허초니 하는 형식을 펼칠 여유가 없었던 것이다.

그러나 그건 철사홍의 특기였다.

퍼억—

철사홍의 타구봉이 이번에는 모용현의 허리를 가격했다.

사정을 많이 두긴 했지만 타고난 신력이 실린 타구봉은 쇠몽둥이를 방불케 했다.

"헉!"

모용현은 입을 딱 벌리며 단말마를 내질렀다. 숨을 틀어막아 오는 고통에 서 있기조차 힘들었다.

따악―

다시 철사홍의 타구봉이 허벅지를 때렸다.

그러잖아도 서 있기 힘들었는데 한쪽 다리에 감각이 사라지며 더 이상 중심을 유지할 수가 없었다.

따악―

다시 반대쪽 다리에도 똑같은 고통이 엄습했을 때 모용현은 바닥에 쓰러질 수밖에 없었다.

"오, 오빠!"

모용영경이 하얗게 질린 얼굴로 뛰어가 모용현을 부축했다.

"젠장!"

모용현은 필사적으로 몸을 일으키려 했지만 그의 신형은 술이라도 취한 듯 비틀거렸다.

"괜찮아, 오빠?"

모용영경이 모용현을 부축하며 혈 몇 군데를 봉했다. 그로 인해 고통이 사라진 모용현의 얼굴이 조금 펴졌다.

　　모용현은 다시 일어서서 이판사판으로 싸울 채비를 잡았
다.

　　그런 그의 뇌리로 부친의 엄한 음성이 들려왔다.

＊　　　＊　　　＊

　　"우리 모용가는 언제나 중원 십대가문을 벗어나 본 적이
없는 가문이다."

　　모용현의 부친 모용상천(慕容上天)은 무거운 어조로 말했
다.

　　모용현은 눈을 끔벅거리며 부친을 쳐다보았다.

　　방금 부친이 한 말의 내용은 더없이 자랑스러운 것이기에
자부심 가득한 음성이 당연했다. 따라서 이런 무거운 어조는
전혀 어울리지 않는 것이다.

　　"소자는 그걸 항상 자랑스럽게 생각하고 있습니다. 그래
서……."

　　모용현의 말은 여전히 무겁게 들려 올려지는 부친의 손에
의해 제지되었다.

　　모용현은 입을 다물고 다시 눈을 끔벅거렸다.

　　"하지만 그건 어디까지나 이제까지의 일이었다."

　　부친의 음성은 이젠 무겁다 못해 심해 깊은 곳으로 가라앉
을 듯했다.

"그 말씀은······?"

모용현은 심상치 않은 분위기를 느끼며 표정을 굳혔다.

"최근 가문의 재정 상태는 심각한 지경에 이르렀다. 그간 벌인 사업들이 하나같이 악화일로를 걷고 있고 새로운 사업 역시 다른 세가들의 심한 견제에 부딪쳐 난항을 겪고 있는 중이다."

"잘나가던 사업들이 왜 그런 지경이 되었습니까?"

모용현은 가문 어른들에 대한 무언의 항의가 담긴 뚱한 표정으로 부친을 쳐다보았다.

가문의 세력이 급전직하하면 그 가문의 자식인 자신의 위상 역시 동반 추락하는 것이다. 그러면 그동안 누렸던 수많은 안락함이 손아귀에서 모래알이 빠져나가듯이 빠져나가고 만다.

"그건······."

잠시 곤혹스런 표정을 짓던 모용상천이 말을 이었다.

"여러 가지 복합적인 이유들이 있겠지만 가장 큰 이유는 바로 남궁세가 때문이다."

"남궁세가?"

모용현은 와락 눈살을 찌푸렸다.

오래전부터 남궁세가와 모용세가는 서로 좋은 동반자이자 좋은 경쟁자였다. 대대로 가주들끼리도 친분이 두터웠고 왕래도 잦았다. 그런데 부친 대에 이르러 사이가 소원해졌다. 그건 모용상천의 동생이자 모용현의 삼촌이기도 한 모용상군(慕容上群)이 남궁가주의 동생인 남궁단영(南宮丹影)과 젊은 시절 사랑에 빠져 죽자 살자 했는데 가문의 복잡한 이해관계가 작용해 혼사에까지는 이르지 못하고 모용상군이 다른 가문의 여식과 혼인을 하게 되면서부터이다.

예나 지금이나 혼사 직전에 일이 틀어지면 더 많이 손해를 보는 것은 여자 쪽이었다.

모용상군과의 열렬한 사랑과 그 실패로 인해 큰 타격을 입은 남궁단영이 독신을 선언하고 남궁세가의 한 별채에 틀어박혀 하루하루 늙어가자 모용가에 대한 남궁가의 원망이 생길 수밖에 없었다.

그 결과 좋은 동반자 관계는 차츰 희석되고 경쟁자 관계만 두드러졌다.

그렇게 되면서부터 무공이나 재력 면에서 이전부터 남궁가에 비해 열세에 있었던 모용가는 경쟁에서 밀리게 되고 이젠 십대세가의 반열에서도 밀려날 지경에 이른 것이다.

"그 정도로 심각합니까?"

모용현은 입맛을 다시며 물었다.

부친 대에서야 그런 사정이 있었지만 자신은 지금 남궁가의 여식인 남궁세희에게 큰 관심을 가지고 있는지라 그렇게까지 심각하게 와 닿지 않았다.

"생각보다 심각한 편이다."

모용상천은 낮은 한숨을 내쉬었다.

"그런데 그걸 왜 저에게……?"

모용현은 부친이 느닷없이 자신에게 그 얘기를 꺼내는 속사정이 궁금했다.

"요즘 네 녀석이 남궁가의 여식에게 온통 마음을 쏟고 있다는 것을 알고 있느니라."

모용상천은 의미심장한 눈으로 모용현을 쳐다보았다.

"그, 그건……."

모용현은 왠지 불길한 마음이 들어 제대로 대답을 하지 못하고 어물거렸다. 부친 대의 악연이 자신 대에까지 이어져 남궁세희에 대한 관심을 끊으라는 엄명이라도 내리면 큰일이었기 때문이다.

"네가 남궁가의 여식을 좋아하는 것이 잘못은 아니다."

"그 말씀은……?"

모용현은 먹구름이 덮쳐 오는 기분을 느꼈다. 부친의 다음 말이 '하지만 그녀는 안 된다'라고 흘러나올 분위기였기 때문이다.

"또한 남궁가의 여식과 네 녀석이 잘되어 결혼이라도 하면 앞으로 우리 가문과 남궁가는 그간의 소원했던 관계를 청산하고 예전보다 더 돈독한 친분을 이룰 수가 있겠지."

자신의 예상과 전혀 다른 내용의 말에 모용현은 먹구름 속에서 광명이 비추는 느낌을 받으며 희열에 찬 표정으로 부친을 바라보았다.

"그러니까 아버님은 저와 남궁 소저와의 관계를……."

"개인적으로 적극적으로 밀어주겠다는 말이다. 하지만 절대로 쉽지 않을 것이다. 네 녀석 삼촌과 남궁 소저의 고모가 격렬하게 반대할 것이고 가문의 어른들도 그리 우호적이지 않기에……. 하지만 그런 것이 가문의 흥망보다 중요할 순 없는 일이지. 그래서 아비가 생각을 좀 해보았다. 들어보겠느냐?"

"당연히……."

모용현은 목뼈가 어긋나는 소리가 들릴 정도로 고개를 끄덕였다.

*　　*　　*

그렇게 계획을 세우고 여기까지 왔는데 순간적인 감정을 주체하지 못하고 죽자 살자 싸우겠다고 하며 성질을 부려봤자 점수만 깎일 뿐이었다.

차라리 패배를 깨끗이 인정하며 사내다운 자세를 연출하는 것이 나았다.

모용현은 심호흡을 했다

"오늘 가르침 잘 받았소. 당신을 꺾어서 명성을 쌓으려고 했는데 말짱 도루묵이 되었소. 어쨌든 내가 사과한 격이 되었소."

모용현은 철사홍을 향해 포권을 지었다.

철사홍은 묵묵히 모용현을 내려다보았다. 처음에는 가문만 대단한 졸장부 같아 보였는데 싸우다 보니 제법 호기가 느껴졌다.

역시 거대 세가의 저력이 느껴지는 모습이었다.

"보기보다 괜찮은 친구로군."

철사홍이 고개를 끄덕였다.

"그렇다고 해서 전적으로 당신들을 믿는 것은 아니오. 무림은 온갖 흉계가 난무하는 곳이니 도천극의 사제라는 당신들의 신분은 쉽게 잊혀지진 않을 것이오."

모용현은 여전히 의심을 풀지 않았다.

"상관없네. 그럴 때마다 난 내 검으로 진실을 증명할 것이네."

철사홍은 지지 않고 대꾸했다.

그로 인해 다시 분위기가 딱딱해졌다.

그때 남궁세희가 나섰다.

"우리 가문에서 입수한 정보에 의하면 유 소협께서 몰살시키다시피 한 혈우마령대는 흑사련의 주구로 파악되었어요. 그리고 석대세가에 침입하여 만박노조 어르신을 돌아가시게 한 세력들도 같은 무리로 알고 있어요. 그 두 곳에서 그들과 싸운 사람이 유 공자시니 철사홍 대협의 말은 사실인 것 같군요. 같은 사형제지만 이젠 원수지간이라고 봐야 되겠군요. 그렇지 않아, 오빠?"

남궁세희는 고개를 돌려 오빠인 남궁세준을 쳐다보며 동의를 구했다.

잠시 망설이던 남궁세준이 묵묵히 고개를 끄덕였다.

"그리고 이젠 개방의 일원의 되기까지 했으니 그런 의심은 무의미하다고 봐요. 안 그런가요, 모용 공자님?"

남궁세희는 이번에는 모용현을 쳐다보며 동의를 구했다.

"휴우—"

모용현이 길게 한숨을 내쉬며 상체를 의자에 기댔다.

"이해하세요, 철 대협, 그리고 유 소협. 모용세가는 최근 흑사련의 준동으로 인해 많은 손실을 입었어요. 그래서 모용 공자에게 신경이 날카로워지신 모양입니다."

남궁세희는 모용현의 입장을 두둔하는 것도 잊지 않았다.

"와하하!"

백엽동이 평소답지 않은 호탕한 웃음을 터뜨렸다.

"코흘리개가 이젠 현모양처감이 다 되었구나. 이럴 줄 알았으면 내 일찌감치 제자 놈들 중에 한 놈을 골라 정혼을 해 놓는 건데 말이야."

백엽동은 아쉬운 듯 입맛을 다셨다.

"다른 개방도는 몰라도 백 장로님 제자라면 사양하겠어요. 절대로!"

남궁세희는 금방 표정을 바꾸며 손을 내저었다.

"이 녀석아, 내 제자가 어때서? 다들 내 제자들만큼만 하라고 해라."

백엽동은 고함을 지르며 엄한 눈으로 철사홍을 쳐다보았다.

"어쨌든 앞으로 네놈 덕에 우리 개방은 골치깨나 썩겠구나."

두 사람의 대결이 생각보다 괜찮은 방향으로 끝난 것을 보고 가슴을 쓸어내린 백엽동이 쓰게 웃으며 말했다.

"그럼 이제 다시 들어가서 하던 식사를 마저 하도록 하세나. 난 아직 배를 다 못 채웠다네."

오장로 곽장견이 옆에 있는 제자들을 향해 손짓을 하며 주루 안으로 다시 이끌었다.

장서홍을 비롯한 개방의 제자들이 주루 안으로 들어가기 시작하자 같이 우르르 몰려나왔던 구경꾼들도 몰려들어 가기 시작했다.

"이왕 나온 김에 우리도 한번 어울려 보는 것이 어떻겠소?"

유진룡도 개방도들을 따라 주루 안으로 다시 들어가려는 순간 남궁세준이 불쑥 말했다.

그 소리를 들은 모든 사람들이 약속이나 한 듯 한꺼번에 걸음을 멈추었다.

불구경보다 더 재미있는 싸움 구경을 두 번이나 연속으로 하게 되었으니 그야말로 횡재 중의 횡재였다. 그들은 비싼 관람료라도 지불할 용의가 있는 눈빛으로 남궁세준과 유진룡을 쳐다보았다.

"이, 이놈아. 네놈은 또 왜 나서는 것이냐? 네놈도 모용가의 자식 놈과 똑같은 생각인 것이냐?"

백엽동이 펄쩍 뛰며 남궁세준을 향해 고함을 질렀다.

남궁세준은 아랑곳없이 유진룡을 정시하고 있었다.

'무슨 꿍꿍이지?'

유진룡은 슬쩍 남궁세준의 눈치를 살폈다.

왠지 이들은 자신과 철사홍에게 의도적으로 시비를 거는 것처럼 느껴졌다.

조금 노골적으로 시비를 건 모용현이나 갑자기 비무를 청하는 남궁세준이나 둘 다 그런 느낌이 강했다.

"어떻소? 설마 겁이 나는 것은 아니겠지요?"

남궁세준은 교묘히 충동질했다.

"왜 겁이 안 나겠소. 천하 대가문인 남궁가의 후예와 맞서야 하는데 말이오."

유진룡은 짐짓 겁먹은 표정을 하며 다시 한 번 남궁세준의 표정을 살폈다.

남궁세준의 표정은 밀랍을 씌운 것처럼 전혀 변화가 없었다.

'만만치 않은 친구로군!'

유진룡은 내심 그런 생각이 떠올랐다.

"겸손도 지나치면 오만이 되는 것이오. 뭐, 정 그렇다면 내가 두어 수 접어줄 수도 있소."

남궁세준은 유들거리기까지 하는 모습을 유진룡의 호승심을 자극했다.

"내가 끝까지 거절한다면 어떻게 되는 것이오?"

유진룡은 여전히 내키지 않는 표정으로 말했다.

"그럼 사부와 사문의 이름에 먹칠을 할 수도 있지 않겠소?"

"현재는 개방에 몸담고 있소만……."

"그럼 개방이 오명을 덮어써야 되겠군요."

남궁세준은 끈질기게 물고 늘어졌다.

"이놈들이 대체 무슨 짓들이냐! 어서 들어가지 못할까?"

백엽동이 소리를 질렀지만 그 자리에서 움직이는 사람은 아무도 없었다.

유진룡은 빠르게 머리를 회전시켰다.

어쩐지 이들과의 만남도 우연보다는 우연을 가장한 필연에 더 가까워 보였다.

설사를 만났다고 어딘가로 사라졌던 백엽동이 돌아오자마자 가까운 주루를 두고 이곳 객점으로 왔다. 그건 백엽동이 이들의 존재를 미리 알고 있었다는 말이다.

그리고 이들은 시비 아닌 시비를 걸어 대결을 벌이려고 하고 있다.

그 저의가 어떤 것인지 궁금했다. 그러나 쉽게 그것을 알 수 없었다.

'그거야 차차 알아볼 수 있을 것이고……'

어쨌든 좋은 경험이 될 것 같았다.

"그렇게까지 나온다면 나도 더 이상은 거절할 수 없겠군요. 대신에 한 가지 조건을 겁시다."

"무슨 조건 말이오?"

남궁세준의 눈이 기광을 발했다.

"패자가 승자에게 차후 한 가지 질문에 답변을 해주기로……"

"질문?"

남궁세준은 얼떨떨한 표정으로 유진룡을 처다보았다. 내기의 조건이 너무 엉뚱했기 때문이다.

잠시 유진룡을 처다보던 남궁세준의 입가에 진한 미소가 어렸다. 그건 오히려 자신이 내걸고 싶은 조건이었다. 그것으로 인해 부친과의 계획은 더 쉽게 이루어질 수도 있었다.

"좋소. 그렇게 합시다."

잠시 후 남궁세준은 흔쾌히 고개를 끄덕였다. 최소한 지지 않을 자신이 있다는 표정이었다.

"그럼! 시작해 봅시다."

남궁세준은 어깨에 힘을 빼며 팔을 늘어뜨렸다.

기수식이라기보다는 온통 허점을 드러낸 뒷골목 싸움꾼

같은 자세였다.

그러나 그 허점으로 손발을 집어넣었다가는 덜컥 쥐덫에 걸리는 꼴이 될 것이다.

"검을 뽑지 않을 거요? 남궁가의 무공은 검법이라 알고 있는데……."

유진룡은 남궁세준의 허리에 찬 검을 보며 말했다.

"가문에는 다른 무공도 많이 있소."

남궁세준은 여전히 팔을 늘어뜨린 자세로 서 있었다.

"좋도록 하시오."

유진룡은 천천히 내력을 끌어올렸다.

남궁가라면 구대문파와 비교해도 절대로 그 아래가 아니다.

수많은 직계와 방계 자식들이 서로 가주가 되기 위해 치열하게 대결하며 무공을 익히고 발전시켜 성장한 가문이었다. 그러면서도 이들 가문의 무공은 세상에 잘 알려져 있지 않다.

그것은 가문의 절기를 모두 내보일 만큼 특별한 위기를 맞지 않았다는 말이고 그만큼 저력이 있다는 말이었다.

그 저력이 남궁세준의 발끝에서 먼저 표출되었다.

발끝이 슬쩍 미끄러지며 신형이 흐릿하게 움직였다.

아주 작은 동작으로 이런 신형의 움직임을 연출하는 것은 정말 대단한 경신법이라 할 수 있었다.

쥐이익—

흐릿해지는가 싶던 남궁세준의 신형이 순식간에 유진룡을

덮쳐 왔다.

유진룡도 만리추영보의 보법을 밟았다.

유진룡의 신형이 어지럽게 흔들렸다.

파앗—

남궁세준의 손이 갈고리처럼 변해 유진룡의 어깨를 잡아 왔다.

남궁세가의 독문 금나수인 대연십구식(大衍十九式)이었다.

단순히 잡아오는 것 같은 동작이었지만 그 속에는 수많은 변화가 내포되어 있어 어디로 피하든 그 손은 바람처럼 따라 잡을 수 있을 것 같았다.

유진룡의 어깨가 출렁하며 흔들렸다.

남궁세준의 손도 출렁거리며 계속해서 어깨를 잡아왔다.

유진룡의 어깨가 막 남궁세준의 손에 잡히려는 찰나 유진룡의 몸이 팽이처럼 회전하며 팔꿈치가 불쑥 튀어나와 남궁세준의 가슴을 쳐나갔다.

남궁세준의 손이 이번에는 유진룡의 팔꿈치 혈을 잡아갔다. 마치 금나수만으로 승부를 내려는 듯한 모습이었다. 그것만 보아도 모용현보다는 한 수 위의 고수라는 걸 알 수 있었다.

파앗—

유진룡의 팔꿈치가 순식간에 사라지고 이번에는 주먹이 불쑥 튀어나오며 남궁세준의 얼굴을 가격해 갔다.

허초의 공격에 속은 남궁세준이 더 이상 금나수를 펼치지 못하고 마주쳐 공격을 해왔다.

타다닥!

허공중에서 두 사람의 손과 주먹이 어지럽게 얽혔다.

'으음!'

남궁세준은 신음을 삼켰다.

마주치는 유진룡의 손과 주먹에서 흘러나오는 힘이 상상을 초월하였기 때문이다.

정말 어이없게도 내력 면에 있어서는 어려서부터 많은 영약을 복용한 자신보다 한참 앞선다는 생각이 들었다.

'역시 아버지의 예상이 옳았어. 이자는 무한십이수를 익혔어.'

속으로 판단을 굳힌 남궁세준은 더욱 세차게 공세를 가했다.

'아직도 형식적인 수만 펼치고 있군.'

유진룡 역시 빠르게 생각을 이어가며 대결을 펼쳤다.

남궁세준의 공격은 얼핏 치열한 것 같았지만 평범한 초식을 운용한 공격이었다. 그것만으로도 너무 완벽한 혼합과 변화를 섞어 가공한 절초처럼 보이게 했다. 그러나 진정한 절초는 아니었다.

유진룡은 그런 판단과 함께 남궁세준의 공세에 맞춰 그만큼만의 공세를 펼쳤다.

파파팟!

남궁세준의 공격이 조금 더 거세어졌다. 그에 따라 유진룡의 공세도 그만큼 거세어졌다.

　그러는 사이 유진룡의 의도를 파악한 남궁세준의 눈빛이 이채를 띠었다.

　자신이 평범한 만큼 유진룡 역시 평범했다. 그리고 자신이 조금 더 기세를 끌어올린 만큼 유진룡도 그렇게 했다.

　남궁세준의 입가에 얼핏 미소가 어렸다.

　이젠 목적을 넘어서 한판 좋은 승부를 할 수 있겠다는 호승심이 불끈 솟아오른 것이다.

　휘이익—

　어느 순간 남궁세준의 움직임이 달라졌다.

　가문의 독문보법과 독문절기를 펼치기 시작한 것이다.

　'이젠 한번 해볼 만하군.'

　유진룡도 속으로 피식 웃으며 만리추영보의 보법을 빠르게 밟았다.

　유진룡의 신형이 급격한 변화를 보였다. 그와 함께 변화무쌍한 공격이 남궁세준을 향해 덮쳐 왔다.

　파파팍—

　남궁세준의 팔목에 유진룡의 손바닥이 걸렸다.

　우웅—

　손바닥에서 바늘처럼 쏘아져 들어오는 경력에 남궁세준은 급히 내력을 끌어올렸다.

　반탄지기가 펼쳐지며 손목이 부러지는 상황은 면했다. 그러나 이어지는 유진룡의 연속 공격에 허리 한곳이 노출되었다.

퍼억—

유진룡의 무릎이 남궁세준의 허리 어림을 스쳐 갔다.

제대로 맞았으면 허리가 꺾여 주저앉기에 손색없는 공격이었다.

남궁세준이 급히 신형을 옆으로 이동시켰다. 그러나 조금도 여유를 주지 않고 유진룡의 선풍각이 가차없이 어깨를 노리고 찍어왔다.

남궁세준은 얼른 양팔을 교차시켜 유진룡의 발을 막아갔다.

파앗—

유진룡의 무릎이 순식간에 꺾이며 남궁세준의 복부를 차고 올라왔다.

대경한 남궁세준이 허리를 틀었다. 그러나 다시 유진룡의 다른 쪽 다리가 복부를 향해 날아들었다.

정신을 차릴 수 없는 연속 공격에 남궁세준은 입술을 굳게 닫았다.

혼자서 혈우마령대를 해치웠다는 말을 들었을 때 설마 했는데 그게 아니었다.

이건 추풍신검 철사홍보다 더 고수 같았다.

'이러다간 낭패를 당하겠군.'

남궁세준은 한층 더 내력을 끌어올리며 독문무공의 보따리 한 개를 더 풀었다.

그러나 유진룡은 그것으로 만족하지 않았다. 그럴수록 더 매섭게 남궁세준을 압박해 갔다.

남궁세준은 더 큰 보따리를 풀었다.

처음부터 검을 잡지 않고 비무에 임했기에 지금 와서 검을 뽑을 수도 없었다.

대신 근접전을 피하며 남궁가의 장법 중 가장 강력한 힘을 지닌 천풍장력(天風掌力)으로 승부를 끝낼 심산이었다.

파앗—

남궁세준의 손바닥이 활짝 펼쳐졌다.

콰앙—

유진룡의 주먹에서도 폭음과 함께 무형의 기운이 쏟아졌다.

두 기운은 허공중에서 부딪치며 더 큰 폭음을 토해냈다.

잠시 동안 자욱한 흙먼지만이 휘돌았다.

"이럴… 수가?"

남궁세준이 침음성을 흘렸다.

자신도 모르는 사이 남궁세준의 신형은 서너 자 가까이 뒤로 밀려나 있었다.

반면 유진룡은 그 자리에 두 다리를 굳건히 붙인 채 서 있었다.

가까이서 부딪치고 보니 내력의 차이가 훨씬 더 컸다. 온통 진탕된 기혈이 더 이상 싸울 여지를 남겨두지 않았다.

남궁세준은 처음부터 검법으로 상대하지 않은 것을 후회했다. 자신 역시 모용현처럼 타구봉으로 검법을 펼칠 공산이 높았기에 맨손으로 상대했는데 그것으로는 상대가 되지 않았다.

어쩌면 검법으로 해도 승리를 장담할 수 없었을 것이다.

우선 내력 면에서 극심한 차이를 보였다. 그것이 패배로 이어졌다. 그렇다면 검법을 펼쳤더라도 마찬가지일 수 있었다. 맨손으로 하는 것보다야 훨씬 유리했겠지만 상대 역시 다르게 싸웠을 것이다.

'일 갑자의 내력이 아니면 제대로 펼칠 수 없다는 무한십이수의 위력인가?

유진룡과의 대결을 통해 그 사실을 확인한 남궁세준은 긴 한숨을 내쉬었다.

"아까 약속한대로 한 가지 질문을 하시오."

남궁세준은 묵묵히 고개를 끄덕이며 패배를 인정했다.

유진룡의 무공과 내력 수준을 파악하라는 부친으로부터 부여된 지시는 완수했지만 패배의 충격을 떠안게 되었다.

"지금 해도 되겠소?"

유진룡은 남궁세준을 정시했다.

"해보시오."

남궁세준이 침을 꿀꺽 삼켰다.

"우리가 정말 우연히 만난 것이오?"

유진룡은 남궁세준의 두 눈을 똑바로 쳐다보며 물었다.

일순 남궁세준의 눈빛이 미세하게 흔들렸다가 착각처럼

원래의 빛깔로 되돌아왔다.

"그럴 수도 있고, 아닐 수도 있고……."

남궁세준은 긍정도 부정도 아닌 애매모호하게 답했다. 역시 세가의 수많은 사람들과 소가주 자리를 경쟁하며 단련된 심계가 내보였다.

"그렇구려!"

유진룡은 묵묵히 고개를 끄덕였다.

남궁세준의 대답은 애매했지만 찰나적으로 변한 눈빛은 절대로 애매모호하지 않았다.

'쩝!'

남궁세준은 자신의 눈빛이 읽힌 것을 느꼈는지 속으로 입맛을 다셨다.

"그런데 네 녀석들은 가문의 어른들을 따라 정도맹으로 곧장 가지 않고 왜 이곳에서 시간을 축내고 있는 것이냐?"

다시 객점으로 들어와 차를 마시며 백엽동이 뱁새눈을 하며 남궁세준과 모용현 남매를 쳐다보았다.

"이틀 전에 만나 합류하기로 했는데 길이 엇갈렸습니다."

남궁세준이 정색을 하며 답했다.

"일부러 도망친 게 아니고?"

백엽동의 눈이 더욱 가늘어졌다.

"그럴 리가요. 가문의 어른들하고 우리 사이에 무슨 착오가 있었는지 날짜가 이틀씩이나 어긋나 만나지 못했습니다."

남궁세준은 정색을 하며 손사래를 쳤다.

"그럼 지금부터라도 부지런히 길을 재촉하며 조만간 만날 수 있으렸다?"

"그럴… 수 있겠지요."

남궁세준은 약간 어정쩡한 목소리로 답했다.

"그럼 됐구나. 마침 같은 방향이니 오늘부터 우리와 동행하며 부지런히 길을 재촉하도록 하자. 그러면 사흘 안에 네 녀석 가문 사람들과 만나게 될 테니."

백엽동은 미끼를 문 물고기를 잡아채듯 냉큼 제안했다.

"어이쿠! 그, 그건……."

남궁세준이 의자에서 벌떡 일어설 듯 놀라며 손을 내저었다.

"우린 마침 이곳에서 들를 곳이 한 군데 있습니다. 그러니 백 장로님께선 먼저 떠나십시오. 볼일을 마치면 곧장 따라가겠습니다."

"무슨 볼일 말이냐? 연가장주의 생일잔치에 참석하는 일 말이냐?"

"그, 그걸 어떻게?"

깜짝 놀란 남궁세준의 눈이 크게 뜨여졌다.

"귀신을 본 듯한 얼굴이구나, 이놈! 이곳으로 오는 도중 분타로부터 네놈 부친의 부탁을 받았느니라. 혹시 이곳에서 마주치면 네놈을 붙잡아 끌고 오라고 말이다. 특히 연가장에는

들르지 못하게 하라는 신신당부가 있었느니라. 정혼녀도 있는 놈이 웬 곁눈질이냐?'

백엽동이 남궁세준의 부친이 보낸 서찰을 펼치며 득의의 표정을 짓자 남궁세준은 벌레 씹은 표정이 되어 모용현을 쳐다보았다.

"우릴 핑계로 연화정(淵嬅亭) 소저에게 갈 예정이었군."

모용현이 피식 웃으며 고개를 젓자 남궁세준은 입맛을 다셨다.

"어쩐지 수상쩍다 싶더니… 나도 아버지나 숙부를 따라가는 것보단 우리끼리 가는 것이 좋아 동참했지만 오빠의 검은 속을 알았으니 이젠 안 되겠네요. 지금부터는 백 장로님을 따라 곧장 가요."

남궁세희마저 도끼눈을 하며 반기를 들자 남궁세준은 할 말을 잃고 허공만 쳐다보았다.

'피곤하게 생겼군!'

뜻하지 않게 세가의 제자들과 동행하게 된 유진룡은 속으로 입맛을 다셨다. 때에 다라 중원제일가의 자리를 차지하기도 하는 대가문의 자제들이라 호기심도 동했지만 너무 자유분방한 그들의 모습에 쉽게 적응이 되지 않았다. 또한 이들과는 자란 환경이 너무 달라 동년배로서의 동질감보다는 환경적인 괴리감이 더 클 것 같았다.

"유 공자님은 우리와 동행하는 것이 마뜩찮은 모양이에요."

유진룡의 표정을 읽은 남궁세희가 유진룡을 빤히 쳐다보며 말했다.

예상한 대로 괴리감이 많이 느껴지는 눈빛이었다.

"그게 아니라… 자리가 모자라니 경우에 따라 우리가 걸어가야 할 가망성이 높을 것 같기에……."

유진룡은 장서홍과 철사홍을 쳐다보며 답했다.

"정말 협객다운 정신 자세예요."

이번에는 모용영경이 얼른 말을 받았다.

'휴―'

부친과의 계획대로 일이 돌아가고 있는 것을 느낀 남궁세준은 속으로 안도의 한숨을 내쉬었다.

'역시 아버님의 계책은 빈틈이 없어. 이로써 저 너구리 같은 노인네의 의심을 사지 않고 동행을 하게 됐긴 한데… 냄새가 너무 지독하군.'

남궁세준은 눈살을 찌푸렸다.

'그런데 저 너구리 같은 노인네는 천산마존의 제자들을 무슨 꿍꿍이로 개방 사결제자로 만들어 움직이고 있는 것인가?'

남궁세준은 곁눈질로 백엽동을 쳐다보았다.

그것을 알아내는 것 역시 부친이 내린 지시의 한 가지였다.

*　　　*　　　*

“너는 어떤 무공이 최고라 생각하느냐?”

남궁가의 가주 남궁한이 남궁세준에게 물었다.

남궁세준은 눈을 끔벅거렸다.

그런 질문은 자신이 일곱 살 때 부친에게 한 번 한 후 다시는 하지 않은 질문이기 때문이었다.

그만큼 어리석은 질문이었다고 지금도 자책하고 있는 중이었다.

“글쎄요… 우리 가문의 무공이던가요?”

남궁세준은 씨익 웃으며 뒷머리를 긁적거렸다.

“우리 가문의 무공은 아직 아니다!”

부친은 의외로 강경하게 답했다.

남궁세준은 눈을 크게 떴다.

평소 부친은 가문의 무공에 대한 자부심이 하늘을 찌르다 못해 두 조각 낼 정도였기 때문이다.

“왜 그렇습니까?”

남궁세준이 반항적으로 물었다.

“우리 가문의 무공은 너무 복잡하기 때문이다.”

“네?”

남궁세준은 더욱 반항적인 눈빛으로 부친을 쳐다보았다.

가문의 무공이 복잡하고 난해했기에 상대하는 사람들이 쉽게 대처하지 못하고 나가떨어졌다. 그리하여 남궁가의 무공은 무림일절로 통하고 있었다.

"세상만사 간단명료한 것만큼 가치있는 것은 없는 법이다. 무공 역시 마찬가지로 복잡한 것일수록 그 진입 장벽이 높아 장벽을 뛰어넘는 데만도 정혈이 다 소모되고 겨우 본질에 다다를 즈음에는 이미 귀밑머리가 파뿌리가 되거나 호호백발이 되기 십상이지. 그 나이쯤 되어 천하제일이 무슨 상관이랴. 천하절색을 앞에 놓고도 당기지가… 험험! 아무런 흥미가 일지 않는 나이인 것을……."

남궁세준은 고개를 끄덕였다.

다른 건 몰라도 천하절색을 앞에 놓고 당기지(?) 않을 나이에 무림제일고수가 되어봐야 무슨 의미가 있겠느냐는 말은 십분 수긍이 갔다. 소림, 무당의 고승이나 도사라면 모르겠지만 자신은 삼처사첩도 부족한 중원제일가, 못해도 제이가의 소가주인 것이다.

"그럼?"

남궁세준은 부친의 다음 말을 기다렸다.

"무한십이수라고 들어보았느냐?"

"무한십이수?"

남궁세준은 잠시 기억 속을 헤집었다.

"들어보았습니다. 너무 평범하여 아무도 안 익히려 한다는……."

"오직 평범하니 안 익히려 하는 것이 아니니라. 평범하긴 하지만 그 성과가 어떻게 나오느냐 하는 것은 내력을 얼마나 쌓았느냐에 달려 있기에 너무 무미건조하여 안 익히려 하는 것이지만 그 익힘에는 한계가 없는 무공이니라."

"그게 그거 아닙니까?"

남궁세준은 다시 항변했다.

"그냥 듣기나 하거라!"

남궁한은 평소 질문을 하거나 반론을 제기하지 않으면 제대로 배울 수 없다는 소신을 뒤집으며 말을 이어갔다.

"네 생각대로 무한십이수의 전반부는 다분히 그런 면이 있다. 하지만 그것이 아비의 관심을 끄는 이유는 그 후반부에 나오느니라."

"후반부? 그런 게 있었습니까?"

남궁세준은 다시 한 번 기억 속을 헤집었지만 그런 말은 들은 적이 없었다.

"나도 그런 게 없는 줄 알았는데 우연한 기회에 그것이 존재한다는 걸 알았다. 그리고 그것은 우습게도 무인이 아니라 어떤 현자(賢者) 집단에 의해서 연구되고 탄생된 것이라 알고 있다."

"현자 집단? 그들은 또 누구인지요?"

"자세히는 나도 모른다. 은거기인이니 뭐니 하는 내가 제일 혐오하는 내용이 개입되기에……."

남궁한은 눈살을 찌푸렸다.

평소 그는 은거기인을 별로 좋아하지 않았다.

　죽도록 고생해서 이름을 날려놓았더니 웬 은거기인 하나가 나타나 그 공든 탑을 한순간에 무너뜨리는 사태는 도저히 마음에 들지 않았기 때문이다.

　"하지만 어쩌겠습니까, 엄연한 현실인 것을요."

　남궁세준이 다시 반박했다.

　"그냥 듣기나 하거라, 이놈아!"

　남궁한은 다시 말을 이었다.

　"어쨌든 그것은 존재한다. 그러나 그 후반부는 전반부를 완벽히 익히지 않고는 배울 수 없다고 알고 있다. 그래서 오래전에 실전된 것이나 마찬가지였는데 최근 그 존재가 엿보이고 있다."

　"어디서 말씀이십니까?"

　"무당과 화산에서이니라."

　"무당과 화산에 그 후반부가 있습니까?"

　"그건 아니다. 최근 무당과 화산의 도사들이 입에서 그 존재가 드러나는 낌새를 가문의 정보망이 감지했고 계속 추적한 결과 이젠 개방에서 그 낌새가 엿보이고 있다."

　남궁세준은 다시 눈만 끔벅거렸다. 부친의 말뜻을 제대로 알아듣지 못했기 때문이다. 그렇다고 꼬치꼬치 캐물을 필요는 없었다. 조금 지나면 충분히 감을 잡을 수 있기 때문이다.

　"내가 그 무공에 관심을 가진 것은 후반부에 전해진다는 한 가지 심법 때문이다. 그 외 다른 것은 관심없다."

　남궁세준의 예상대로 남궁한은 궁금증을 풀어주기 시작했
다.
　"가문의 심법보다 대단한 것입니까?"
　남궁세준이 다시 물었다.
　"글쎄다… 그건 어떤 무공이 제일이냐 하는 질문만큼 무의
미하지. 어쨌든 심법이란 것은 각기 특징이 있어 그 뿌리가
다른 심법은 서로 상충하여 같이 익히다가는 독이 될 수도 있
는 것이지."
　남궁세준은 다시 고개를 끄덕였다.
　"그런데 아주 드물게는 그런 것을 포용하는 심법이 있다는
구나. 물론 이론적이지만."
　"네에? 그래 무슨 말도 안 되는……."
　"그것이 바로 무한십이수의 후반부에 있는 심법이니라."
　"대체 그게 어떤 것입니까?"
　남궁세준은 처음으로 강한 호기심이 어린 눈으로 부친을
쳐다보았다.
　"아직은 그 이름조차 모른다. 그 존재를 알고 있는 사람은 온
무림을 통해 몇 명 되지 않을 것이고… 하지만 그건 분명히 존
재하고, 그걸 입수하고 싶은 것이 이 아비의 간절한 소원이다."
　남궁한은 소원이라는 표현까지 써가며 자신의 심정을 피
력했다.
　남궁세준은 비로소 부친의 심중을 짐작할 수가 있었다.

"아버님은 그것으로 최근 고심하고 계신 무형검을 시도하시려는……?"

남궁세준의 질문에 남궁한은 무겁게 고개를 끄덕였다.

남궁가의 가주 남궁한은 최근 들어 가문의 무공을 잊어버리기 위해 혼신의 노력을 다하고 있었다.

처음에는 그것을 익히기 위해 혼신의 힘을 다했지만 그것을 모두 익히고 나자 이젠 그것들이 족쇄처럼 전신을 옭아매어 더 이상의 진전이 없었다.

그것만으로도 사존(四尊)의 고수 안에는 들었지만 인간의 성취욕이란 건 한계가 없었다.

그리하여 온갖 무공서를 참조하고 온갖 방책을 강구한 결과 무한십이수의 후반부라는 존재에까지 접근하고 그곳에 있다는 이름조차 모르는 심법에서 열쇠 하나를 발견한 것이다. 이후 은밀히 그 존재를 수소문했지만 도저히 찾을 수 없었다. 그래서 그것이 뜬소문일지도 모른다는 생각까지 하고 있던 차에 최근에 무당의 종하 진인과 화산의 구진자로부터 그 가능성을 엿보게 되었다.

"그게 맞군요, 아버님?"

남궁세준은 열기가 감도는 목소리로 재차 물었다.

남궁한은 묵묵히 고개를 끄덕였다.

"그것이면… 그것을 분석해 보면 가능성을 찾을 수도 있지 않을까 생각한다. 아까도 말했다시피 가장 단순 명료한 것이

때로는 가장 가치있는 것일 수도 있는 법이지. 또한 그것이 어쩌면 세상에서 가장 복잡하고 가장 포괄적일 수도 있는 것이고… 그런 의미에서 무한십이수는, 아니, 그 후반부의 심법은 내 갈망을 해소시켜 줄 최고의 심법일 수도 있겠지…….”

남궁한 역시 열기가 고조된 얼굴로 말을 마쳤다.

그렇게 잠시 침묵이 흘렀다.

“그럼 그것이 지금 어디에 있습니까?”

남궁세준은 흥분됐던 마음을 애써 억누르며 물었다.

현재 부친이 고민하는 것만 이룰 수 있다면 부친은 사존에서 삼후(三侯)를 뛰어넘고 이제(二帝)의 반열에 오를 수도, 더 나아가 차기 검황이 될 수도 있는 것이다. 또한 그 심득을 자신이 이어받으면…….

더 이상 생각해 무엇하랴!

“대체 그게 어디에……?”

남궁세준은 애타게 다그쳤다.

“내 계획을 들어보겠느냐?”

남궁한이 낮은 음성으로 말했다.

“당연히!”

남궁세준은 목뼈가 어긋나는 소리가 들릴 정도로 고개를 끄덕였다.

第六十六章
해마단(海馬團)

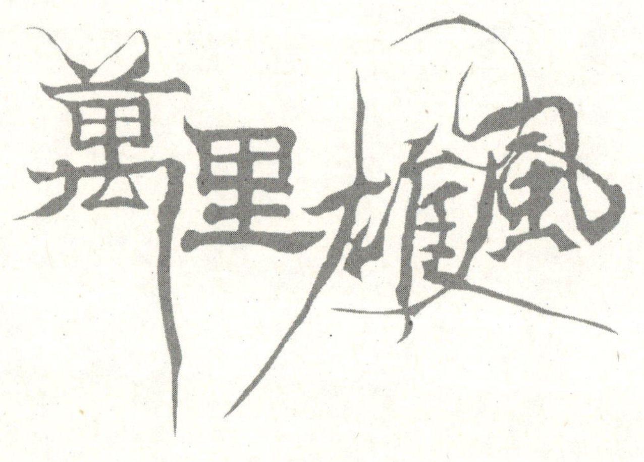

　　　아담하게 잘 꾸며진 선실에서 한 사내가 등을 보인 채 창밖의 물줄기를 쳐다보고 있었다.

　등을 돌리고 있음에도 사내의 몸에서는 강철 같은 단단함과 함께 떨어지는 깃털 하나에도 반응을 할 듯한 예민한 신경 조직이 느껴졌다.

　사내는 한참 동안이나 미동도 않고 황하의 강물에 시선을 던지고 있었다.

　"단주!"

　밖에서 사내를 부르는 목소리가 들리자 사내는 비로소 등을 돌렸다.

반대편 창문으로 스며드는 햇살이 사내의 얼굴 위로 쏟아졌다. 그러나 그 햇살은 사내의 용모를 드러내 주지 못하고 부질없이 옆으로 흩어졌다. 그것은 사내의 얼굴을 가린 탈바가지 때문이었다.

사내는 험상궂게 생긴 용왕탈을 얼굴에 부착하고 있었다.

"들어오게!"

문이 열리며 흑의사내 하나가 가벼운 발걸음으로 들어섰다.

"헛!"

용왕탈을 쳐다본 흑의사내는 놀란 표정을 지으며 뒤로 한 발 물러섰다.

"대체 그게 뭡니까, 단주?"

문을 열고 들어온 사내, 위후겸(慰侯謙)은 어이없는 표정으로 물었다.

"오늘부터 이걸 쓰고 생활하기로 했네."

단주라 불린 사내는 약간은 짓궂은 음성을 답했다.

위후겸은 영문을 모르겠다는 표정으로 용왕탈의 이곳저곳을 살폈다.

아무리 봐도 자신들의 단주에게는 어울리지 않는 물건이었다.

종종 얼굴에 흉한 상처가 있거나 전투 중에 눈을 잃은 사람들이 이런 탈바가지나 가면을 쓰고 다니기는 하지만 자신들의 단주는 멀쩡한 외모에 어디 내놔도 헌헌장부란 소리를 들을 만한 생김새였다.

그런 그가 갑자기 이런 탈바가지를 쓰고 생활하겠다는 것은 이해할 수가 없었다.

"대체 그건 왜?"

위후겸은 이유를 물었다.

"우선은 내가 너무 젊다고 만만하게 보는 놈들이 많아."

용왕탈의 사내가 첫 번째 이유를 밝혔다.

"그건……."

흑의사내가 말꼬리를 흐리다가 고개를 끄덕였다.

그건 맞는 말이었다.

이 년 전 작은 배 몇 척을 이끌고 나타나 이곳에 자리 잡고 그간 수많은 전투를 승리로 이끌며 해마단(海馬團)을 조직한 그는 뜻밖에도 서른이 채 되지 않은 사내였다.

그래서 물 위에서 평생을 산 노물들이 종종 그를 무시하는 태도를 보이곤 했다. 소위 뱃놈 기질이라는 미명하에…….

하지만 그들은 모두 사내의 주먹에 초주검이 된 채 물속에 처박히는 신세가 되었고 그다음부터는 사내에게 깍듯이 복종했다. 그래도 아직까지 사내의 주먹 세례를 맛보지 못한 사람들은 너무 젊은 단주의 모습에 쓸데없는 호기를 부리기도 했다.

"그래서 앞으로는 그 탈바가지로 상대의 기를 죽이겠다는 말씀이십니까?"

위후겸은 희미한 미소와 함께 물었다.

"그래. 외모에 의한 약점을… 잘생긴 것도 약점인지 모르겠지만… 어쨌든 그것을 이 탈바가지로 메울 생각이야."

해마단의 단주는 능청스런 음성으로 답했다.

"다른 이유도 있습니까?"

어이없는 웃음을 피워 올린 위후겸이 다시 물었다.

"앞으로 사업을 확장하다 보면 안면이 받치는 사람들과 마주칠지도 모르지. 그런 경우엔 마음에 약해져서 제대로 장사를 못하게 돼. 그걸 미연에 방지할 생각도 있고……."

단주란 사내는 아리송한 대답을 던졌다.

"그럴 경우엔 부단주님을 내세우면 되지 않습니까? 그런 면에 있어서는 제격인데요."

"그 친구는 임무를 마치고 돌아오려면 아직 멀었어. 그러니 이번에는 전적으로 내가 나설 수밖에 없지."

단주는 고개를 흔들며 용왕탈을 한 번 쓰다듬었다.

"앞으로도 많이 싸우고 유명해질 텐데 이런 걸 쓰고 있으면 그럴듯한 별호도 생기지 않을까?"

"쩝!"

말이 되는 것 같기도 하고 아닌 것 같기도 한 이유에 위후겸은 입맛을 다셨다.

"그런데 무슨 일인가?"

해마단주는 위후겸이 자신을 찾은 이유를 물었다.

"어이쿠, 내 정신!"

위후겸은 자신의 머리를 두드렸다. 단주가 쓰고 있는 용왕 탈 때문에 정작 여기 온 이유를 망각한 것이다.

"월척 손님께서 도착했다는 보고가 왔습니다."

위후겸은 손에 든 서찰을 보며 말했다.

월척 손님이란 그들에게 거액을 지불하고 운송 의뢰를 맡긴 사람들을 말한다.

"월척이라……."

해마단주는 나직하게 되뇌었다. 그의 목소리에 정체 모를 색조가 비쳤다.

수로를 따라 화물 운송을 하는 경우 화물의 양과 무게에 따라 그 운임이 정해진다.

당연히 양이 많고 무거운 물건일수록 운임이 높다. 그런 화물의 경우에는 월척이라 할 수 없다.

그러나 때때로 화물은 얼마 되지 않는데 운송비를 과하게 지불하는 경우가 있다.

그런 경우 화물은 십중팔구 귀중품이거나 위험한 물건이라고 봐야 했다. 그런 의뢰를 성공시키고 나면 큰 이익이 남는다. 그래서 월척이 되는 것이다.

이번의 의뢰 역시 그랬다.

화물은 아예 없고 운송 대상은 네 명의 사람뿐이었다. 그런데 이제껏 어떤 큰 화물보다 더 많은 금액을 제시했다.

월척 중에 월척이긴 했지만 그만큼 위험하다는 말도 되었다.

만약 실패하면 그 금액의 배를 변상해야 하니 기둥뿌리가 흔들릴 것이다.

"준비는 다 되었나?"

해마단주는 가라앉은 목소리로 물었다.

"만반의 준비를 하고 배를 띄웠습니다. 단주님만 승선하면 됩니다."

위후겸이 어서 움직이라는 듯 양손을 비볐다.

"가서 기다려라. 준비하고 곧 가겠다."

"알겠습니다."

위후겸이 나간 후 해마단주는 몇 가지 물건을 꺼내 허리와 팔, 목 등에 착용했다.

"묘한 인연이군."

모든 준비를 마친 해마단주는 뜻 모를 소리를 중얼거린 후 선실을 나섰다.

*　　　*　　　*

"멋진 배군요."

얼굴을 약간 변장시킨 소향상회의 호위대장 조항은 해마단의 선박들을 쳐다보며 감탄사를 터뜨렸다.

그의 옆으로 평범한 여인 복장에 면사로 얼굴을 가린 단리하연이 서 있었고, 역시 평범한 가문의 공자 차림을 한 이장명과 하택이가 서 있었다.

그들 역시 조항의 의견에 동의하는 듯 감탄스런 눈빛과 함께 해마단의 선박들을 바라보았다.

선박은 일곱 척이었다.

그중 다섯 척은 날렵한 선체 모양을 한 쾌선이었고 나머지 두 척은 더 큰 판목선이었다.

조항과 단리하연 등이 감탄하고 있는 배는 다섯 척의 쾌선이었다.

그것들은 이제껏 소주에서 보아온 어떤 쾌선들보다 날렵한 모양을 하고 있어 마치 한 마리의 물고기를 연상시켰다. 그래서 돛을 올리면 당장 한 마리 물고기처럼 헤엄쳐 나갈 것 같았다.

이런 배들이 있기에 해마단은 최근 하남에서 가장 빠른 운송 선단이라는 명성을 떨치고 있는 것이다.

그동안 느려터진 화물선에 몸을 실어 답답하기 그지없었다.

물론 은밀하게 움직이며 누구의 눈에도 뜨이지 않게 이동하려다 보니 그런 배에만 몸을 실었고, 고생을 할 수밖에 없었다.

그러나 이젠 저런 쾌선을 타고 가면 그런 답답함은 깨끗이 사라지고 상쾌한 유람의 기분까지 날 것 같았다.

"저걸 타고 가면 멀미도 안 할 것 같아. 안 그래, 형?"

하택이가 들뜬 모습으로 목소리를 높였다.

"그만 촐싹대라, 이 자식아. 저런 배는 더 출렁거림이 심해서 멀미도 심할지 모른다. 회주님은 멀쩡한데 너는 어떻게 그치지도 않고 멀미를 하냐?"

이장명이 하택이의 머리를 쥐어박으며 핀잔을 주었다.

"회주님이야 그간 배를 많이 타봤으니……."

볼멘소리로 대꾸하던 하택이가 단리하연의 눈총을 받고는 얼른 입을 다물었다.

그동안 정체를 숨기고 이곳까지 오며 단리하연에 대한 호칭을 누님으로 하게 했는데 이장명을 따라 회주라고 부른 것이다.

"저기 오는군요."

조항이 해마단의 사람들이 오는 곳을 가리켰다.

열 명가량의 사내가 날렵한 몸놀림으로 뱃전을 가로질러 다가오고 있었다.

흔들리는 배 위에서도 그들은 조금도 위축되지 않고 평지를 걷듯 움직이고 있었다.

그 몸놀림이 너무 경쾌하고 자연스러워 또 한 번 감탄사를 자아내게 했다.

휙—

휙—

바람 소리와 함께 사내들이 순식간에 단리하연 일행이 있는 곳으로 다가왔다.

"고생 많으셨습니다. 앞으로는 우리가 모시겠습니다."

위후겸이 조항을 향해 고개를 숙였다.

단리하연의 정체를 알 길 없는 그는 당연히 조항을 책임자로 본 것이다.

조항이 희미한 미소와 함께 가볍게 고개를 끄덕였다. 지금은 그가 책임자 역할을 하고 있는 터였다.

"저 배로 오르시지요. 단주님께서 기다리고 계십니다."

위후겸의 안내로 단리하연 일행은 제일 큰 쾌선으로 올랐다.

밖에서 볼 때는 날렵하게만 보였는데 쾌선의 실내는 제법 넓었다. 열 명 정도는 큰 불편 없이 지낼 수 있을 것 같았다.

"어서 오십시오."

선수 쪽에 있던 해마단의 단주가 앞으로 나오며 머리를 숙였다.

그의 얼굴에 착용한 용왕탈이 흔들리며 기괴한 모습을 연출했다.

조항이 슬쩍 눈살을 찌푸리며 단리하연을 쳐다보았다.

자신의 얼굴을 숨긴 자는 정체를 알 수 없었고, 그래서 언제나 위험했다. 그러나 단리하연은 조금도 흐트러짐 없이 용왕탈 속에 있는 해마단주의 눈을 응시하고 있었다.

단리하연의 깊고 맑은 눈빛을 받은 해마단주가 움찔하는 모습을 보이다가 이장명과 하택이 쪽으로 시선을 돌렸다. 찌르듯이 쏘아보는 해마단주의 눈빛에 이장명과 하택이는 간담이 서늘해지는 느낌을 받았다.

"잘 부탁드리겠어요. 그리고 최대한 빨리 정주로 가주세요."

단리하연이 차분하면서도 단호하게 요청했다.

"알겠습니다. 최대한 빠르고 안전하게 모시겠습니다."

대답과 함께 해마단주는 즉시 부하들에게 명령을 내렸다.

그러자 기계적인 움직임을 보인 사내들이 다섯 척의 쾌선에 모두 돛을 올리기 시작했다.

"요구하신 대로 다른 네 척은 예비선 겸, 호위선 역할을 하며 같이 갑니다."

해마단주의 설명에 조항은 단리하연의 철저함에 내심 혀를 내두르며 안도의 한숨을 내쉬었다.

그동안은 혼자 호위를 하며 온통 신경을 쓰느라 잠도 제대로 자지 못했다.

변복을 하고 워낙 은밀히 움직였기에 위험은 따르지 않았지만 노심초사하는 마음은 여전했다. 이젠 이런 사내들과 함께 이런 쾌선으로 신속히 움직인다면 한시름 놓아도 될 것 같았다.

조항은 오랜만에 긴장을 풀며 의자 뒤로 한껏 상체를 기댔다.

"출발한다!"

순식간에 출항 준비가 끝나고 해마단주의 명령과 함께 다섯 척의 쾌선은 서서히 수면 위로 미끄러졌다. 갈라진 물살이

수면 위로 하얀 포말을 일으켰다.

　쾌선들이 선착장을 모두 빠져나가고 그 모습이 가물가물해져 갈 즈음 강어귀의 작은 고깃배 안에서 한 사내가 모습을 드러냈다.

　날렵한 몸매에 날카로운 눈매의 사내는 자신이 타고 있는 어선과는 전혀 어울리지 않는 이질감을 드러내고 있었다. 날카로운 눈매로 쾌선이 멀어져 가는 방향을 쳐다보던 사내는 다시 고깃배 속으로 모습을 감추었다.

　푸드득—

　잠시 후 고깃배 속에서 한 마리 비둘기가 날아올라 쾌선이 멀어져 간 반대 방향으로 쏜살같이 날아갔다.

　"저놈은 누구지?"

　개방의 이결제자 소이개(騷耳丐)는 막 전서구를 날리려던 손을 멈추고 고깃배 한 척을 뚫어져라 쳐다보았다.

　방금 그곳에서 비둘기 한 마리가 날아올랐다.

　비둘기가 고깃배라고 해서 못 날아오르라는 법은 없지만 비둘기의 종류가 문제였다.

　그 비둘기는 보통의 비둘기가 아닌, 자신이 지금 손에 들고 있는 것과 똑같은 일을 하는 놈이었다. 다른 사람은 몰라도 같은 일을 행하고 있는 소이개였기에 단박에 알 수 있었다.

그놈은 천리비합(千里飛鴿)이라는 종류로 주로 전서구로
이용되는 놈이었다.

'그런데 그놈이 왜 저 고깃배에서 날아오르는가?

소이개는 아무리 둘러보아도 방금 사라진 사람들 외 다른
특별한 대상을 찾을 수 없었다.

그렇다면 저놈 역시 자신과 같은 목표물을 미행하고 있다
는 말이다.

목표물의 정체는 정확히 모른다.

위에서 그걸 알려주지 않고 그 대상에 대한 여러 가지 외형
적인 정보만 가득 주었기 때문이다.

남자 셋! 여자 하나!

그들의 용모, 나이, 키, 몸매 등등!

그 정보를 토대로 맞춰보니 지금 해마단의 쾌선을 타고 간
삼남일녀가 분명했다.

여인은 면사로 얼굴을 가려 진면목을 확인하지 못했으나
키와 걸음걸이, 몸매가 분명히 일치했다.

그리고 남자 셋은 멍청한 정도였다.

그걸 분장이라고 하고 다니다니…….

어쨌든 그들을 찾았고 막 그 사실을 전서구로 날리려고 하
는데 한발 앞서 전서구를 날리는 놈이 있었다.

'나 말고 또 다른 방도가 투입되었나?

소이개는 그런 의심을 해보았다.

　아주 드물게는 그런 일도 있었지만 그건 정말로 중요한 일일 때 여러 분타에서 중복 행동을 해서 그런 것인데 이번 일은 아니었다.

　그렇다면 전혀 다른 세력이 같은 목적으로 움직이고 있다는 말이다.

　그건 확인이 필요했다.

　"그런데 이놈은 어쩐다? 확인을 하고 날릴까? 아니면 날려 놓고 확인할까?"

　소이개는 잠시 망설이다가 전서구를 날렸다. 확인이 힘들면 전서구를 날리는 데 시간이 많이 걸리기 때문이었다. 우선 날려놓고 추가 확인 내용은 다음 장소에서 한 마리 더 날려보내면 될 것이다.

　푸드득─

　전서구가 힘찬 날갯짓과 함께 까마득히 멀어져 갔다.

　소이개는 이젠 자신과 같은 행동을 하는 자가 누군지 알아보기 위해 은밀히 몸을 움직였다.

＊　　＊　　＊

　"정말 굉장하군요."

　유서 깊은 정주가 가까워지자 거리 옆으로 고루거각들이 즐비하게 늘어서 있었고 그걸 본 주애청이 감탄사를 토했다.

몇 년 동안 번화한 도심과는 상관없는 곳으로만 풍진노숙을 하며 백호의 흔적을 찾아다닌 그녀였던지라 이런 큰 도시는 언제나 환상적이었다.

"우선 굶주린 배부터 채우도록 하자. 다 먹고살자고 하는 일인데……."

백엽동이 사방에서 들려오는 음식 냄새에 코를 쿵쿵거리며 마차에서 내렸다.

"그거 듣던 중 반가운 소리군요. 저곳에 들러 먹읍시다."

철사홍은 호랑이라도 잡아먹을 표정으로 바로 앞에 보이는 주루를 가리켰다.

"왜 저곳이냐, 이놈아?"

백엽동이 핀잔 섞인 음성을 소리를 질렀다.

철사홍이 가리킨 주루는 별로 크지도 않고 고급스러워 보이지도 않았다.

"자고로 제일 맛있는 음식은 제일 가까운 곳에 있으면서 제일 빠르게, 그리고 제일 푸짐하게 차려주는 곳이지요. 저곳이 딱 그럴 만한 집 같아 보이는군요."

"이런 영양가없는 놈을 보았나, 그러니 그렇게 덩치만 큰 것이 아니냐. 따라 오너라, 이놈아. 내 오늘 네놈에게 식도락의 진정한 의미를 일깨워 주겠노라."

백엽동은 철사홍이 가리킨 주루를 지나쳐 계속 마차를 몰게 했다.

그러던 백엽동은 주춤 신형을 굳혔다. 귓전으로 한줄기 전음이 들려왔기 때문이다.

표정을 굳힌 백엽동은 잠시 말문을 닫고 전음에 귀를 기울였다.

"네놈 말이 맞다. 식도락도 여유가 있을 때 얘기다. 배가 또 살살 아파오니 만사가 귀찮구나. 어서 저 주루로 들어가자. 난 뒷간부터 갈 테니 음식들은 알아서 시키거라."

마차에서 급히 뛰어내린 백엽동은 지나쳐 온 주루를 향해 바쁘게 걸음을 옮겼다.

"대체 저 노인네 행동은 예측을 할 수가 없군!"

철사홍은 어이가 없는 표정으로 백엽동이 사라진 주루 입구를 쳐다보았다.

"오죽하면 예측불허개겠나."

곽장견이 쓴웃음을 지으며 주루 쪽으로 말 머리를 돌렸다.

"그녀 일행을 찾았다는 서신이 왔습니다."

주루의 한 밀실에서 백엽동은 봉두난발한 개방도의 보고를 받고 있었다.

"그래! 어디에 있느냐?"

백엽동은 목소리를 높였다.

"해마단의 쾌선을 타고 황하의 수로로 향했다는 보고입니다."

봉두난발 개방도가 빠르게 답했다.

"그럼 지금 행선지는?"

"그것이……."

봉두난발 개방도는 곤혹스런 표정을 지었다.

"왜 그러느냐, 이놈아?"

백엽동이 고함을 질렀다.

"그녀의 일행을 찾았다는 보고를 보내온 녀석은 소이개란 놈으로 저도 안면이 있는 녀석이었는데… 추가 정보가 오지 않아 이상하던 차에 오늘 아침 시체로 발견되었다는 보고를 받았습니다. 부패 상태로 보아 보고를 보낸 시점에 살해되지 않았나 생각됩니다."

봉두난발 개방도는 질끈 입술을 씹었다.

"살해라니? 대체 그게 무슨 말이냐?"

백엽동의 눈에서 폭광이 뻗어 나왔다.

"칼에 의한 자상이 시신 여러 군데에서 발견되었답니다. 그리고 고문의 흔적도……."

"흉수는? 흉수에 대해서 알아낸 것은 없느냐?"

백엽동은 고함을 질렀다.

"분타 인원들이 모두 나섰지만 아직은……."

봉두난발 개방도는 무겁게 고개를 흔들었다.

개방도라고 해서 죽지 말라는 법은 없다. 얻어먹는 거지다 보니 굶기를 밥 먹듯이 하고, 온 세상이 얼어붙은 겨울에도 비바람을 맞으며 노숙을 하다가 얼어 죽는 경우가 허다했다. 그런 비참한 상황을 조금이라도 줄이려고 궁가방(窮家帮)을 조직하고 개방이라는 거대 방파가 생긴 것이다. 그러나 거지라는 신분은 변함없었고 굶어 죽는 개방도는 아직도 많았다.

그래서 개방도 한 명의 죽음은 크게 중요시되는 것이 아니었다. 하나 그 죽음이 피살이라면 문제가 달라진다. 특히 정보를 얻기 위해 고군분투하던 개방도의 피살은 온 분타가 신경을 쓰고 인원을 풀어야 하는 상황인 것이다.

'이건 뭔가?'

백엽동의 뇌리로 경종을 울렸다.

소향상회 회주 단리하연의 행적을 쫓던 개방도가 누군가에서 의해 살해되었다.

위험한 적을 미행하다가 살해된 것이라면 그들에게 정체가 탄로나 목숨을 잃은 것으로 볼 수도 있겠지만 소향상회는 결코 위험한 적이 아니었다. 설사 미행이 발각되었더라도 보호하기 위한 미행이었음을 알게 된다면 무참히 살해할 리 없다.

회주를 호위하고 있는 호위대장 조항, 그놈은 보표이지 살인마가 아니다.

그런데도 살해되었다면 누군가 또 다른 미행자가 있다는 말이다.

백엽동의 뇌리로 한 개의 이름이 떠올랐다.

도천극!

지금 그놈은 그들의 독에 중독이 되지 않는 막내 사제 유진룡을 잡기 위해 혈안이 되어 있을 것이고 개방의 울타리 속에 든 녀석을 끌어내기 위해서 무슨 짓이든 할 가망성이 높았다.

그놈이 손을 쓸 가장 가망성이 높은 대상은 바로 소향상회주 단리하연과 유진룡이 소주 골목에서 돌보아왔던 동생들이다.

그래서 소향상회를 암중으로 호위하고 있었는데 회주가 그곳을 빠져나와 위험한 행보를 하고 있었다.

그리고 그 위험은 이젠 직접적인 것이 되고 있다는 예감이 온 뇌리를 감쌌다.

"지도가 있느냐?"

백엽동은 봉두난발 개방도에게 서둘러 물었다.

"그건 없고… 인근의 지리는 제 머릿속에 다 들어 있습니다."

개방도가 머리를 손끝으로 톡톡 쳤다.

"그럼, 제자가 살해된 곳으로부터 정주로 오는 물길들을 모두 그려보아라."

"그런데 지필묵이……?"

봉두난발 개방도가 주변을 두리번거렸다.

"이놈아! 지금 그런 것이 문제냐?"

고함을 지른 백엽동은 찻잔을 잡고 힘을 주었다.

찻잔이 와짝 깨어지며 조각이 났다. 백엽동은 그 조각 하나를 개방도에게 쥐어주었다.

"이것으로 탁자 위에 그려보아라."

찬잔 조각을 받아 든 개방도가 탁자 위에 빠르게 지도를 그려 나갔다.

무공이 제법인 듯 슬쩍 힘을 주었을 뿐이었는데도 탁자 위에는 선명한 자국의 지도가 그려졌다.

"이곳이 전서구를 통해 마지막 보고가 왔던 곳입니다."

봉두난발 개방도가 지도 위의 한곳을 짚었다.

"그럼 그녀가 가고 있는 진행 방향은 이리로 해서… 이곳이 되겠군."

형형한 눈빛을 한 백엽동은 빠르게 손가락을 움직였다.

"지금쯤이면 이곳을 지나고 있을 것 같습니다."

개방도도 손가락으로 한 지점을 가리켰다.

"그럼 이틀 후엔 이곳쯤이 되겠군."

백엽동의 손가락이 한곳을 가리키며 동그라미를 그렸다.

그의 손에는 찬잔 조각이 들리지도 않았는데 탁자 위에는 깊은 틈이 생기며 동그라미가 그려졌다.

"이러고 있을 때가 아니다."

백엽동은 얼른 고개를 들었다. 그리고는 지도 위의 또 한곳을 가리켰다.

"네 녀석은 어서 정주분타로 가서 분타주에서 일러 최고로 뛰어난 놈들을 열 명 차출해서 이곳으로 달려오라고 해라."

"무슨 일이… 있는 것입니까?"

전후 사정을 모른 개방도가 두 눈을 동그랗게 떴다.

딱—

백엽동이 개방도의 머리를 타구봉으로 때렸다.

"어이쿠!"

개방도가 비명을 질렀다.

"네놈은 어서 가서 그 말만 전하면 된다."

"아, 알겠습니다."

개방도는 창문을 통해 비조처럼 몸을 날렸다.

방도가 사라진 후 백엽동은 탁자 위의 지도를 다시 한 번 뚫어져라 쳐다보았다.

"지금 음식 먹을 때가 아니다, 이놈아!"

밖으로 나온 백엽동은 유진룡을 향해 고함을 질렀다.

유진룡은 물론 영문을 모른 사람들이 멍하니 백엽동을 쳐다보았다.

식도락의 즐거움을 가르쳐 준다고 앞장서다가 되돌아와서 이곳으로 들어오는 예측 불허한 행보를 보이더니 이젠 음식조차 먹지 못하게 하는 백엽동의 행동은 도저히 이해 불능이었다.

"대체 무슨 일이신지요, 백 장로님?"

오장로 곽장견도 이제는 못 참겠다는 듯 눈살을 찌푸렸다.

유진룡도 멀뚱히 백엽동을 쳐다보았다.

“네놈 정인 되는 여자가 위험에 빠졌다!”

백엽동도 단도직입적으로 내뱉었다.

“정인……?”

주애청이 백엽동과 유진룡을 번갈아 쳐다보며 눈동자를 굴렸다.

“사제의 정인이라면… 소향상회의 회주 말씀이십니까?”

철사홍도 목소리를 높이며 백엽동과 유진룡을 번갈아 쳐다보았다.

“그녀에게 무슨 일이 있는 겁니까?”

유진룡은 굳은 표정으로 백엽동을 향해 물었다.

“그럴 가망성이 높다고 본다!”

“어디 있습니까? 그녀는?”

유진룡은 벌떡 일어섰다.

*　　　*　　　*

“우리가 왜 이런 말도 안 되는 짓을 하는 것이지?”

덜컹거리는 마부석에 고삐를 잡고 앉은 모용현이 남궁세준을 향해 고개를 돌리며 어이없다는 듯 말했다.

백엽동의 성화에 모든 개방도들이 시켜놓은 점심도 다 먹지 못하고 일어섰다.

그들을 따라 남궁 남매와 모용 남매도 덩달아 일어서서 마차를 하나 구해 개방도들을 따라 달리고 있었다.

"재미있잖아!"

"재미있잖아요!"

같은 핏줄 아니랄까 봐 남궁 남매가 거의 동시에 답했다.

"별로 재밌을 것 같지는 않은데!"

모용현이 투덜거리듯 답했다.

"그런데 왜 따라와?"

남궁세준이 피식 웃으며 물었다.

"꽃이 달려가니 나비도 따라갈 수밖에."

모용현은 남궁세희를 돌아보았다.

"나비도 나비 나름인 건 잘 알죠?"

남궁세희가 콧방귀를 뀌며 쌀쌀맞게 맞받아쳤다.

"열 번 찍어 안 넘어가는 나무 없다던데……."

"그것 역시 나무 나름이고 도끼 나름이죠."

남궁세희는 여전히 콧방귀를 뀌었다.

"쩝!"

모용현은 입맛을 다시며 세차게 고삐를 휘둘렀다.

덜컹!

바퀴가 돌부리라도 밟았는지 마차가 아래위로 크게 요동쳤다.

"좀 살살 몰지 못해요!"

남궁세희가 뾰족하게 고함을 질렀다.

“어디 충격받으신 데라도……?”

모용현이 고개를 돌려 남궁세희의 엉덩이 쪽을 쳐다보았다.

촤르르!

남궁세희가 거친 동작으로 마부석 뒤에 있는 주렴을 쳤다.

“최소한 스무 번은 찍어야겠군!”

모용현이 혼잣소리로 중얼거리며 다시 고삐를 흔들었다.

第六十七章

포위

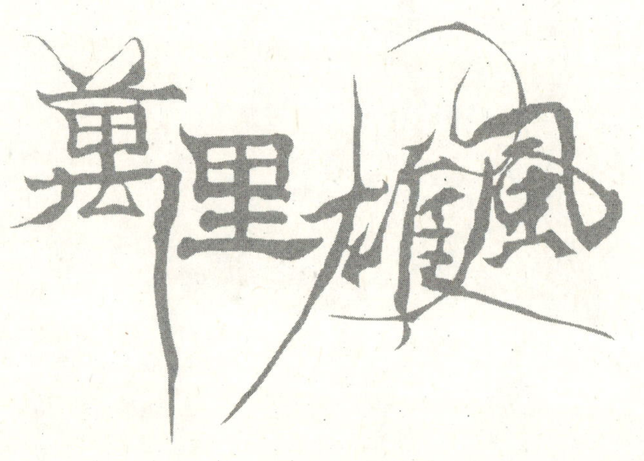
萬里雄風

"뭔가, 저놈들은?"

해마단의 쾌속선 망루에서 앞을 내다보던 조용고(趙鏞庫)
는 눈살을 찌푸렸다.

물길을 가로막으며 여러 척의 고깃배가 마주 오고 있었
다.

"고기잡이 처음 하는 놈들인가?"

조용고는 짜증 섞인 목소리로 중얼거렸다.

물길을 전세 낸 것도 아닌데 저런 식으로 행을 지어오면 부
딪칠 수밖에 없지 않은가?

놈들이 수적의 무리라면 또 모르겠지만 배의 모양은 평범

하다 못해 곧 밑창에 구멍이 나서 가라앉을 만큼 낡은 고깃배가 분명했다.

"그래도 모르는 일이지."

평소에 훈련받은 대로 조용고는 가는 쇠줄 하나를 당겼다. 그것을 통해 신호가 선내로 가고 만일의 경우에 대비하게 될 것이다.

앞에서 무리 지어 오는 존재들이 배가 아니라 판자 조각이라도 예외는 없었다.

조금이라도 위험 요소가 있으면 경고를 하는 것이다. 그것이 해마단 단주의 업무 철칙이었다.

다른 건 몰라도 그걸 지키지 않은 단원들은 치도곤을 당했다.

펄럭—

돛이 움직였다.

유사시에 대비한 전투형 돛 모양이었다.

뒤쪽의 배들도 연락이 된 듯 같은 모양으로 돛을 움직였다.

"무슨 일이오?"

전망수가 당긴 줄에 의해 경종이 울리는 것을 들은 조항은 순식간에 온몸을 긴장시키며 위후겸을 향해 물었다.

"별일 아닙니다. 전방에 고깃배들이 몇 척 떠 있어 규칙대로 울린 경종입니다."

위후겸이 대수롭지 않은 음성으로 답했다.

"규칙이라면……?"

조항은 선실의 창문 밖으로 시선을 돌리며 다시 물었다. 그래봤자 그가 앉은 위치에서는 강물밖에 보이지 않았다.

"우리 단주님의 평소 철칙이 마주 오는 것은 널빤지 하나라도 경계를 하라고 하셨지요. 그 철칙을 지키지 않으면 그날은 반죽음이라고 봐도 무방합니다."

위후겸은 고개를 절레절레 흔들며 답했다.

"아주 멋진 규칙을 지키고 계시는구려. 단주는 어떤 분이시오?"

"글쎄요……. 그냥 멋진 분이라고만 해둡시다."

위후겸은 말을 아꼈다.

조항은 앞에 있는 작은 선실 쪽으로 고개를 돌렸다.

그 선실에서 해마단의 단주란 사람은 하루 종일 코빼기도 보이지 않았다. 물론 수시로 들락거린다 하더라도 탈바가지를 덮어쓴 얼굴에서 코빼기를 볼 수도 없겠지만 어쨌든 그는 처음 배에 오른 날 몇 번 본 후 더 이상은 모습을 나타내지 않았다.

그렇지만 조항은 그에게서 결코 가볍지 않은 인상을 받았다.

용왕탈 사이로 뻗어 나오는 찌르는 듯한 눈빛과 온몸으로 느껴지는 서늘한 기운은 한 자루 칼처럼 날카롭고 금방이라도 날아갈 것 같은 표홀함이 엿보였다.

하지만 그 무엇보다도 조항의 신경을 곤두서게 하는 것은 면사를 벗은 회주 단리하연을 쳐다보던 그의 눈빛이었다.

회주의 용모라면 어떤 남자라도 평범한 눈빛으로 쳐다볼 수야 없겠지만 그가 단리하연을 쳐다보는 눈빛은 조금은 더 복잡했다.

오랜 보표 생활을 통해 몸에 밴 조항의 날카로운 감각은 짧은 순간이었지만 용왕탈 사이로 원인 모를 색조로 흔들리던 해마단주의 눈빛을 놓치지 않았다.

그건 화살이 눈앞에 도달해도 꿈적도 하지 않을 것 같던 해마단주의 전체적인 인상과 비교해서 무척이나 이질적인 것이었다.

그것이 내내 조항의 긴장을 늦추지 못하게 하고 있었다.

'교룡의 아가리 속으로 들어온 것은 아닐지……'

조항은 속으로 걱정을 했다.

댕댕댕—

조항의 상념을 깨며 경종이 다시 울렸다.

이번에는 아까보다 조금 더 다급한 울림이었다. 고깃배와 그만큼 가까워졌다는 뜻이었다.

"이쪽으로 오십시오, 회주님! 그리고 너희들도!"

조항은 궁금증에 선실 창밖으로 시선을 돌리고 있는 단리하연과 이장명, 하택이를 향해 목소리를 높였다.

"너무 과민 반응을 하시는군요, 조 대장님."

단리하연이 옅은 미소를 지으며 그 자리에서 움직이지 않았다.

"매사 불여튼튼이지요. 어서 뒤쪽으로 오십시오. 창문 곁은 위험합니다!"

조항은 몸을 일으켜 이장명과 하택이에게 손짓을 했다.

"하루 종일 그렇게 신경을 곤두세우다간 쓰러지겠습니다, 사부님!"

이장명이 입맛을 다시며 하택이와 함께 창가에서 뒤로 물러나 앉았다.

"회주님도!"

조항은 단리하연을 다시 불렀다.

"알겠어요, 대장님. 마침 주변의 풍광이 수려했는데 아쉽군요."

단리하연은 아쉬운 표정과 함께 창가에서 물러나 선실 벽쪽으로 몸을 이동시켰다.

덜컹!

단리하연이 막 자리에 앉으려는 순간 해마단주가 기거하는 선실의 문이 벌컥 열리며 용왕탈을 쓴 해마단주가 모습을 드러냈다.

"단주님!"

위후겸이 의아한 눈으로 해마단주를 쳐다보았다. 해마단

주는 처음에 착용했던 청색 복장과는 다른, 짙은 흑의로 갈아
입고 있었다.

그것은 해마단주의 전투복이었다.

겉보기에는 다른 경장과 별 차이가 없었지만 옷 속에는 수
상전에 필요한 갖가지 도구들이 부착되어 있었다.

"모든 단원들에게 전투준비를 시켜라!"

나오자마자 단주는 단호한 목소리로 지시했다.

위후겸은 갑작스런 사태에 얼른 시선을 돌려 밖을 쳐다보
았다.

처음에는 무질서하게 나열하여 진로를 가로막을 듯 다가
오던 고깃배들이 이제는 강 양쪽으로 이동해 길을 틔워주고
있었다. 그러면 오히려 위험은 줄어들었다고 봐야 하는데 단
주는 느닷없이 전 단원들에게 전투준비를 내린 것이다.

'왜?'

위후겸은 그런 눈빛으로 단주를 쳐다보았다.

"명령이다!"

단주는 훨씬 더 단호한 음성으로 지시를 내렸다.

"복명!"

더 이상 지체하지 못한 위후겸이 고개를 숙이고는 급히 선
실 밖으로 나갔다.

그가 나가자마자 선실 밖의 갑판에서도 빠른 발걸음 소리
가 들려왔다.

“무슨 위험이 있는 건가요, 단주님?”

단리하연은 여전히 차분한 기색과 함께 해마단주를 향해 질문했다.

“예감이 안 좋습니다.”

해마단주는 여전히 정면만 응시한 채 답했다.

“예감?”

단리하연이 안광을 빛내며 되뇌었다.

“고깃배치고는 뭔가 이질적인 기운이 느껴집니다. 또한 강 양쪽으로 산개하며 물길을 틔워주는 것은 유사시에 포위망을 형성할 수도 있고…….”

해마단주는 흔들림없는 음성으로 답하며 쇠줄 몇 개를 잡아당겼다. 그러자 깃발이 펄럭이는 소리가 나며 잠시 후 배의 속도가 느려졌다. 대신 양옆의 배 두 척이 빠르게 앞으로 나가며 단리하연 등이 탄 배를 엄호했다.

“우리도 준비를 해야 해!”

단리하연은 단호한 표정과 함께 하택이와 이장명을 보며 말했다.

“너무 걱정하지 마세요, 누님! 그냥 지나가는 배일 수도 있습니다.”

하택이가 호칭까지 달리하며 단리하연을 안심시켰다.

“자기 일에 최선을 다하는 달인들의 번뜩이는 예감은 좀처럼 빗나가지 않는 법이란다.”

단리하연은 해마단주의 목상 같은 어깨에 시선을 고정하며 신중하게 말했다.

하택이는 눈만 끔벅이며 단리하연의 말을 되새겼고 조항과 이장명은 아무런 대꾸도 못하고 긴장의 끈을 조였다.

이런 면에 있어서 단리하연의 통찰은 틀린 적이 없었다. 그것이 소향상회를 소주제일의 상단으로 이끌고 있는 가장 큰 힘 중에 하나였다.

"너희들도 만반의 준비를 해라!"

조항이 검집을 풀어 손에 쥐었다. 눈먼 화살이라도 날아들면 단번에 쳐낼 수 있는 자세였다.

그런데 한참 지나도 별다른 낌새가 보이지 않았다.

조항은 선실 창밖으로 고개를 내밀었다.

양쪽으로 길을 터준 고깃배들은 다시 가운데로 모이며 유유히 뒤로 멀어져 가고 있었다.

해마단주의 예감과는 달리 정말 고깃배인 모양이었다.

"휴—"

조항은 길게 한숨을 내쉬었다.

다행히도 이번에는 단리하연의 통찰력이 빗나간 모양이었다.

"이젠 마음을 놓아도 될 것 같습니다, 회주님!"

이장명도 안도하는 표정으로 단리하연을 안심시켰다. 그러나 단리하연의 표정은 여전히 긴장을 유지하고 있었다.

조항은 짙은 의구심과 함께 해마단주를 쳐다보았다.

해마단주의 전신에서는 아까보다 더한 긴장감이 흘러나오고 있었다.

"무슨?"

조항은 급히 선실 밖으로 고개를 내밀었다.

또 한 무리의 선박들이 저 앞에서 다가오고 있었다. 그들은 고깃배가 아니라 열 척이나 되는 수적선이었다.

조항은 즉시 뒤를 돌아보았다.

지나쳐 가던 고깃배들이 서서히 방향을 돌리고 있었다. 그리고 그 고깃배에는 어느새 청의 무복을 차려입은 사내들이 갑판을 가득 채우고 있었다.

"포위하기 위해……?"

조항은 신음처럼 중얼거렸다.

고깃배는 그냥 지나쳐 간 것이 아니었다. 뒤로 가서 퇴로를 막기 위함이었다. 그리고 앞에서는 또 다른 놈들이 진로를 막고 다가오는 것이다. 그야말로 진퇴양난의 형국이 된 것이다.

'누굴까, 저들은?'

단리하연은 앞을 막으며 다가오는 수적선들과 뒤쪽의 고깃배들을 보며 그들의 정체에 대해 생각해 보았다.

수적들이 앞을 막는 것은 납득이 갔다.

산적들이니 수적들이니 하는 무리들은 이유가 있어 누구를 막는 것이 아니라 아무나 막고서 돈이나 물건들을 털어가는 것이다. 특히 황하적룡대는 해마단과는 원한이 있다고 했기에 앞을 막을 수도 있었다.

그런데 수적선에 타고 있는 자들 중 몇 명과 고깃배에 탄 자들에게서는 수적들에게서 풍길 수 없는 엄중한 기도가 풍겨 나왔다.

'나를 노리는 자들일까?'

단리하연은 현재 소향상회와 가장 심한 경쟁을 벌이는 상회와 흑도 조직 몇 개를 떠올려 보았다.

자연히 고개가 흔들어졌다.

여기까지 오면서 되도록 면사로 얼굴을 가리고 최대한 은밀하게 움직였다.

그랬기에 그들 조직으로서는 자신의 행적을 간파하지도 못했을 것이고, 그랬다 치더라도 저런 자들을 신속히 동원할 능력도 없을 것이다.

그렇다면……?

만약 저들이 자신을 노리는 자들이라면 무서운 정보망과 방대한 조직을 거느린 자들일 것이다. 그리고 그만큼 위험하다는 말이다.

"전속 항진한다!"

해마단주는 옆에 있는 배를 향해 고함을 지른 후 쇠줄을 잡아당겼다. 신호용 깃발이 펄럭이는 소리가 나며 쾌선의 속도가 빨라졌다.

"차라리 되돌아가는 것이 낫지 않습니까?"

선실로 뛰어든 위후겸이 단주를 향해 소리쳤다.

앞에는 고깃배와 비교할 수 없는 규모의 수적선이었다. 그들과 부딪치느니 배를 돌려 후퇴하는 것이 나을 것 같았다.

"배는 앞쪽에 있는 수적선의 배가 더 크지만 고깃배에 탄 자들이 훨씬 고수야."

해마단주는 단호하게 말하며 천장 위의 쇠줄을 거듭해서 잡아당겼다.

점점 속도를 내기 시작한 쾌선이 화살처럼 앞으로 나아갔다.

"멋진 쾌선이군."

제일 가운데의 수적선 갑판에 버티고 선 중년 사내가 비릿한 웃음을 흘렸다.

그는 황하수로맹 하남성 영역의 물길을 장악하고 있는 황하적룡대의 대주 이차택이었다.

항상 붉은 옷을 입고 손속이 매정하여 적룡야차란 별호가 붙어 있었다.

"건방진 놈! 언젠가는 다시 만날 줄 알았지."

일 년 전 해마단과의 충돌에서 그의 부하들은 힘 한 번 제대로 써보지 못하고 물속에 처박히고 배마저 빼앗겼다.

그로 인해 자신의 이름은 황하수로맹의 웃음거리가 되었

고 반면 해마단의 위명은 하늘을 찌르며 급속히 세가 불어났다.

그 후 다시 마주칠 날을 학수고대했는데 해마단은 운하에서만 주로 활동하였고 황하로는 잘 나오지 않았다. 어쩌다 황하의 물길로 나왔을 때는 쾌선으로 쏜살같이 나타났다 사라졌다.

그런데 이번에는 제대로 걸린 것이다.

이번에도 쏜살같이 나타났다가 사라져 버려 놓칠 뻔하긴 했다.

퇴로를 장악하고 있는 고깃배에 탄 사람들이 아니었으면 정보가 늦어 분명 그랬을 것이다.

아직까지도 정체를 알 수 없는 그들은 해마단의 움직임을 훤히 포착하고 알려주었다.

그리고 연수하여 잡을 계획까지 세워주었다.

비용은 물론이고 정보와 계획, 그리고 인원까지 합세해 준 대가로 그들이 원하는 것은 해마단이 은밀히 실어 나르는 이 남일녀를 넘겨받는 것이다.

놈들이 실어 나르는 인간 따윈 관심없다. 금은보화라면 모르겠지만 인간 따윈 잡아가든 죽이고 가든 알 바 아니다. 자신은 하룻강아지 범 무서운 줄 모르고 날뛰는 해마단을 모조리 수장시켜 실추되었던 명예를 되찾으면 되는 것이다. 아울러 그들이 몰고 온 쾌선을 빼앗는 것도 짭짤한 부수입이다.

그것을 위해 적룡야차 이차택은 오늘 이 자리에 직접 나온 것이다.

"후후!"

만족한 웃음을 흘린 이차택은 오늘부로 해마단이란 이름이 사라질 것이라는 사실을 믿어 의심치 않았다.

퇴로를 장악하며 조여오고 있는 고깃배에 탄 사내들은 일견하기에도 보통의 고수가 아니었다.

낮은 호흡과 서늘한 눈빛으로 개개인이 자신을 뛰어넘는 고수란 것을 느낄 수 있었다.

처음에는 그들이 막대한 의뢰비와 함께 왜 이런 수고까지 하며 삼남일녀를, 아니, 그중 제일 나이 많은 한 놈은 죽여도 좋다고 했으니… 이남일녀를 넘겨받으려는지 궁금하기는 했다. 그 이남일녀가 그만한 가치가 있다면 일이 끝난 후 가로챌까? 하는 생각까지 잠시 해보았다. 하지만 가까이서 본 그들의 기도는 그런 생각을 싹부터 자르게 했고 연수하여 해마단의 애송이들을 수장시키는 것으로만 만족하게 만들었다.

"전속 항진!"

이차택은 고함을 질렀다.

쾌선이 최고의 속도로 마주쳐 오고 있어 곧 부딪칠 기세였다.

부딪치면 결과는 뻔하다.

쾌선이 아무리 빨라도 덩치는 자신들의 수적선에 반도 되지 못했다. 그러니 당연히 파손되어 가라앉을 것이다.

그런데?

들이받고 나아갈 듯 전속 항진하던 쾌선 다섯 척이 갑자기 부챗살처럼 산개했다.

수적선의 틈 사이로 빠져나갈 생각인 모양이다.

"가소로운 놈들!"

이차택은 낮게 중얼거리며 깃발을 흔들었다.

아무리 그래도 틈은 없을 것이다.

물길의 넓이를 고려하여 충분히 배를 동원했으니까.

깃발의 신호에 따라 황하적룡대의 선박들도 재빨리 산개하며 다섯 척 쾌선의 진로를 막아갔다.

"저놈들……."

이차택은 눈살을 찌푸렸다.

산개하던 쾌선 다섯 척이 이번에는 급속히 가운데로 모이며 화살촉 모양의 진형을 만들어 정중앙을 향해 돌진했다.

이건 바깥쪽의 쾌선이야 박살나든 말든 제일 가운데 있는 한 척만 무사히 빠져나가게 하겠다는 의도임이 분명했다.

"이놈들이?"

예상외로 무모한 해마단의 전법에 이차택은 깃발을 세차게 흔들었다.

제일 바깥쪽 두 척의 쾌선이 황하적룡대의 수적선 두 척의 측면을 들이받았다. 마치 쾌속선 두 척이 수적선 두 척 사이를 벌어지게 쐐기처럼 파고드는 모습이었다.

콰앙!

굉음이 일며 충돌한 쾌선 두 척의 앞쪽이 박살이 났다. 수적선에 비해 쾌선이 훨씬 규모가 작아 어쩔 수 없는 결과였다.

콰앙—

다시 안쪽에 있는 두 척의 쾌선이 똑같은 방식으로 바깥쪽 쾌선 두 척 사이를 들이받았다.

제일 바깥쪽 두 척과 충돌하며 벌어졌던 틈이 훨씬 더 벌어지며 쾌선 세 척이 지나갈 만한 길이 열렸다.

펄럭!

돛이 한껏 바람을 받으며 해마단주와 단리하연 일행이 탄 제일 가운데에 있던 쾌선이 쏜살같이 앞으로 나아갔다. 그 뒤로 파손되지 않은 두 척의 쾌선이 뒤따랐고 파손된 다른 두 척의 쾌선에 탔던 해마단 단원들이 그 두 척의 쾌선 위로 모두 옮겨 탔다.

"막아라!"

양옆의 수적선에서 고함 소리가 들렸다. 그와 함께 몇 명의 수적들이 뒤에 있는 쾌선 두 척 위로 날아내렸다. 그러나 단리하연이 탄 쾌선은 빠르게 그 사이를 빠져나가고 있었다.

휘익—

수적선 위에 있던 한 명의 청의사내가 경공을 펼치며 아슬

아슬하게 제일 앞의 쾌선 위로 날아내렸다.

근 일곱 장 가까이나 되는 거리를 뛰어내리는 경공으로 보아 절대로 무사할 수 없는 고수 같았다.

"막아라!"

갑판에서 여러 명의 해마단원이 청의사내를 향해 마주쳐 갔다.

청의사내가 빛살처럼 검을 휘둘렀다.

"크윽!"

비명과 함께 두 명의 해마단원이 꼬꾸라졌다.

예상대로 청의사내는 일류 고수였다. 또한 그는 결코 황하적룡대의 대원이 아니었다. 고깃배에 탄 사내들과 같은 무리들이 분명해 보였다.

"와아!"

함성과 함께 해마단원 다섯 명이 한꺼번에 청의사내를 향해 쇄도해 들었다.

까앙—

까앙—

연속적인 쇳소리가 나며 마주친 검들에서 불똥이 튀었다.

동시에 해마단 사내 네 명의 도검이 허공으로 튕겨 올랐다. 그 사이로 청의사내의 검이 섬전처럼 날아들었다.

"어딜!"

위후겸이 고함과 함께 마주쳐 검을 휘둘렀다.

까앙―

위후겸의 검도 허공으로 튕겨 올랐다.

다시 청의사내의 검이 위후겸을 향해 날아들었다.

휘익―

이제까지 보고만 있던 해마단주가 비호처럼 날아가며 주먹을 뻗었다.

해마단주의 팔목에서 철삭 한 가닥이 암기처럼 튀어나왔다.

청의사내가 검의 방향을 바꾸어 해마단주를 향해 휘둘렀다.

치이잉―

해마단주의 팔목에서 뻗어 나온 철삭이 청의사내의 검에 걸려 신속하게 감겨들었다.

청의사내가 검을 세차게 흔들어 철삭을 떨쳐 내려 했다.

그러나 해마단주도 똑같은 방향으로 검을 휘둘러 청의사내의 의도를 무산시켰다.

파앗―

병기가 무력화된 청의사내를 향해 해마단원들의 도검이 한꺼번에 날아들었다.

휘익!

청의사내가 검을 휘둘러 자신의 검에 얽힌 철삭으로 해마단원들의 도검 세 자루를 한꺼번에 막았다.

자신의 독문병기도 아닌, 검에 감긴 철삭을 정교하게 흔들어 세 자루의 도검을 빈틈없이 막아내는 청의사내의 임기응변은 실로 고절했다.

위후겸은 간담이 서늘해 옴을 느꼈다.

만약 검이 단주의 철삭에 감기지 않았다면 자신은 지금쯤 시체가 되어 바닥에 드러누워 있거나 물속으로 처박혀 용왕을 알현하고 있을 터였다.

"하아!"

위후겸은 일갈과 함께 다시 검을 세차게 휘둘렀다.

청의사내가 또 한 번 철삭을 휘둘러 위후겸의 검을 막아왔다.

위후겸은 초식을 변화시켜 독사출동(毒蛇出洞)의 수법으로 청의사내의 가슴을 찔러들었다.

검을 잡지 않은 청의사내의 다른 한 손이 앞으로 쭈욱 뻗어왔다.

파앙—

폭음과 함께 청의사내의 손에서 강맹한 기운 한가닥이 위후겸의 가슴으로 밀려왔다.

위후겸은 대경한 눈빛을 하며 다시 초식을 변화시켰다.

그러나 밀려오는 경력은 섬전을 방불케 했다. 반도 잘라내기 전에 가슴을 박살 낼 것 같았다.

파아앙—

위후겸의 가슴 바로 앞에서 굉음과 함께 경력이 사라졌다.

바람처럼 달려나온 조항이 검을 휘둘러 청의사내가 뿌린 경력을 흩어버린 것이다.

"고, 고맙소!"

위후겸이 다급하게 인사를 차렸다.

"그 말은 내가 모시고 있는 소저에게 하시오. 그녀의 엄명이었으니……."

조항은 단리하연 곁에서 떨어져 다른 사람을 호위한다는 것이 마음에 안 드는 듯 퉁명스럽게 말했다.

핑—

청의사내가 검을 세차게 휘두르자 철삭이 날카로운 소음을 토해냈다.

휘리릭—

계속해서 청의사내가 검을 흔들자 검신에 엄중하게 감겨 있던 철삭이 풀려 나가기 시작했다.

"하앗!"

이제껏 최대한 철삭을 당기며 청의사내의 검을 제지하던 해마단주가 신속하게 철삭을 거두어들인 후 청의사내의 가슴 속으로 파고들며 주먹을 휘둘렀다.

해마단주의 주먹에서도 무시 못할 기운이 뿜어져 나왔다.

그러나 청의사내의 표정은 조금도 변하지 않았다.

"흥!"

콧방귀를 뀐 청의사내가 직도양단의 기세로 검을 내리그었다.

자유로워진 검이 무시무시한 속도로 떨어졌다.

까앙—

검을 막은 조항이 인상을 썼다.

청의사내의 검에 실린 역도(力道)가 예상을 뛰어넘었기 때문이다.

그 사이로 위후겸과 해마단원들의 도검이 날아들었다.

청의사내가 초식을 변화시켜 검으로 둥글게 원을 그렸다.

여러 개의 도검이 그 원에 휩쓸려 허공으로 튕겨 올랐다.

"죽어라, 애송이들!"

고함과 함께 청의사내가 세차게 검을 휘둘렀다.

청의사내의 검이 순식간에 여러 개로 변하며 제각각의 목표를 향해 찔러들었다.

수적들의 검에서는 절대로 볼 수 없는, 상승의 검법에서나 볼 수 있는 초식이었다.

해마단원들이 일순 대처할 방법을 찾지 못하고 안색이 새파랗게 질렸다. 이런 상승검법은 황하의 물길에서는 아직까지 한 번도 접해보지 못했기 때문이다.

쉬이익—

청의사내의 검이 해마단원 한 명의 가슴을 꿰뚫으려는 찰나, 비수 다섯 자루가 섬전처럼 날아왔다.

이장명이 펼친 일선비의 비도술이었다.

"헛!"

전혀 예상치 못한 사태에 청의사내는 경호성과 함께 찔러가던 검을 거두어들이며 비수를 쳐냈다.

따다다다당―

다섯 자루의 비도가 한꺼번에 허공으로 튕겨 올랐다.

"큭!"

비도를 튕겨낸 청의사내가 짤막한 비명을 질렀다.

일선비의 다섯 자루 비도를 쳐내는 순간 이상한 궤적을 그리는 비도가 어깨를 파고들었기 때문이다.

아직은 다 완성시키지 못한 이장명의 삼검비가 빛을 발하는 순간이었다.

"하앗!"

조항이 색혼망월(索魂忙月)의 초식으로 쾌속하게 검을 뿌렸다.

청의사내가 이를 악물며 검을 쳐올렸다. 그러나 삼점비의 비도가 박힌 어깨가 제 힘을 내지 못하며 검로가 흐트러졌다.

쉬이익―

흐트러진 검로 사이로 해마단주의 주먹이 바람처럼 스며들었다.

퍼억―

가슴에서 파육음이 터지며 입으로 피를 토한 청의사내가

뒤로 훌훌 날아가 강물 속으로 처박혔다.

가까스로 청의사내를 날려 버린 해마단주는 숨돌릴 틈도 없이 제자리로 돌아와 돛 줄을 잡았다.

잠시 늦추어졌던 돛이 팽팽하게 바람을 받으며 속도를 내기 시작했다.

조항도 급히 신형을 움직여 단리하연 옆으로 돌아왔다.

"생각보다 훨씬 고수입니다."

조항이 잔뜩 긴장한 모습으로 말했다.

고개를 끄덕인 단리하연도 긴장으로 굳은 시선을 돌려 뒤쪽을 쳐다보았다.

뒤쪽의 쾌선 두 척에서는 치열한 전투가 벌어지고 있었다. 충돌하는 와중에 수적선의 인원들이 뛰어들었기 때문이다.

"도와주지 않아도 될까요?"

돛을 잡고 있던 해마단원 한 명이 말했다.

"황하적룡대 정도는 저들만으로도 충분하다. 전속 항진!"

뒤에 있는 쾌선에는 방금 이곳으로 뛰어든 청의인과 같은 무리들이 없는 것을 확인한 해마단주가 고함을 치자 돛 줄을 잡은 사내들이 분주히 움직였고 쾌선은 더욱 속도를 높였다.

第六十八章

험로(險路)

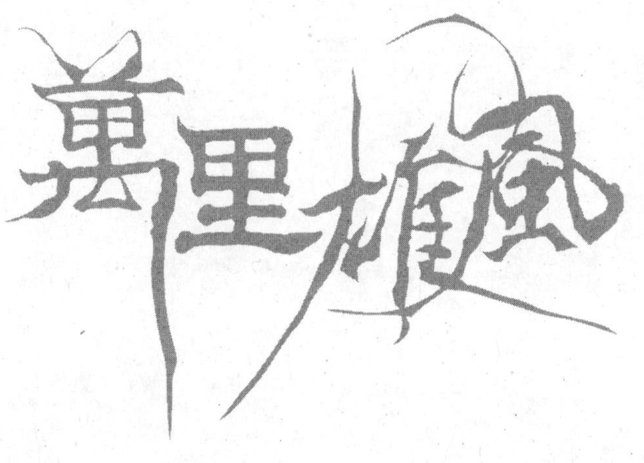

두두두—

몇 필의 말이 유진룡과 백엽동 등이 탄 마차를 향해 마주 달려오고 있었다.

제일 앞에서 달려오는 사내는 허리에 삼결 매듭을 맨 개방도였다.

그는 봉두난발한 개방도를 통해 백엽동의 지시를 받고 지원군과 함께 달려오는 개방의 정주 분타주 종대명(宗大鳴)이었다.

백엽동과 유진룡 등이 탄 마차는 속도를 늦추어 그들과 조우했다.

“백 장로님을 뵙습니다.”

개방의 정주 분타주 종대명은 백엽동을 향해 고개를 숙였다.

“인사는 집어 치우고 소식부터 전해라!”

백엽동은 고함을 질렀다.

“소이개의 죽음을 조사하던 제자들로부터 황하에서 정주로 들어오는 물길에서 한나절 거리쯤 떨어진 곳에서 해마단의 쾌선 다섯 척을 보았다는 정보를 아침에 받았습니다. 소이개가 죽기 직전에 보낸 보고에 의하면, 그곳에 백 장로님이 찾는 사람들이 타고 있는 것 같습니다.”

“거기가 어디냐?”

백엽동이 다시 질문을 던졌다.

“이곳에서 두 시진이면 도착할 수 있는 거리입니다.”

“그들이 정주로 향하는 지류의 물길로 접어들었다면?”

백엽동이 눈 사이를 좁히며 물었다.

“그렇다면 조금 더 거리가 벌어졌다고 봐야겠지요.”

종대명이 거리를 어림했다. 그러면서 다시 말을 이었다.

“그런데⋯⋯.”

“뭔가?”

오장로 곽장견이 빠르게 물었다.

“황하적룡대 이차택이 거느린 수적선 여러 척도 어제 그쪽을 향해 움직였다는 보고도 들어왔습니다. 그들과 연관이 있는 것입니까?"

　종대명은 영문을 모르겠다는 듯 고개를 갸웃거렸다.

　"황하적룡대? 그걸 왜 이제서 말하는 것이냐, 이놈아!"

　백엽동이 고함을 질렀다.

　"자세한 내막을 모르니 무슨 영문인지 알 수가 있어야지요."

　종대명은 억울한 듯 마주 소리를 질렀다.

　"만약 그 두 세력이 지금쯤 마주쳤다면 아직 정주로 향하는 물길로 접어들지 못했겠군."

　백엽동은 형형한 눈빛과 함께 말했다.

　"그놈들이 이번 일에 관여됐다는 증거는 아직 없지 않습니까?"

　곽장견이 조심스럽게 의견을 제시했다.

　"황하적룡대 놈들이 무작정 배를 여러 척이나 띄울 이유가 없네. 기우일지 몰라도 소이개라는 제자를 죽인 놈들과 얽혀 있다는 의심은 해봐야 하네!"

　백엽동은 일사천리로 판단을 내렸다.

　"그럼 지금부터 곧장 그곳으로 달려가야겠군요."

　상취개 장서홍이 마음이 급한 듯 목소리를 높였다.

　"만약 그들이 안 부딪쳤다면 거리가 지금보다 더 벌어질 가망성이 있지 않습니까?"

　유진룡이 조급한 표정과 함께 물었다. 마음은 급했지만 이곳 지리를 모르니 어떻게 돌아가는지 가늠할 수가 없었다.

"그렇게 되면 네놈과 그녀는 영영 이별할 가망성이 더 크겠지."

백엽동은 심술궂은 표정으로 말을 받았다.

"차라리 악담을 하시지요."

뒤쪽의 마차에서 내린 남궁세준이 다가와서 거들었다.

"네놈들은 이제 그만 가보아라!"

백엽동이 남궁세준과 모용현을 보고 소리를 질렀다.

여기까지 따라온 것은 조금 돌아오긴 해도 정도맹으로 향하는 방향이지만 이제부터는 완전히 멀어지는 것이다.

"친구 따라 강남 간다고 하지 않습니까?"

남궁세준이 빙글거리며 대답했다.

"누가 네놈 친구더냐?"

"유 공자밖에 더 있습니까? 그 외는 모두 폭삭 늙은……."

남궁세준이 장서홍과 그 뒤에 있는 다른 개방도들을 보며 말했다. 그들 중에는 장서홍보다 젊은 개방도도 있었지만 그래도 유진룡보다는 나이가 훨씬 많아 보였다.

"세가의 자제는 입심이 무공보다 더 세다더니, 그 말이 맞군."

장서홍이 입맛을 다셨다.

"네놈들과 말씨름할 겨를이 없다. 따라오든 말든 마음대로 하거라."

어자석에 오른 백엽동이 손수 말고삐를 쥐고 세차게 흔들
었다.

*　　　*　　　*

"젠장!"

위후겸이 앞을 바라보며 역정을 터뜨렸다.

겨우 황하적룡대의 수적선 열 척을 뚫고 나왔는데 저 앞에
또 다른 열 척이 마주 오고 있었다.

놈들은 삼중의 포위망을 형성하며 조여오는 것이다.

"단주님!"

위후겸은 해마단주를 불렀다.

"보고 있어."

해마단주의 목소리가 염왕탈 안에서 음울하게 흘러나왔
다.

다섯 척의 쾌선으로는 길을 뚫을 수 있어도 세 척으로는 힘
들었다. 세 척의 쾌선을 한 덩어리로 묶어도 하중에서 상대가
안 되어 밀어낼 수 없는 것이다.

해마단주는 뒤를 돌아보았다.

고깃배에 타고 있던 청의인들이 모두 수적선에 올라 뒤쫓
아오고 있었다.

그들 중 한 명을 직접 겪어보았다.

놈은 순식간에 대원 두 명을 베어버렸다.

자신이 기습적으로 철삭을 날려 상대하고 다른 사람이 모두 가세해서 겨우 뿌리칠 수 있었다.

그런 자들이 스무 명 가까이 쫓아오니 뒤쪽으로도 갈 수 없는 것이다.

황하적룡대쯤이야 문제가 아니지만 부딪쳐서 속도가 늦어지면 놈들은 순식간에 쾌선 위로 뛰어오를 것이다.

"어떻게 하시겠습니까, 단주님?"

위후겸도 대책이 안 서는지 해마단주의 의향을 물었다.

한 번만 더 돌파하면 황하의 물줄기를 벗어나 정주로 향하는 지류로 접어들 수 있다. 그곳까지는 수적선이 쫓을 수 없다. 그러면 임무는 완성인데 그게 불가능해 보였다.

"배를 포기한다."

해마단주가 결심한 듯 말했다.

"네에? 그게 무슨?"

"왼쪽에 보이는 절벽 옆에 배를 댄다. 그리고 절벽을 뛰어넘어 탈출한다."

해마단주는 즉시 지시를 내리고 깃발을 들어 올렸다.

"그럼 쾌선 다섯 척을 모두 잃는 것이 아닙니까?"

위후겸은 마치 자식을 잃은 듯한 표정으로 신음처럼 말했다.

쾌선 다섯 척은 해마단의 기둥뿌리라고 해도 과언이 아니었다. 그걸 장만하기 위해 그동안 벌어들인 돈을 거의 다 투자했다. 두 척은 한 번의 돌파로 이미 가라앉아 버렸고, 남은 세 척도 포기하면 그야말로 기둥뿌리가 왕창 뽑혀 나가는 신세가 되는 것이다.

"청산이 건재하는 한 땔감 걱정은 할 필요가 없다. 배는 언제든지 다시 구하면 된다."

단호하게 말한 단주는 깃발을 흔들었다.

"하지만 어떻게 모은 쾌선인데……."

위후겸은 여전히 아들을 모두 잃은 표정이었다.

"단원들만 건재하면 된다. 그러니 놈들이 따라붙기 전에 절벽 아래에 배를 바짝 붙이고 절벽을 뛰어올라 육로로 이동한다."

해마단주는 직접 돛 줄을 당겼다.

위후겸도 이젠 할 수 없다는 듯 돛 줄을 잡아당겼다. 뒤를 따르던 두 척의 쾌선도 급히 방향을 바꾸었다.

"멋진 대장이군요."

해마단주와 위후겸의 대화를 듣고 있던 단리하연이 나직한 음성으로 말했다.

"대장이라……."

해마단주가 흘러가는 바람 소리처럼 되뇌며 쾌선의 속도를 올렸다.

“후후, 최악의 발악을 하는군!”

고깃배에서 수적선에 옮겨 탄 청의 중년인 하나가 차가운 미소와 함께 중얼거렸다.

“배를 버리고 중도에서 하선할 줄은 몰랐는데 의외로군요!”

다른 청의인 하나가 고개를 저으며 말을 받았다.

“악착같은 놈들이라 모두 죽더라도 배는 지킬 것이라 생각했는데…… 저놈들은 뱃놈 자격이 없습니다.”

적룡야차 이차택이 어이없는 음성으로 끼어들었다.

자고로 뱃놈이라면 배와 함께 운명을 같이하며 배가 수장되면 같이 수장되어야 하는 것이다. 그런데 그 멋진 쾌선 다섯 척을 초개와 같이 버리며 도망친단 말인가? 저런 놈들이 자신의 부하였다면 한 놈도 남기지 않고 칼로 목을 쳐서 수장시켜 버렸을 것이다.

“확실히 뱃놈 자격은 없는 놈들이군. 하지만 언젠가 당신을 수장시키고 황하의 물길을 차지할 자격은 충분한 놈들이야.”

얼굴이 대추처럼 붉은 또 다른 청의인 한 사람이 흘깃 이차택을 쳐다보며 말했다.

얼굴이 붉은 것만 빼고는 평범한 체격에 평범한 용모였지만 온몸으로 풍기는 기도는 그가 청의인들 중 제일의 고수라는 것을 여실히 느낄 수 있었다.

"그게… 무슨?"

이차택은 눈 사이를 좁히며 기분 나쁜 표정과 함께 붉은 얼굴의 청의인을 쳐다보았다.

청의인이 흐릿하게 웃으며 이차택의 눈을 마주 보았다. 순간 이차택은 심혼이 얼어붙는 것 같은 느낌에 얼른 시선을 돌렸다.

이차택은 순간적으로 등줄기에 식은땀이 흐르는 것을 느꼈다.

대춧빛 얼굴의 청의인은 자신이 생각한 것보다 훨씬 강한 고수였다.

지금까지는 앞으로 나서지 않아 몰랐는데 눈을 마주친 순간 그걸 절실히 깨달았다.

"내 예감은 비교적 잘 맞는다네. 그러니 새겨듣게."

대춧빛 얼굴의 청의인은 지나가는 투로 말한 후 품속으로 손을 넣었다. 그리고는 한 자 정도 길이에 어린아이 팔목만한 굵기의 대롱을 꺼냈다.

대롱 한쪽 끝에는 작은 심지가 달려 있었다.

심지 끝을 잡은 청의인은 엄지와 검지 손끝으로 심지를 비볐다.

푸쉬시—

심지 끝에서 연기가 나며 불이 붙었다.

이차택은 두 눈이 찢어져라 크게 뜨며 심지를 바라보았다.

맨손으로 불을 일으키는 삼매진화라는 무공은 절정고수만
이 가능하다고 들었다. 그리고 아직 들어보기만 했지 직접 본
적은 없었다.

이차택은 심지에서 눈을 떼지 못하고 입만 벌리고 있었
다.

불이 확실하게 붙은 것은 확인한 청의인은 슬쩍 손을 흔들
어 대롱을 허공으로 던졌다.

장난처럼 허공을 향해 던진 대롱은 멈추지 않고 계속해서
위로 날아올랐다.

파앙—

까마득히 솟아오른 대롱은 어느 순간 폭음과 함께 붉은색
연기를 허공에 비산시켰다.

"배를 포기하고 모두 절벽 위로 날아오른다."

바위 절벽 아래에 배를 댄 해마단주가 단호하게 지시를 내
렸다.

자신들의 터전이나 마찬가지였던 배를 차마 포기하지 못
한 단원들이 잠시 머뭇거렸다.

"탈출한다!"

해마단주가 눈을 부릅뜨며 고함을 질렀다.

휘익—

획!

여러 줄기의 바람 소리가 들린 후 쾌선에서 마지막 단원이 절벽을 날아올랐다. 그 뒤로 해마단주도 몸을 날렸다.

흔들리는 배 위에서도 날렵했지만 약 사 장 높이의 바위 절벽을 박차고 오르는 신법도 일품이었다.

"정주를 향해 전속 진군한다."

모두 모였음을 확인한 해마단주가 지시를 내렸다.

그러자 몇 명의 해마단원들이 빠르게 방향을 잡았고 잠시 후, 모두들 한 사람처럼 움직이며 숲을 빠져나갔다.

"이번 의뢰는 적자겠군요?"

해마단주의 뒤를 따르며 조항이 말했다.

"적자가 아니라 폭삭 망한 수준입니다."

옆에서 달리던 위후겸이 반쯤 죽어가는 음성으로 답했다. 그러나 해마단주의 관심은 딴 곳에 있었다.

"놈들이 쏘아올린 화탄은 누군가에게 신호를 보낸 것이다. 근처에 매복이 있을 수 있으니 각별히 조심하도록!"

"복명!"

앞서 가던 사내들이 짧게 답하며 빠르게 전진했다. 뒤쪽의 사내들은 수적선에서 내려 쫓아올지도 모를 자들을 경계하며 달렸다.

다행히 숲 속에 매복은 없었다.

숲이 옅어지며 길이 보였다.

그곳을 향해 사내들이 몸을 날렸다.

이장명과 하택이도 조항과 위후겸의 팔에 안긴 채 몸을 날렸다.

"정지!"

해마단주가 손을 들며 고함을 질렀다.

빠르게 달려가던 사내들이 일시에 움직임을 멈추었다. 그들은 모두 해마단주만 쳐다보았다.

단리하연은 지그시 입술을 깨물었다.

저 앞에서 마주 달려오는 자들이 있었다.

조항도 긴장한 표정으로 검을 뽑았다.

"치고 나간다!"

잠시 망설이던 해마단주가 고함과 함께 제일 앞에서 몸을 날렸다.

바람처럼 쏘아져 가는 그의 모습은 한 마리 맹수를 연상시켰다.

"어딜!"

어느새 지척까지 다가온 청의 중년인 하나가 팔을 휘둘렀다.

흑광이 번쩍이는 것 같더니 그의 손에서 긴 채찍이 튀어나왔다.

쉬이익—

채찍은 파공음을 토하며 해마단주의 목을 향해 감겨들었다.

치달려 나가려던 해마단주의 몸이 주춤 멈추는가 싶더니 비조처럼 허공으로 도약했다.

취리릭―

해마단주의 좌측 소매에서도 가는 철삭이 튀어나왔다. 수상전 때 청의인의 검을 옭아매어 병기를 무력화시키던 그 철삭이었다.

파앗―

철삭이 채찍에 얽혀 하나로 연결되었다.

"애송이 놈이!"

중년인이 콧김을 내뿜으며 철삭에 감긴 채찍을 노려보았다.

물길에서 배로 짐이나 날라주고 호구를 이어가는 무리들 따위가 자신의 애병을 옭아매는 것이 용납이 안 되는 표정이었다.

중년인은 크게 손목을 흔들어 철삭에 얽힌 채찍을 풀어내려 했다. 그러나 해마단주 역시 똑같이 왼손을 흔들어 채찍을 더욱 강하게 얽어맸다.

"하앗―"

해마단원 하나가 허공으로 몸을 날렸다. 그리고는 급전직하로 중년인을 향해 떨어져 내렸다.

꿈틀 눈썹을 움직인 중년인이 좌장을 활짝 펼쳤다.

퍼엉―

　중년인의 왼쪽 손바닥에서 뻗어 나온 경력이 떨어져 내리
는 해마단원의 가슴을 향해 쏘아졌다.

　한 손이 채찍에 묶여 있으면서도 다른 손으로 자유롭게 뻗
어내는 장력은 가히 일절이었다.

　“안 돼!”

　해마단주가 비명처럼 고함을 지르며 팔목에 감긴 철삭을
강하게 잡아챘다. 그러나 한발 앞서 중년인의 장력이 허공에
뜬 해마단원의 가슴을 강타했다.

　퍼억—

　파육음이 터지며 해마단원이 입으로 피를 뿌리며 뒤로 날
아갔다. 무작정 치고 나가려던 의지를 일시에 꺾어버리는 손
속이었다.

　“하룻강아지 같은 놈들!”

　어느새 채찍을 풀어낸 중년인은 비릿한 웃음을 흘렸다.

　‘으음!’

　조항은 속으로 신음성을 터뜨렸다.

　이들은 해마단원들이 상대할 수 없는 고수들이었다. 물 위
에서는 쾌선을 이용하여 어떻게 피하거나 흔들리는 갑판 위
에서 이득을 볼 수 있을지 몰라도 맞상대하기엔 역부족이었
다.

　그사이 채찍을 든 중년인 옆으로 같은 무리로 보이는 사내
들이 일렬로 늘어섰다.

'얼마나 버틸 수 있을까?

조항은 차가운 눈으로 앞을 바라보며 상황을 어림했다.

해마단 단원들과 함께 자신까지 가세하더라도 이각을 버티기 힘들 것 같았다.

그사이 단리하연과 이장명, 하택이가 빠져나갈 수 있을까?

설사 빠져나간다 하더라도 이제 겨우 경공을 배운 이장명과 경공을 전혀 모르는 하택이를 데리고 얼마가지 못해 추적당할 것이다. 단리하연의 성격상 둘을 버리고 절대로 혼자 경공을 펼치진 않을 것이다.

조항은 아무리 머리를 굴려도 난국을 타파할 계책이 떠오르지 않았다.

휘익—

휘익—

설상가상으로 뒤쪽에서도 경공을 날리는 소리들이 들려왔다.

황하적룡대의 수적선 위에 타고 있던 청의인들이 뭍으로 올라 달려오는 것이다.

"여기까지 오셨군. 물에서도 대단한 신위를 보이더니 땅에서도 마찬가지일세."

뒤쪽에서 굵직한 음성이 들렸다.

대춧빛 얼굴의 중년인이 제일 먼저 모습을 드러냈다. 그의 뒤로 여러 명의 청의인이 솟아나듯 나타났다.

그로 인해 자연스레 앞뒤로 포위된 형국이 되었다.

"쳐라!"

그들의 등장에 더 이상 볼 것 없다고 생각했는지 채찍을 든 중년인이 고함을 질렀다.

뒤쪽에 있는 사내들이 신속히 앞으로 나왔다.

해마단원들도 앞뒤로 마주쳐 나갈 자세를 잡았다.

"잠깐!"

막 부딪치려는 순간 대춧빛 얼굴의 중년인이 손을 들어 올렸다. 달려들던 사내들이 움직임을 멈추었다. 그와 함께 해마단원들도 주춤 신형을 굳혔다.

"여기서 잡혔지만 제법 패기가 있는 놈들이었다. 자네가 단주인가?"

대춧빛 얼굴의 중년인은 해마단주를 쳐다보았다.

"그렇소!"

해마단주가 짧게 답했다.

"물에서는 제법이더군."

중년인은 잠시 용왕탈 속에서 빛나는 해마단주의 눈을 응시하더니 입술을 움직였다.

"하지만 결과는 이렇게 될 수밖에 없지. 우리의 목적은 너희들이 아니다. 너희들이 호송을 맡은 삼남일녀만 넘겨주면 너희들은 보내주겠다."

생각지도 못한 제의에 해마단주가 움찔하는 모습을 보였

고 다른 단원들도 비슷한 모습으로 해마단주와 대춧빛 얼굴
의 중년인을 쳐다보았다.

"구미가 당기지 않나?"

대춧빛 얼굴의 중년인이 다시 물었다.

해마단주가 잠시 말없이 중년인을 마주 보았다.

"의논을 해보겠소."

해마단주는 빙글 몸을 돌렸다. 그리고는 위후겸 쪽으로 걸
음을 옮겼다.

위후겸의 눈이 심하게 흔들리고 있었다.

"여기는 우리가 맡겠소. 그러니 형장은 일행들을 데리고
빠져나가시오."

위후겸 쪽으로 얼굴을 돌린 해마단주가 정작 시선을 조항
에게로 향하며 말했다.

용왕탈 사이로 뻗어 나오는 그의 눈빛이 심연처럼 낮게 가
라앉아 있었다.

"그런다고 얼마나 갈 수 있겠소. 무공을 모르는 아이들도
둘이나 있는데."

조항은 보일 듯 말 듯 고개를 저었다.

"부하들 둘을 붙여주겠소. 그들과 함께 빠져나가시오."

"그럼 당신들은?"

"그건 우리 소관이오. 정주까지 호송해 주기로 했으니 최
대한 해보겠소."

해마단주는 용왕탈 사이로 안광을 빛냈다.

조항은 빠르게 머리를 회전시켰다. 자신들끼리라면 힘들겠지만 해마단원 두 명이 이장명과 하택이를 책임진다면 희박하나마 가능성이 있을 것 같았다.

숲을 벗어나 번화가까지만 나간다면 인파 속에 몸을 숨길 수도 있는 것이다.

지푸라기만 한 가능성이었지만 지금은 그것밖에 없었다.

고개를 끄덕이려던 조항은 문득 한 가지 의문을 떠올렸다.

해마단주란 이 사내는 자신들을 위해 너무 많은 것을 희생하려 하고 있었다.

이미 쾌선 다섯 척을 잃었고, 이젠 대원들과 목숨을 건 혈투를 준비하고 있었다. 아마도 여기서 살아나갈 수 있는 자는 없을 것 같았다.

"혹시 우리 회주와 아는 사이시오?"

조항은 불쑥 질문했다.

잠시 조항을 향해 있던 용왕탈이 천천히 좌우로 흔들렸다.

"해마단의 사업 방침일 뿐이오."

대답과 함께 돌아서는 해마단주의 눈이 웃고 있는 것 같았다. 옆에 선 위후겸도 웃고 있었다.

"결정했나?"

중년인의 물음에 해마단주가 천천히 고개를 끄덕였다.

"대답은?"

파아앗!

해마단주의 왼쪽 소매 속에서 철삭이 섬전처럼 튀어나왔
다.

철삭은 순식간에 한 사내의 허리를 감았다.

"하앗—"

기합성을 지른 해마단주가 세차게 손을 흔들자 철삭에 허
리를 감긴 사내가 허공으로 떠올라 대춧빛 얼굴의 중년인에
게로 날아갔다.

그러나 대춧빛 얼굴의 중년인은 가볍게 손을 놀려 날아온
사내를 받아 바닥에 내려놓았다.

"아까 짠 계획대로 시행한다!"

해마단주가 고함을 질렀다.

"복명!"

위후겸이 얼른 뒤로 돌아섰다.

"너희들은 의뢰인들을 모시고 탈출하라!"

위후겸이 두 사람을 지적하며 고함을 지르자 해마단원 두
사람이 아직 상황 파악이 안 된 얼굴로 눈을 끔벅였다.

"어서!"

위후겸이 재차 고함을 지르자 두 사람이 다급히 움직였다.

"권주를 마다하고 벌주를 들겠다니 할 수 없군!"

대춧빛 얼굴의 중년인이 차갑게 중얼거리며 손을 쳐들었
다.

그의 손짓에 뒤에 있던 사내들이 일제히 앞으로 나섰다. 마주쳐 나간 해마단의 사내들도 다시 그들과 대치했다.

"가야 합니다!"

조항과 함께 두 사람의 해마단원이 단리하연을 재촉했다.

단리하연의 눈에 깊은 갈등이 어렸다.

지금 이들과 함께 도주한다고 해도 탈출 가능성은 희박했다. 일각도 지나기 전에 전멸시키고 뒤따라올 것이다.

"저 사내… 일을 어렵게 만드는군요."

단리하연이 중얼거렸다.

"어쩔 수 없습니다. 타고난 성격이니까요."

해마단 사내 하나가 빠르게 대꾸하며 단리하연이 팔을 잡았다. 가지 않으면 강제로라도 데려가겠다는 뜻이었다.

쨍—

쨍강—

대치하던 사내들이 마침내 격돌했다. 이젠 기호지세의 형국이었다.

"가요!"

단리하연이 고함과 함께 몸을 날렸다.

"안 될 일!"

어느새 나타난 대춧빛 얼굴의 중년인이 앞을 막았다. 그리고 여전히 여유있는 미소를 지었다.

두 명의 해마단원이 동시에 칼을 휘둘렀다. 위후겸도 측면에서 검을 휘두르며 달려들었다.

　그러나 중년인은 여유롭게 보법을 밟으며 세 사람을 동시에 상대했다.

　그사이 몇 명의 청의사내가 단리하연을 향해 달려들었다.

　파앗—

　이장명의 비수 네 개가 동시에 날았다. 그중 두 개가 사내들의 가슴에 격중되었다.

　"어이쿠! 여기도 고수가 있었군."

　대춧빛 얼굴의 중년인은 슬쩍 손을 흔들어 자신에게 날아오는 두 개의 비도를 모두 날려 보냈다.

　이장명은 다시 비도를 꽂은 손목을 틀었다. 그러나 중년인의 신형은 어느새 앞으로 이동해 이장명의 손목을 찍었다. 이장명이 뻣뻣하게 뒤로 넘어갔다.

　"하앗—"

　조항이 중년인을 향해 몸을 날렸다. 그의 검이 어지러운 초식을 연속으로 펼쳐 내고 있었다.

　대춧빛 얼굴의 중년인이 여전히 미소를 지으며 슬쩍 뒤로 물러섰다.

　물러서는가 싶더니 어느새 그의 오른쪽 손가락이 앞으로 뻗어 나오며 지풍 한가닥을 쏘았다.

　따앙—

　지풍이 조항의 검에 부딪치며 경쾌한 쇳소리를 토했다. 그로 인해 조항의 검로가 주춤 흐트러졌다.

휘익—

중년인의 신형이 흐릿해지며 조항에게로 쇄도해 들었다.

조항이 다시 쾌속하게 검을 뿌렸다. 그러나 흐릿한 잔영과 함께 다가온 중년인의 손바닥이 조항의 가슴을 두드려 왔다.

퍼억—

조항은 주르르 뒤로 밀리며 울컥 선혈을 토했다. 그리고는 바닥으로 털썩 주저앉았다.

그의 눈이 경악으로 물들었다.

단 한차례의 격돌에서 승부가 결정 난 것이다. 게다가 중년인은 전력을 다하지도 않은 것 같았다.

해마단주도 너무 강한 중년인의 무공에 놀랐는지 눈빛이 더욱 깊게 가라앉았다.

"마안하네. 자네의 검이 날카로워 나도 전력을 다할 수밖에 없었네."

대춧빛 얼굴의 중년인은 조항의 체면을 세워주며 손을 회수했다.

"당신은… 양혼절맥수(兩魂切脈手) 공우기(公于其)?"

뚫어져라 중년인의 얼굴을 처다보던 조항은 가슴에서 느껴지는 통증도 잊은 듯 중얼거렸다.

第六十九章
납치(拉致)

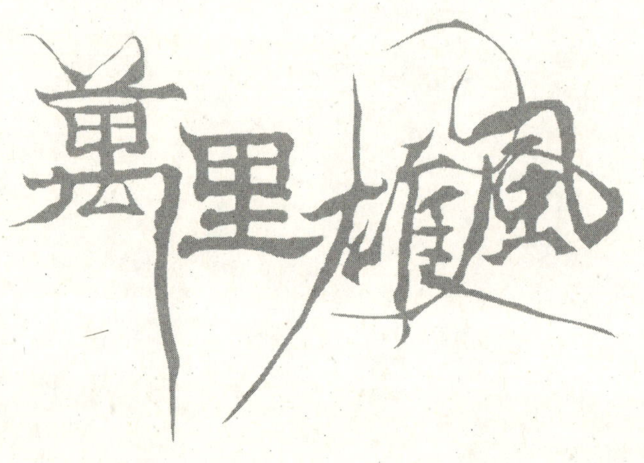

양혼절맥수 공우기라면 이런 장소에서 마주칠 수 있는 무인이 아니었다.

조항은 그에 대한 명성을 떠올리며 망연한 표정을 지었다.

"쩝! 전혀 달갑지 않은 식견이로군……."

공우기는 조항이 자신이 정체를 알아본 것이 내키지 않은 듯 입맛을 다시며 씁쓸한 표정을 지었다.

"육성(六聖)의 일인인 당신이 왜?"

조항은 한 모금의 선혈의 더 토해내며 불신에 찬 음성으로 중얼거렸다.

육성의 일인이라는 조항의 말에 장내는 순식간에 얼어붙

었다.

양혼절맥수 공우기는 수법(手法)의 달인으로 좌우 양손으로 펼쳐 내는 장법과 지법은 철판에도 구멍을 내고 커다란 바위도 박살을 낸다고 했다.

소문은 항상 과장이 섞이게 마련이지만 절대로 무시하지 못할 사실은 그가 육성(六聖)의 일인이라는 것이다.

육성의 위치에 있는 고수들은 오패(五霸)의 아래 서열이긴 했지만 그들 중 몇 명은 오히려 오패를 능가한다는 평을 받고 있는, 하나같이 신비를 간직한 고수들이었다.

그들은 아직 한 명도 사문이 밝혀지지 않고 있었다.

그만한 고수들이라면 그 사문과 사부가 누구인지 훤히 밝혀져야 하는데 한 명도 아닌, 여섯 명이 모두 그 출신이 안개 속에 가려져 있었다. 그것이 한 가지 특징이었다.

또한 그들은 정사 양쪽 어느 곳에도 속하지 않고 홀로 무림을 주유한다는 것도 빼어놓을 수 없는 특징이었다.

그 외에도 그들에게는 복장이 특이하다느니 외모가 하나같이 인상적이라느니 하는 특징들이 있었지만 지금은 그게 중요한 것이 아니고 그런 위치에 있는 고수가 무리를 이끌고 어떻게 이곳에 나타났느냐 하는 것이었다.

조항은 여전히 도를 넘은 의문이 담긴 눈으로 공우기를 쳐다보았다.

"목구멍이 포도청이라는 정도로 알아두게."

공우기는 한 번 더 입맛을 다시며 조항의 시선을 피했다.

그런 공우기의 모습에 조항은 더욱 진한 의구심을 느꼈다. 단 일 합에 꺾어버린 상대에게 이런 식으로 시선을 피한다는 것은 스스로 떳떳하지 못한 무슨 사정이 있음을 뜻했다. 이런 고수에게 있는 그런 사정이란 어떤 것일지 조항은 여전히 이해가 가지 않았다.

조항이 단 일 합에 쓰러지고 공우기의 정체가 드러나자 싸움이 자연 멈추어졌다. 육성의 일인이라면 여기에 있는 인원이 다 달려들어도 모자라는 것이다.

"아직도 늦지 않았다. 너희들끼리만 돌아간다면 막지 않겠다."

공우기는 해마단주를 보며 말했다.

해마단주가 천천히 나섰다.

"죽는 한이 있어도 화물이나 승객은 빼앗기지 않는 게 우리의 제일 사업 방침이라서 말이오."

용왕탈 사이로 흘러나오는 그의 눈에 죽을지언정 꺾이지 않을 의지가 엿보였다.

철삭이 감긴 그의 손이 천천히 들려 올라갔다.

"그만둬요!"

해마단주가 막 출수하려는 찰나 단리하연이 뾰족하게 고함을 쳤다.

움찔한 해마단주가 철삭 끝을 소매 속으로 도로 집어넣

었다.

"당신들은 할 만큼 했어요. 더 이상은 헛된 희생만 있을 뿐이에요."

해마단주를 향해 고개를 저은 단리하연은 공우기를 쳐다보았다.

"육성의 일인이나 되는 분이 왜 이런 일을 벌이는 건가요?"

"대답을 못해줘서 미안하오……."

공우기의 표정에 짙은 자괴감이 어렸다.

"좋아요. 우리들 실력으로 당신들을 상대할 수 없다는 걸 인정하죠. 우릴 잡기 위해 여기까지 나타났으니 아시겠지만 난 장사꾼이에요. 그래서 싸움보다는 협상을 하고 싶군요."

단리하연이 차분히 말했다.

"역시 소주제일상회의 회주답구려. 빠른 상황 판단과 과감한 결단력……."

공우기는 단리하연의 정체를 익히 알고 있는 듯 고개를 끄덕였다.

"무슨 연유인지는 모르겠지만 당신들이 원하는 사람이 나라면 순순히 따라가겠어요. 대신 다른 사람들은 모두 곱게 보내주세요."

단리하연의 눈이 냉철하게 빛났다.

하나같이 조항보다 훨씬 고수였다. 특히 육성의 일인인 양혼절맥수 공우기는 사신이나 마찬가지였다.

이런 자들에게서 벗어난다는 건 불가능했다.

이들의 목적이 자신에게 있다는 것을 안 이상 다른 사람들은 다치게 하고 싶지 않았다. 지금으로선 그것이 최선의 선택이었다.

"제 협상 조건을 들어주실 건가요?"

단리하연의 제의에 공우기는 조금 난처한 기색을 드러냈다.

"내가 받은 지시는 소저와 두 소년도 같이 잡아… 아니, 모셔오라는 것이었소. 그래서… 동행하던 호위 한 명은 보내줄 수 있어도 곁에 있는 두 소년은 같이 모셔야겠소이다."

공우기는 이장명과 하택이에게도 눈길을 주었다. 그 눈길을 받은 하택이는 심장이 얼어붙은 것 같은 느낌에 자신도 모르게 뒤로 물러섰다.

"그건 안 돼요! 나 혼자만 가겠어요."

단리하연이 단호히 말했다.

"사실… 그건 협상이 될 수 없는 일이오. 굳이 협상을 하지 않아도 우린 뜻을 이룰 수 있으니까 말이오."

공우기가 차분히 말했다.

"하지만 이렇게 하면 얘기가 달라지겠죠?"

단리하연이 신속히 무언가를 입에 넣었다. 그리고 다시 말했다.

"나 혼자만 데려가겠다면 따라가겠어요. 그러지 않는다면 입속에 있는 독단을 깨물겠어요. 독인지 아닌지는 확인해 보세요."

단리하연은 방금 입에 넣은 것과 똑같은 환단 하나를 공우기에게 던졌다.

환단을 손바닥에 받은 공우기가 공력을 끌어올려 환단을 태웠다.

푸르스름한 연기와 함께 비릿한 냄새가 사방으로 풍겨 나왔다. 그 냄새만으로도 어지럼증을 느낄 정도였다.

"진짜구먼!"

공우기가 입맛을 다셨다.

"대협 같은 고수가 이렇게 나섰다면 이번 일이 꽤 중요하고, 저라는 존재 역시 그렇단 말이겠지요. 그렇다면 기필코 살려서 데려가야 하겠지요? 노파심에 드리는 말씀이지만 전 무공도 익히고 있어 대협이 손을 쓰기 전에 독단을 깨물 자신이 있어요. 치욕을 당하느니 죽는 것이 낫다는 생각은 항상 하고 있기에 미련없이 깨물 수도 있어요."

단리하연은 상대의 의도를 읽으며 자신의 의지를 관철시켜 가고 있었다.

이런 상황은 예측하지 못한 듯 공우기의 눈빛이 여러 차례 복잡하게 변했다.

"황금 칼이 무림의 보검보다 더 무섭고, 상계의 거상은 무림의 고수를 눈 아래로 본다더니 틀린 말이 아니었군."

공우기는 혼잣소리처럼 중얼거리며 고개를 절레절레 흔들었다. 무공으로는 육성의 일인인 그도 상계의 고수인 단리하연은 당하지 못하겠다는 표정이었다.

"이젠 그만 결정하세요. 서로 약간 손해 본다 싶은 조건이 가장 적절한 타협점이랍니다."

단리하연은 충고를 아끼지 않았다.

"하하하!"

공우기가 호쾌한 웃음을 터뜨렸다.

"좋소이다. 나중에 어떤 날벼락이 떨어질지 모르겠지만 상황이 상황이니 어쩔 수 없구려. 소저만 따라간다면 모두 보내 주겠소."

공우기가 손을 흔들었다. 그러자 앞뒤를 막고 있던 사내들이 천천히 옆으로 신형을 움직였다.

"안 됩니다, 회주님!"

조항이 억지로 몸을 일으켰다. 그리고는 비틀거리는 몸으로 당장이라도 검을 휘두를 듯한 자세를 잡았다.

단리하연이 고개를 저었다.

"이젠 제발 따르도록 하세요, 조 대장님. 애꿎은 희생은 바보들이나 하는 짓이에요."

단리하연은 신속히 조항의 가슴 혈 몇 군데를 점하며 말했다.

조항은 아무 말도 하지 못했다. 더 이상은 호위를 하고 싶어도 그럴 여력이 남아 있지 않았다. 더구나 혈이 짚인 그의 몸은 뻣뻣하게 굳어 있었다.

"회주님! 저도 같이 가겠습니다."

하택이가 입술을 질근질근 깨물며 앞으로 나섰다.

단리하연이 하택이를 향해 고개를 저었다.

"나설 때와 물러설 때를 정확히 아는 남자가 훌륭한 남자란다. 지금은 물러설 때야."

단리하연은 부드러우면서도 단호하게 말했다.

"그리고… 상인에겐 영원한 적도 영원한 친구도 없는 법이란다. 지금은 포로가 된 신세지만 앞으로의 상황이 어떻게 바뀔지는 아무도 모르는 것이니 섣부른 행동하지 말고 가던 길을 계속 가도록 해라. 정도맹에 가면 네가 그렇게 보고 싶어 하던 사람을 만날지도 몰라."

"가장 만나고 싶은 사람이라면……? 대장, 대장 말인가요?"

하택은 벌떡 고개를 들며 고함을 질렀다.

"오면서 들었는데… 흰 호랑이를 대동한 청년이 개봉에 나타나 개방 총단으로 갔다는구나. 이 년 전에 대장이 날 구했을 때 백호와 같이 있었다고 했지. 아마 대장이 맞을 거야. 아직 그곳에 있다면 정도맹과 가까우니 만날 수 있을 거야. 그러니 섣부른 행동하지 말고 대장부터 만나."

단리하연은 다시 당부했다. 하택이 아무 대답도 하지 못하고 서 있었다.

하택의 어깨를 한 번 쓰다듬은 단리하연은 해마단주에게 시선을 돌렸다.

"예정대로 다른 사람들은 정주에 있는 정도맹까지 데려다 주세요. 그럴 수 있겠죠."

"그렇게… 하지요."

해마단주가 고개를 끄덕였다. 용왕탈에 붙은 은색 비늘이 음울하게 쩔거럭거렸다.

"이젠 그만 그 거추장스런 가면은 벗어버리세요, 흑표 대협."

단리하연이 해마단주를 정시하며 말했다.

자신의 예전 별호를 들은 흑표 한덕무의 용왕탈이 최고조의 떨림을 보였다.

이번 일의 의뢰는 아무래도 위험해 보였다. 운송 대상에 비해 그 금액이 어이없을 정도로 컸다. 그래서 백방으로 알아본 결과 전표 몇 장이 소향상회와 연결되어 있다는 것을 알아냈다.

정말 뜻밖이었지만 소향상회라면 아는 얼굴들이 있을 수도 있었다. 그래서 이런 용왕탈을 썼고, 예상대로 단리하연과 함께 안면이 있는 녀석들을 만났지만 정체를 숨겼다는 생각으로 마음껏 설쳐 댔는데 단리하연의 처음부터 알고 있었던 것이다.

천천히 용왕탈을 벗어 든 흑표 한덕무는 하택이와 쓰러져 있는 이장명을 쳐다보았다.

혈이 짚인 채 누워 있는 이장명도 얼이 빠진 눈빛으로 한덕무를 쳐다보았다.

소주 뒷골목을 탈출하여 소향상회로 가는 길목에서 만난 그 맹수 같은 한덕무의 모습이 머리가 온통 헝클어진 지금의 해마단주의 모습과 겹쳐졌다.

"알고… 계셨습니까?"

흑표 한덕무가 질린 표정으로 단리하연을 쳐다보았다.

"그럼요. 그래서 이번 일을 맡겼는걸요. 아이들이 우리 집에 무사히 도착하는 데 일등 공신이었다던 흑표란 사내가 해마단의 단주가 되었다는 것은 뜻밖이었어요. 하지만 실력은 정말 인정하겠어요."

"실패… 했지 않습니까?"

흑표 한덕무의 얼굴에 짙은 자괴감이 번졌다.

"상대가 너무 강했어요. 조금만 더 약한 상대였다면 완벽히 성공했을 거예요."

그 말과 함께 단리하연은 품속으로 손을 넣었다.

"이건 추가된 잔금이에요. 다 물어드리진 못하고…… 쾌선 세 척은 살 수 있을 거예요. 그걸로 다시 시작해 보세요."

단리하연이 손에 든 전표를 한덕무에게 날렸다.

전표는 부드럽게 유영하며 한덕무의 가슴 부근으로 날아
갔다.

"고맙게 받지요."

천천히 손을 뻗어 전표를 잡은 한덕무가 이를 드러내며 특
유의 맹수 같은 웃음을 지었다.

"당신은 정말 어쩔 수 없는 사람이군요."

단리하연의 손가락에서 한 줄기 지풍이 쏘아져 나왔다.

전표를 잡는 척하며 출수하려던 한덕무의 신형도 조항처
럼 뻣뻣하게 굳으며 뒤로 넘어갔다.

"기다려 주셔서 고마워요. 이젠 그만 가도록 해요."

단리하연이 공우기를 향해 돌아섰다. 그리고는 추호의 흔
들림 없이 걸음을 옮겼다.

"최대한의 예의로 모셔라!"

공우기가 지시를 내리자 청의를 입은 사내들이 호위를 하
듯 단리하연 주위로 둘러쌌다.

*　　　*　　　*

화탄이 터진 방향을 향해 쉴 새 없이 경공을 펼쳐 제일 먼
저 산비탈에 도착한 유진룡은 단리하연을 찾았다.

그러나 그녀의 모습은 어디에도 보이지 않았다. 흑의를 입
은 사내들이 쓰러져 있는 사람들을 부축하고 있는 모습만 보

였다.

유진룡은 급히 사방으로 고개를 돌렸다.

"하택아!"

뜻밖의 얼굴을 발견한 유진룡은 고함을 질렀다. 누군가 단리하연과 동행했다더니 하택이었다.

"대장!"

이장명을 부축하고 있던 하택이가 반쯤 울듯 마주 고함을 질렀다. 그리고는 이장명을 가리켰다.

"장명이구나!"

이장명까지 확인한 유진룡은 급히 몸을 움직였다.

공우기에게 혈을 짚힌 그는 통나무처럼 뻣뻣하게 굳어 있었다. 그 옆으로 똑같은 모습의 조항도 눈에 들어왔다.

"무슨 일이야?"

유진룡이 고함을 질렀다.

"점혈 되었네."

옆으로 날아내린 철사홍이 급히 손을 움직여 이장명과 조항의 혈을 두드리기 시작했다.

"어떻게 된 일이야? 그리고 회주님은?"

유진룡은 하택이를 보며 고함을 질렀다.

"회주님은 납치당했어요."

하택이 더듬거리며 그간의 상황을 설명하려 했지만 마음이 급하니 말까지 더듬어 제대로 알아들을 수 없었다.

"방향만 말해!"

유진룡의 고함에 하택은 손가락으로 단리하연이 사라진 방향을 가리켰다.

유진룡은 즉시 몸을 일으켰다. 그러다 전혀 뜻밖의 얼굴을 발견했다.

'흑표… 한덕무?'

유진룡은 설마 하는 심정으로 그의 곁으로 다가갔다. 그리고는 반신반의하며 쓰러져 있는 한덕무의 얼굴을 내려다보았다.

한덕무도 점혈 된 채 눈동자만 굴리며 유진룡을 쳐다보고 있었다.

절대로 잊을 수 없는 사내, 한덕무가 맞았다.

그가 어떻게 여기에 있는지는 몰랐지만 분명 그는 분명 흑표 한덕무였다.

유진룡은 그의 상태를 살폈다.

다행히 외상은 없어 보였지만 온몸이 뻣뻣하게 굳어 있었다.

"형이 왜 여기에?"

유진룡은 주춤거리며 몸을 숙였다. 그러나 한덕무의 눈은 다급히 움직이며 단리하연이 사라진 곳을 향하고 있었다.

유진룡은 한덕무의 뜻을 충분히 읽을 수 있었다.

"알았어. 긴 얘기는 나중에 해, 형!"

휘익―

유진룡은 그 자리에서 몸을 솟구쳤다.

"사제, 같이 가!"

철사홍이 몸을 날렸다.

"넌 여기서 기다려!"

적아를 떨쳐 놓은 주애청도 몸을 날렸다.

"이, 이놈아! 같이 가자!"

간발의 차로 단리하연을 빼앗긴 백엽동은 가슴을 치고 있다가 유진룡을 따라 급하게 몸을 날렸다. 그 뒤를 따라 개방도들도 비조처럼 몸을 날렸다.

"젠장! 왜 이렇게 일이 꼬이지?"

남궁세준은 고개를 설레설레 흔들었다.

정도맹으로 향하는 유진룡에게 바짝 달라붙어 목적을 달성시키려 한 애초의 계획은 초반부터 이상하게 꼬이고 있었다.

곁에 앉아 대화 몇 마디도 건네보기도 전에 계속해서 추격전만 벌이고 있었다.

"무슨 일이 꼬인다는 거야?"

모용현이 땀을 닦으며 의심스런 눈초리로 남궁세준을 쳐다보았다.

친구 따라 강남 간다며 여기까지 무작정 따라온 남궁세준의 행동이 이젠 슬슬 의심이 가기 시작한 것이다. 그러면서도 그는 남궁세희를 슬쩍 쳐다보았다.

여기까지 죽자고 경공을 펼쳐 온지라 지쳐서 복날 개처럼 헉헉거리는 동생 모용영경과는 달리 남궁세희는 전혀 지친 기색이 보이지 않았다. 양 볼만 약간 상기되었는데 그 모습은 오히려 더욱 강한 열의를 불태우게 만들었다.

그러나 궁금한 것은 궁금한 것!

"무슨 일이 어떻게 꼬인다는 거야?"

모용현은 재차 물었다. 모용현이 보기엔 일이 꼬인 사람은 유진룡이었지 남궁세준이 아닌 것이다.

"그런 게 있네!"

"그러니까 그게 뭐냔 말이야?"

"그건 나중에 기회가 되거든 알려주지."

남궁세준은 다시 몸을 날렸다.

"오빠!"

남궁세준을 따라 남궁세희도 오만상을 쓰며 몸을 날렸다.

남궁세희를 따라 모용현 남매도 몸을 날렸다.

"괜찮습니까?"

한덕무의 팔다리를 주무르던 해마단원들이 겨우 점혈이 풀린 한덕무를 향해 걱정스럽게 물었다.

"개망신이군!"

한덕무는 고개를 흔들었다.

점혈당해 움직일 수는 없었지만 정신은 멀쩡했다. 그래서 유진룡이 온 것도 보았다.

하지만 인사조차 나누지 못했다.

그야말로 개망신이었다.

언젠가 거물이 될 것이라 생각했던 놈!

그놈과는 조금 더 멋진 모습으로 조우하고 싶었는데 통나무처럼 뻣뻣하게 드러누워 걱정스런 시선 한가닥만 받는 것으로 끝나 버렸다.

'그나저나 뭘 먹었기에 그렇게 컸지?

자신보다 머리 한 개는 더 큰 유진룡의 모습을 떠올리며 한덕무는 심호흡을 했다.

"크윽!"

한덕무보다 더 늦게 혈이 풀린 조항도 벌떡 일어서려다 도로 쓰러졌다.

공우기에게 한 방 맞으며 입은 내상이 단리하연에게 점혈당하며 더욱 악화된 것이다. 하지만 단리하연은 그렇게 자신의 목숨을 구한 것이다.

"괜찮으시오?"

한덕무가 조항을 바라보며 걱정스레 물었다.

조항은 고개를 끄덕이며 억지로 몸을 일으켰다.

공우기는 육성의 일인답게 자신으로서는 까마득히 쳐다보

일 만큼 고수였다.

그런 고수에게 회주 단리하연이 납치당했으니 그 안위가 어떻게 될지 걱정이 태산 같았다.

그나마 다행스러운 것은 유진룡과 함께 또 다른 고수들이 나타나 뒤쫓아갔다는 것이다.

"가봐야겠소!"

억지로 진기를 모은 조항은 경공을 펼칠 준비를 했다.

"그 몸으로는 무리요. 우리가 대신 가겠소."

한덕무가 조항의 팔을 잡았다.

"당신들 일은 끝나지 않았소?"

조항이 눈살을 찌푸리며 말했다.

"책임을 다하지 못했으니… 아니, 그것보다는 당신 회주에게 구명의 은혜를 입었으니 최소한의 빚은 갚아야겠소."

한덕무는 손짓으로 부하들을 불렀다.

*　　　*　　　*

휘익!

바위 절벽에 도착한 공우기는 부하들과 함께 단리하연을 부축하며 절벽 아래에 떠 있는 수적선으로 뛰어내렸다.

황하적룡대 수적 여러 명이 세 척의 쾌선에 뛰어올라 열심히 돛 줄을 당기며 전리품을 챙길 준비를 하고 있었다.

“우리 배에 오르시지요. 이 배들은 전리품으로 챙기겠습니다.”

단리하연을 선실에 안내하고 나오는 공우기를 향해 적룡야차 이차택이 싱글벙글거리며 다가왔다. 예전에 해마단과 결전에서 패하고 배 몇 척을 빼앗겼는데 이젠 쾌선을 도로 빼앗았으니 십 년 묵은 체증이 내려간 것이 같았다.

“자네나 부하들을 물리게! 전리품을 챙길 시간이 없네!”

공우기는 고개를 흔들며 단호하게 답했다.

“그게 무슨?”

이차택은 뭘 잘못 들은 것이 아닌가 두 눈을 가늘게 뜨며 공우기를 쳐다보았다.

“모두 물리게. 폭발하여 물귀신이 되고 싶지 않으면!”

공우기는 품속에서 계란만 한 구슬 세 개를 꺼내며 소리쳤다.

“그게 뭐지……?”

“벽력탄일세!”

“그걸 왜?”

“물리기 싫다면 할 수 없지!”

그 말과 함께 공우기는 쾌선 한 척의 후미를 향해 벽력탄을 던졌다.

콰앙—

거대한 폭음과 함께 벽력탄이 터진 쾌선의 후미가 박살이 나며 나뭇조각들이 분분히 날아올랐다. 다행히 뒤쪽에는 사람이 없어 나뭇조각들만 날아올랐다.

"이번에는 중간일세."

공우기는 다시 한 개의 벽력탄을 들어 올렸다.

"모두, 모두 물러나라!"

사태의 심각성을 파악한 이차택은 급히 고함을 질렀다. 그러나 그 고함에 앞서 모든 수적들은 쾌선을 버리고 수적선으로 날아올랐다.

콰앙—

쾅!

두 개의 폭음이 잇따라 울리며 중간이 박살난 쾌선 두 척은 서서히 가라앉고 있었다.

"이젠 배를 띄우게!"

공우기는 이차택을 향해 명령을 내렸다.

이차택은 도저히 이해가 안 되는 얼굴로 침몰하고 있는 두 대의 쾌선과 후미가 박살난 다른 한 대의 쾌선을 쳐다보다가 공우기에게 시선을 돌렸다.

"대체 왜?"

"우리 일을 맡은 이상, 끝날 때까지 그것에만 집중하게."

공우기는 단호하게 말했다.

"하지만……."

항변을 하던 이차택은 두 눈을 부릅떴다.

공우기의 손이 믿을 수 없는 빠르기로 목을 잡아왔기 때문
이다.

"같은 말을 두 번 하게 만들지 말게!"

한 손으로 이차택의 목을 잡고 짚단을 들 듯이 가볍게 들어
올린 공우기가 차갑게 말했다.

"크, 크윽! 알겠……."

허공에 뜬 채 숨이 막혀 사색이 된 이차택이 필사적으로 답
했다.

"그럼 어서 움직이게."

공우기가 이차택을 내려놓았고 이차택은 엉덩이에 화살
맞은 멧돼지처럼 저돌적으로 움직였다.

잠시 후 단리하연과 공우기의 부하들을 태운 황하적룡대
의 수적선들은 강 한가운데로 나가 빠르게 이동했다.

"저, 저런 쳐 죽일 놈들!"

절벽에 도착한 백엽동은 발을 구르며 험구를 터뜨렸다.

쾌선 두 척은 가라앉고 있었고 한 척도 그대로 두면 얼마
지나지 않아 가라앉을 것 같았다.

그리고 수적선은 저 멀리 달아나고 있었다.

휘익—

바람 소리가 일며 유진룡이 후미가 박살난 쾌선 위로 뛰어
내렸다. 철사홍과 주애청도 주저없이 뛰어내렸다.

“이놈들아! 위험하다!”

고함을 지른 백엽동도 유진룡을 따라 뛰어내렸다. 그 뒤로 곽장견과 장서홍도 개방도들과 함께 신형을 날렸다.

쏴아아—

열 명도 넘는 사람이 뛰어내리자 후미가 박살난 쾌선 안으로 더욱 빠르게 물이 쏟아져 들어왔다.

“어서 물을 퍼내거라!”

곽장견이 고함을 지르자 개방도가 선실 안에 있는 나무통을 들고 와 물을 퍼내기 시작했다. 그러자 배가 더 이상 가라앉지 않고 중심을 잡기 시작했다.

“이젠 어쩔 생각이냐, 이놈아?”

백엽동은 유진룡을 쳐다보았다.

유진룡도 핏발 선 눈으로 백엽동을 쳐다보았다.

급한 마음에 뛰어내리긴 했지만 방법이 없었다.

멀쩡한 배라 해도 몰 줄 몰랐는데 후미까지 부서진 배다 보니 더 난감했다.

“어떻게 하든 저놈들을 따라가야 합니다.”

“내 말이 그 말이 아니냐. 그런데 어떻게 한단 말이냐?”

“사형! 우선 돛부터 올려봐요.”

주애청이 돛 줄을 잡고 소리를 쳤다.

“그러지.”

철사홍과 함께 유진룡은 급히 돛 줄을 잡아당겼다. 늘어졌던 돛이 팽팽해지며 점차 바람을 받기 시작했다.

"이, 이놈아, 배가 반대 방향으로 움직이고 있지 않느냐?"

백엽동이 고함을 질렀고 유진룡은 돛대를 잡아 반대 방향으로 돌렸다.

그러나 배는 원하는 방향으로 움직이지 않고 절벽 쪽으로 선수를 들이받았다.

"젠장!"

유진룡은 역정을 토하며 다시 돛을 움직였다.

"그렇게 해서는 맴돌기만 할 뿐이네."

한덕무가 절벽에서 뛰어내렸다. 그와 함께 부하들 몇 명도 같이 뛰어내렸다.

"형!"

유진룡은 일렁이는 눈으로 한덕무를 쳐다보았다.

"오랜만일세. 긴 인사는 나중에 하고 우선 그것부터 이리 주게. 그리고 자네는 저 돛 줄을 좀 잡아주게. 부하들이 다 타지 못해 손이 모자라니까 말일세."

한덕무는 짧은 인사와 함께 돛 줄을 가리켰다. 고개를 끄덕인 유진룡은 훌쩍 몸을 날려 앞쪽에 있는 밧줄 한 가닥을 잡았다.

"우선 방향부터 돌린다."

한덕무는 부하들에게 빠르게 지시를 내렸다.

해마단원들 몇 명이 더 달라붙어 밧줄을 이리저리 당기자 쾌선이 움직이기 시작했다.

"쫓아갈 수 있겠나?"

한덕무는 위후겸을 향해 소리를 질렀다.

"제 속도를 내기는 불가능하지만 물을 더 빨리 퍼낸다면 가능할 수도 있습니다."

위후겸이 선미에서 맞받아 소리를 질렀다.

"어서, 더 빨리 물을 퍼내거라!"

백엽동이 고함을 질렀고 개방도와 함께 철사홍도 가세하며 물을 퍼냈다.

"우리도 돕겠습니다."

남궁 남매와 모용 남매까지 가세해서 물을 퍼내자 후미가 부서진 쾌선은 강 중앙을 향해 속도를 내기 시작했다.

第七十章

양혼절맥수(兩魂切脈手)

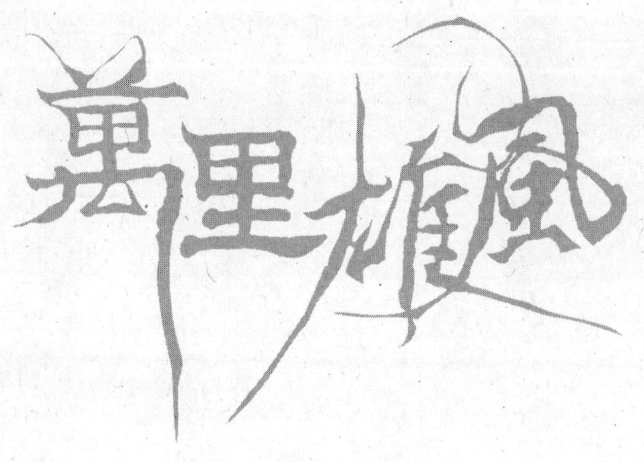

"**대**단한 놈들이군."

이차택은 뒤따라오는 쾌선을 보며 고개를 절레절레 흔들었다.

후미가 부서져 금방이라도 가라앉을 것 같았는데 어떻게 된 영문인지 강 한가운데로 나와 쫓아오고 있었다.

"하지만 무리야!"

이차택은 느긋하게 중얼거렸다.

온전할 때는 속도 면에서는 상대가 안 될 정도로 빠른 놈들이었지만 지금은 그 속도를 제대로 내지 못하고 있어 거리가 좁혀지지 않았다.

이차택은 공우기를 쳐다보았다.

공우기는 부하가 가지고 온 서찰 한 장을 펼쳐 읽고 있었다.

이제껏 느긋하던 공우기의 표정이 조금씩 굳어갔다.

"계획을 변경하란 말인가?"

공우기는 눈살을 찌푸리며 뜻 모를 소리로 중얼거렸다. 그리고는 뒤쪽에서 쫓아오는 쾌선을 향해 날카로운 시선을 던졌다.

"돛을 한 개 더 올릴까요?"

이차택은 공우기를 쳐다보며 공손한 어조로 물었다.

지금까지는 이번 일을 하며 받은 의뢰비가 만만치 않아 그 금액만큼에 해당하는 가장된 공손함을 보였지만 조금 전 한 손에 목이 잡혀 속절없이 허공에 매달리는 공포를 접하고 나서부터는 아랫배 깊은 곳에서 밀려오는 공포에 의한 공손함을 보이고 있었다.

"그럴 필요 없다! 돛 하나는 내려서 속도를 늦추어라. 그리고 반 각 후엔 배의 방향을 돌려라."

"공우기는 억양없는 음성과 함께 답했다.

"그게 무슨?"

이해할 수 없는 답변에 이차택은 눈을 끔벅거렸다.

이차택을 쳐다보는 공우기의 눈빛이 얼음처럼 차가워졌다.

"한 번만 더 같은 말을 반복하게 하면 네놈은 죽은 목숨이다."

"아, 알겠습니다."

공우기의 살벌한 눈빛에 이차택은 연신 허리를 굽실거리며 밖으로 달려나갔다.

"더, 더 빨리 물을 퍼라!"

백엽동은 선미를 향해 계속 고함을 질렀다.

물이 빠져나갈수록 배의 속도는 더 빨라지고 거리가 점점 좁혀지고 있었다.

이대로라면 일각이 되기 전에 따라잡을 수 있을 것 같았다.

"장로님도 좀 도와주십시오!"

모용현이 기막힌 얼굴로 백엽동을 향해 마주 고함을 질렀다.

얼떨결에 이곳까지 왔지만 언제 가라앉을지도 모르는 배에 타고 온통 젖은 몸으로 물을 퍼내고 있는 자신의 꼴이 기가 막혔다.

"이놈아! 늙은이가 그럴 힘이 어디 있다고 그런 노동을 시키는 것이냐!"

백엽동은 핏대를 올리며 고함을 질렀다.

"저보다 음식은 두 배로 드시지 않습니까?"

모용현은 여전히 뚱한 표정으로 대꾸했다.

"그럴 시간 있으면 한 통이라도 더 퍼요!"

남궁세희가 뾰족하게 소리를 지르자 모용현은 끄응 하는 신음과 함께 물을 퍼냈다.

"돛을 하나 더 올려라!"

위후겸이 고함을 질렀다.

"그럼 돛대가 부러질지도 모릅니다."

단원 하나가 조심스럽게 답했다.

"부러질 조짐이 보이면 그때……"

위후겸은 고함을 지르다가 입을 다물었다. 한덕무가 손을 번쩍 들어 올렸기 때문이다.

돛 한 개를 더 올리려던 부하들도 움직임을 멈추었다.

"놈들이 일부러 속도를 늦추었어."

한덕무는 혼잣소리처럼 중얼거렸다.

기를 쓰고 배를 띄우고 속도를 올리느라 잠시 간과했지만 지금 쾌선의 속도로는 놈들을 이렇게 쉽게 따라잡을 수가 없다. 죽을힘을 내어 쫓아간다 해도 한 시진은 지나야 따라잡을 수 있는 정도였다. 그건 몸에 익은 속도감으로 본능처럼 느낄 수 있었다.

그런데 놈들과의 거리는 표시가 날 만큼 좁혀지고 있었다.

"우릴 포위하려는 작전일까요?"

위후겸이 긴장된 표정으로 앞을 바라보았다. 도망치던 놈

들이 막상 속도를 늦추고 유인한다고 생각하니 겁이 덜컥 난
것이다.

저들은 자신들의 상대가 아니었다.

공우기 하나만 해도 해마단원들은 모두 쓰러질 것 같았다.

그런 자들을 강 한복판에서 다시 마주치면 또 어떻게 될 것
인지 판단이 서지 않았다.

아까와 달라진 것이 있다면 이 배에도 범상치 않은 사람들
이 탔다는 것이다.

그들이 경공을 펼치는 것으로 보아 범상함을 넘어서 절대
고수의 면모를 보였지만 상대의 숫자가 훨씬 많았다.

"선수를 돌리고 있습니다!"

위후겸이 소리쳤다.

도망가던 놈들이 수심이 깊은 강 한복판에 도달해서는 속
도를 늦추는 것은 물론 이젠 방향을 틀어 다가올 준비를 하고
있었다.

그걸 본 해마단원들이 동요하기 시작했다.

멀쩡한 배라면 또 모르겠지만 이런 배로는 싸우기는커녕
도망치는 것도 불가능했다.

"내가 저 배 위로 뛰어오를 수 있을 정도까지만 가줘, 형!
그다음엔 멀찍이 물러나."

해마단원들을 도와 돛 줄을 잡고 있던 유진룡이 한덕무 옆
으로 다가와 낮은 음성으로 말했다.

한덕무는 고개를 돌려 유진룡을 쳐다보다가 흠칫 신형을
굳혔다.

천천히 앞으로 나오는 유진룡의 모습에서 숨 막힐 듯한 압
박감이 느껴진 것이다. 그런 압박감은 평범한 고수의 몸에서
결코 흘러나올 수 없는 것이었다.

'예상보다 훨씬 더 컸군!'

한덕무는 자신도 모르게 이를 허옇게 드러내는 특유의 미
소를 지었다.

칠면독사 육마종의 마수에서 벗어나기만 하면 멋진 왕초
감으로 성장할 놈이라 생각했는데 이젠 그 정도는 문제가 아
니었다. 마주 오는 수적선 한 척 정도는 단번에 박살 내버릴
듯한 기운이 느껴졌다. 그리고 그 기운은 한덕무 자신에게까
지 전이되었다.

"계속 전진한다!"

한덕무는 동요하는 부하들을 향해 고함을 질렀다.

부하들이 약간 느슨해졌던 돛 줄을 잡아당겼고 돛이 더 팽
팽해지며 속도를 올렸다.

그사이 방향을 바꾸던 수적선들도 이젠 완전히 선체를 틀
어 마주 오고 있었다.

이런 식이면 반 각이 되기 전에 마주치게 될 것이다. 그런
생각과 함께 팽팽한 긴장감이 선체 위에 감돌았다.

"칠면독사 육마종이 앉은뱅이가 되었다고 들었다."

　긴장감을 떨쳐 버리려는 듯 한덕무가 유진룡을 향해 불쑥 말을 걸었다. 그의 얼굴에는 여전히 한가닥 미소가 걸려 있었다.

　"네 짓이란 소문이 있더군."

　한덕무의 미소가 더 짙어졌다.

　"형은 어떻게 뱃사람이 된 거야?"

　유진룡은 대답 대신 도로 질문했다.

　그러고 보니 한덕무를 다시 만난 후 제대로 된 인사도 나누지 못하고 있다가 처음으로 제대로 나누는 대화였다.

　"칠면독사의 집요한 추적에 이 년 동안 배 위에서만 생활했지. 그러다 보니 자연스럽게 뱃놈이 됐고, 어떤 노인과 인연이 닿아 무공도 조금 더 늘었지. 그러다 네 덕분에 이 년 전부터는 육마종의 추적도 사라졌고 자연스럽게 사부의 사업을 물려받아 확장시켜 가고 있는 중이야."

　한덕무는 간략하게 그간의 사정을 설명했다.

　"형을 다시 만나면 사흘 밤낮은 술판을 벌이려고 했는데…… 우린 계속 이런 식이군."

　유진룡은 점점 더 가까워지는 수적선을 보며 말했다.

　"그러고 보니 그렇군. 네놈만 만나면 난 그간 쌓아올렸던 발판을 다 잃고 목숨이 간당간당해지는 신세로 전락하고 말아. 전생에 우리 둘은 철천지원수였던 모양이야."

　한덕무는 고개를 설레설레 흔들었다.

“망할!”

고개를 젓던 한덕무는 역정을 토했다.

제일 앞의 수적선에서 화살 하나가 날아왔다. 그것을 신호로 화살이 빗발치듯 쏟아졌다.

“피해!”

한덕무는 권갑을 낀 주먹으로 날아오는 화살들을 쳐내며 부하들을 향해 고함을 질렀다.

한덕무의 부하들도 제각각 무기를 꺼내 화살들을 쳐내고 피하느라 정신없이 움직였다.

“이놈들아! 화살이 날아오면 날아온다고 말을 해야 할 것 아니야!”

선미에서 물을 퍼내느라 정신없던 백엽동이 고래고래 고함을 지르며 타구봉으로 화살을 쳐냈다.

남궁, 모용 남매들과 철사홍, 주애청 등도 이젠 물을 퍼내는 작업을 중단하고 무기를 뽑아 들었다. 더 이상은 물을 퍼내지 않아도 가라앉기 전에 수적선과 마주칠 것이다. 이젠 물을 퍼내던 힘을 모아 싸워야 할 때인 것이다.

피피핑!

거리가 가까워질수록 화살들은 더욱 세차게 날아들었다.

이젠 무작정 쳐내기엔 위험하기까지 한 속도로 화살은 쾌속하게 쏟아졌다.

유진룡은 훌쩍 몸을 날려 선체 중앙으로 뛰어올랐다.

콰앙!

뛰어오르자마자 유진룡은 쾌선의 돛대를 걷어찼다.

우지끈!

돛대가 비명을 지르며 기우뚱 넘어갔다.

"저, 저런 무식한 놈!"

백엽동이 혀를 내둘렀다.

쿵!

또 한 번의 굉음과 함께 돛대는 완전히 부러졌다. 그것을 유진룡이 번쩍 들어 올렸다.

"위험해, 사제!"

돛대를 들어 올리느라 무방비 상태가 된 유진룡의 앞으로 주애청이 뛰어올라 날아오는 화살들을 두 주먹으로 쳐냈다.

"조금만 더 호법을 서주십시오, 사저!"

고함을 지른 유진룡은 돛대를 번쩍 들어 올렸다.

장정 다섯은 달려들어야 들려 올려질 돛대가 너무 가볍게 들려지는 것을 본 해마단원들이 입을 벌렸다.

"하앗!"

휘이익!

굵고 긴 돛대가 화살처럼 제일 앞의 수적선으로 날아갔다.

"어헉!"

콰앙―

외마디 비명 소리가 굉음과 같이 터져 나오며 날아간 돛대가 수적들이 탄 판목선의 넓적한 선수를 박살 내며 안으로 뚫고 들었다.

그 충격으로 판목선이 뒤집힐 듯 출렁거리며 선체가 팽그르르 돌아가기 시작했다.

"으아악!"

앞쪽에서 활시위를 당기고 있던 해적 세 명이 출렁거리는 뱃전에서 중심을 잃고 강물 위로 떨어졌다.

"내가 돌아올 때까지 살아 있어, 형!"

사 년 전 한덕무와 골목에서 헤어질 때와 똑같은 말을 남긴 유진룡은 비호처럼 몸을 날렸다.

휘익―

휘익!

유진룡의 뒤를 따라 철사홍과 주애청이 몸을 날리고 백엽동을 위시한 다른 사람들도 몸을 날렸다.

"하아!"

허공에 뜬 상태에서 유진룡은 활시위를 잔뜩 당기고 있는 수적들이 있는 곳으로 주먹을 내뻗었다.

퍼엉―

주먹에서 뻗어 나온 경력이 갑판을 두드리며 박살난 갑판이 허공으로 튀어 올랐다.

"크윽!"

수적 한 명이 같이 휩쓸리며 동료들을 향해 날아갔다.

퍼퍼퍽!

엉겁결에 활시위를 떠난 화살들이 장력에 날아간 동료 수적의 몸에 꽂혔다.

퍼퍼퍼퍽─

연속적인 파육음이 터지며 유진룡의 주먹과 발에 걸린 수적 네 명이 피를 뿌리며 한꺼번에 날아갔다.

번쩍─

철사홍의 쾌검도 섬광을 뿜으며 수적 세 명의 목을 한꺼번에 날렸다.

그 뒤로 개방도들의 타구봉도 바람을 갈랐다.

한차례 폭풍이 휩쓸고 지나가자 더 이상 화살들은 날아오지 않았다. 앞에서 활을 겨누던 수적들은 모두 쓰러졌고 선미에 있던 놈들도 겁을 먹고 다른 수적선으로 건너뛰어 도망을 쳤다.

휘익─

획!

바람을 가르는 소리가 들리며 일단의 청의인들이 바로 옆에 있는 수적선으로 바람처럼 날아들었다.

공우기와 함께 온 사내들이었다.

"이놈들은 우리가 쓸어버리고 따라갈 테니 자넨 회주부터 찾게!"

철사홍이 번뜩이는 눈으로 청의인들을 쳐다보며 유진룡을

향해 고함을 쳤다.

　정체는 밝혀지지 않았지만 어떤 놈들인지 짐작이 갔다. 유진룡은 애써 부인했지만 사제 유진룡의 정인으로 믿어 의심치 않는 여인을 납치한 놈들이라면 도천극의 주구들이 분명했다.

　도천극 그놈은 이젠 자신과 주애청보다는 유진룡에게 눈독을 들이고 있는 것이다.

　그래서 그녀를 납치했을 것이다.

　뿌드득!

　철사홍은 이를 갈았다.

　도천극의 개들이라면 한 명도 살려두고 싶지 않았다.

　주애청도 그런 마음인지 우두둑 손가락을 꺾었다.

　"네 녀석은 어째 하는 짓이 하나같이 남자 같으냐?"

　백엽동은 주애청에게 핀잔을 주었지만 얼굴에는 한줄기 긴장감이 엿보이고 있었다. 마치 한 개의 깃털처럼 배를 건어 뛰어 날아온 사내들의 신위가 범상치 않았기 때문이다. 그리고 그들은 모두 손에 활을 들고 있었다.

　"어서 가게, 사제!"

　철사홍이 다시 한 번 재촉했다.

　"그럼 뒤를 부탁합니다, 사형!"

　유진룡은 옆의 배를 향해 훌쩍 몸을 날렸다.

　"그런데 저놈들이 가만있는데요!"

남궁세준이 청의인들과 유진룡 쪽을 번갈아 보며 의문스런 표정을 지었다.

한 명도 살려 보내지 않겠다는 듯 나타난 놈들이 유진룡이 훌쩍 다른 배로 건너뜀에도 불구하고 미동도 않고 서 있었다. 그 모습은 마치 자신들과 유진룡은 아무 상관이 없는 것 같아 보였다.

"그럼, 어디 나도!"

남궁세준도 슬쩍 발을 내밀어 뱃전으로 걸어갔다. 그리고 그곳에서 신형을 날릴 자세를 잡았다.

휘익—

화살 하나가 쾌속하게 날아와 남궁세준의 진로를 가로막았다.

"어이쿠! 난 안 되는 모양이야!"

남궁세준이 과장된 비명을 지르며 뒤로 물러섰다.

"우린 이 배에 가두어놓겠다, 그 말인가? 그건 싫은데. 난 저 배가 더 맘에 들거든."

모용현이 검을 들어 올리며 조금 더 큰 배 쪽을 가리켰다.

"후후!"

청의인들 속에서 나직한 웃음이 들렸다.

채찍을 감아 손에 쥔 중년인이 앞으로 나섰다.

"우린 한 놈만 필요하다. 그러니 다른 사람들은 모두 돌아가 줘야겠다."

“돌아가? 어디로?”

장서홍이 뒤를 돌아보며 중얼거렸다. 쾌선은 저만치 멀어져 이젠 건너뛸 수도 없었다.

“갈 곳이 없다면 용궁으로 가는 것도 좋겠지! 쏴라!”

중년인이 명령을 내리자 청의인들이 당기고 있던 활시위를 놓았다.

“피해, 사매!”

철사홍이 소리를 치며 앞으로 쏘아졌다.

휘익—

여러 척의 수적선을 건너뛰었다.

그러나 아무런 인기척이 없었다.

단리하연은 보이지 않았고 수적들은 몇 척의 다른 수적선에 나누어 탄 채 양옆으로 저 멀리 물러나 있었다.

이런 식으로 배를 비우고 길을 틔워주는 것은 노골적인 유인책이었다. 하지만 그런 것은 상관없다. 단리하연을 잡아간 행위 자체가 자신을 유인하기 위한 것일 테니까.

문제는 단리하연이 어디 있는가 하는 것이다.

휘익—

유진룡은 또 한 척의 수적선을 건너뛰었다.

이젠 저 앞으로 두 척의 수적선만 남아 있었다.

갑판에 내려서자마자 유진룡은 신경을 곤두세웠다. 인기

척이라곤 아무것도 느껴지지 않던 다른 수적선들과 달리 선미 쪽에서 한가닥 날카로운 기운이 쏟아져 나오고 있었다.

유진룡은 천천히 그곳으로 걸어갔다.

"어서 오시게!"

한 중년인이 솟아오르듯 선미의 갑판에 모습을 드러냈다. 양혼절맥수 공우기였다.

"자네가 유진룡인가?"

공우기는 인자한 미소와 함께 질문을 던졌다.

"그렇소. 당신은?"

"나는 양혼절맥수 공우기라 하네."

"당신이 소향상회의 회주를 납치했소?"

유진룡은 다그치듯 물었다.

"납치라는 말은 좀 어폐가 있군. 그녀는 납치를 하기엔 벅찬 여장부였네. 그래서 예의를 다해 모셔왔네."

공우기는 여전히 미소와 함께 답했다.

"이유는?"

유진룡은 딱딱한 음색으로 물었다.

"물론 자네를 만나기 위해서라네. 그녀를 확보하고 있으면 어떤 일이 있어도 자네가 나타날 것이라는 확신이 있었기에……."

공우기는 느긋하게 말했다.

"그녀는 어디 있소?"

“저 마지막 배에 있다네.”

공우기는 턱짓으로 제일 뒤에 있는 배를 가리켰다. 그 배는 다른 배보다 두 배 정도는 더 크고 화려한 모습을 하고 있었다. 아마도 두목이 타는 배 같았다.

“무사하겠지요?”

“물론일세. 예의를 다해 모셔 온 여인이니까.”

공우기가 다시 웃었다.

“이젠 말해보시오, 날 만나려는 이유가 무엇인지?”

유진룡은 금방이라도 마지막 배로 날아가고 싶었지만 단리하연이 납치된 상황에서 칼자루를 잡고 있는 쪽은 공우기였기에 최대한 억누르며 공우기의 의도를 캐물었다.

“글쎄… 그건 자네를 애타게 보고 싶어하는 사람에게 데려가기 위해서라네.”

공우기는 잠시 망설이다가 사실을 밝혔다.

“도천극 말이오?”

유진룡의 눈이 불을 뿜었다.

“그렇다네.”

공우기가 고개를 끄덕였다.

“못 가겠다면?”

“그럼 억지로라도 끌고 가야겠지!”

공우기는 입가에 짙은 미소를 피워 올렸다. 그리고는 오른손을 들어 올렸다.

파앗—

공우기의 검지 끝에서 한가닥 지풍이 뻗어 나왔다.

그의 명성을 오늘에 이르게 한 양혼절맥수 중 한 가지인 쇄혼지(碎魂指)였다.

섬전같이 뻗어 나오는 공우기의 지풍에 유진룡은 급히 만리추영보의 보법을 밟았다. 그리고 주먹을 내뻗었다.

피잉—

유진룡의 정권에서도 한가닥 송곳 같은 기운이 뻗어 나왔다.

그 경력은 공우기의 지풍에 조금도 손색이 없었다. 오히려 더 음험한 기운을 내포하고 있었다.

파앙—

두 개의 경력이 부딪쳐 폭음이 터졌다. 그리고는 잠시 정적이 이어졌다.

"놀랍군!"

공우기는 자신의 검지 끝을 쳐다보며 찬사를 터뜨렸다.

육성의 일인인 자신의 쇄혼지가 비슷한 기운에 부딪쳐 상쇄되긴 처음이었다.

같은 지풍이라면 또 모르겠지만 정권에서 터져 나온 기운이었다.

"설마 했는데… 오히려 소문 이상일세."

공우기는 입가에 미소를 피워 올렸다.

그건 마치 잡으려 하는 적이 아니라 기특한 후배를 대하는 것 같은 모습이었다.

그런 공우기의 태도에 유진룡은 잠시 혼란을 느꼈다.

이런 자가 왜 도천극의 밑에 있으며 단리하연을 납치했는지 이해가 가지 않았다.

"어디 이것도 한번 받아보게."

공우기는 손에 활짝 펼치며 가볍게 흔들었다.

그의 손바닥이 흐릿하게 사라지며 갑자기 다섯 개가 되어 나타났다.

파파파파팡—

다섯 개의 손바닥이 각각 한 줄기씩의 경력을 뿜어냈다.

쇄혼지에 이은 절맥수(切脈手)였다.

유진룡은 두 주먹을 연속으로 흔들었다.

우우웅—

무거운 진동음과 함께 유진룡의 양주먹에서 각기 세 줄기씩의 경력이 뻗어 나왔다.

콰콰쾅—

공우기가 뿌린 다섯 가닥의 장력을 산산이 흩어버리고 남은 한 가닥 경력이 공우기의 가슴을 두드려 갔다.

안색이 변한 공우기는 좌장을 활짝 펼쳤다.

펴엉—

한가닥 폭음이 더 터져 나오며 유진룡이 뿌린 경력도 모두 흩어졌다.

"재미있군, 정말 재미있어!"

공우기는 다시 찬사를 터뜨렸다.

유진룡이 자신의 예상을 뛰어넘는 것이 너무 즐겁다는 표정이었다.

"잠시 자네를 얕보았네. 사실 그럴 수밖에 없었지. 너무 젊으니까 말일세. 하지만 마주쳐 보니 그게 아니란 걸 확실히 느꼈네. 어쩌면 나에게 벅찬 상대일지도 모른다는 생각이 드네."

공우기는 잠시 유진룡을 정시하다가 다시 말을 이었다.

"그럴 수도 있겠지. 천산마존의 두 제자가 각각 오패와 칠웅의 자리에 올라 있느니 혼심을 다해 키운 마지막 제자가 더 강할 수도……."

공우기는 고개를 끄덕였다.

"말이 많은 편이군!"

유진룡은 눈살을 찌푸렸다.

마음은 급한데 앞을 막은 공우기는 마치 떠버리처럼 지껄이며 시간을 죽이고 있었다.

"그런가? 너무 오랫동안 혼자 처박혀 있다가 세상 구경을 하니 들뜬 모양일세. 이래서 늙으면 주책만 는다니까… 쯧쯧! 하지만 이제부터는 다를 것이네. 목숨을 걸어야 할지도 모른다는 생각이 드니 말일세."

공우기는 윗옷을 하나 벗어 선실 벽에 건 후 빙글 돌아섰다.

갑자기 그의 모습이 딴사람으로 변한 것 같았다.

지금까지는 선한 모습은 간곳없고 지독히 패도적인 기운이 온몸에서 흘러나왔다.

"크크크—"

웃음소리도 완전히 딴사람의 그것처럼 흘러나왔다.

"내 무공의 근본은 극한의 패(覇)일세. 그것이 도를 넘으면 마(魔)에 가까워지지. 그것에 지배당하지 않고자 평소에는 실없는 인간처럼 살아가지. 하지만 이젠 어쩔 수 없군! 크크!"

유진룡은 그의 별호가 왜 양혼절맥수인지 알 것 같았다.

내공을 극성으로 끌어올렸을 때와 그렇지 않을 때의 모습은 너무 다르게 보였다.

마치 두 개의 혼이 몸에 깃들어 있는 것 같았다. 그래서 양혼(兩魂)이라는 별호가 따라다니는 모양이었다.

유진룡은 긴장의 끈을 바짝 조였다.

또 다른 혼이 지배한 공우기의 모습은 몇 배는 더 위험해 보였다.

지금 그의 모습은 여유롭게 풀을 뜯던 한 마리 소의 몸에서 시퍼런 칼날들이 빽빽이 돋아난 것 같았다.

"조심하게!"

　일갈과 함께 공우기의 손이 섬전처럼 뻗어 나왔다. 그리고는 수십 개의 손 그림자가 유진룡의 전신을 덮쳐 왔다. 유진룡은 신속히 몸을 뒤로 뺐다. 그러다가 갑자기 앞으로 포탄처럼 쏘아졌다.
　휘이익―
　백호십이수의 열두 초식이 한꺼번에 펼쳐지며 유진룡의 온몸을 덮쳐 왔다.
　유진룡은 두 주먹을 연속적으로 뻗으며 공우기의 손 그림자에 마주쳐 나갔다.
　파파파팡―
　허공을 가득 덮은 공우기의 손 그림자들이 물주머니가 터지듯 흩어지며 사라져 갔다.
　“하아앗―”
　기합성과 함께 공우기의 열 손가락이 활짝 펼쳐지며 열 가닥의 지풍이 화살처럼 폭사되었다.
　유진룡은 쾌속하게 만리추영보를 밟았다. 동시에 취팔선보의 구결을 떠올렸다.
　휘리릭―
　바람처럼 쏘아져 나갈 듯하던 유진룡의 신형이 어느 순간 무너지듯 옆으로 비틀거렸다.
　그러면서 예측 불허하게 상체가 흔들렸다.
　피피핑―

열 개의 지풍이 모조리 허공으로 흘러 나갔다.

"취팔선보?"

공우기의 눈이 번쩍 빛을 뿜었다.

자신의 쇄혼십결지를 받아내는 사람은 있었어도 이렇게 보법으로 흘려 버린 인간은 아직 없었다.

만리추영보에 가미된 취팔선보의 보법은 강과 유를 포괄하며 전혀 새로운 모습으로 펼쳐지고 있었다.

"크크크―"

공우기의 눈에 더욱 짙은 마기가 어렸다. 동시에 그의 양손이 먹물처럼 짙은 흑색으로 변해갔다.

"하아앗―"

공우기가 두 손을 쭈욱 앞으로 뻗었다.

마치 팔이 한없이 늘어나기라도 한 듯 공우기의 두 손이 유진룡의 가슴을 향해 그대로 짓쳐들었다.

쉬이익―

유진룡도 활짝 펼친 두 손을 쭈욱 뻗으며 공우기의 쌍장에 부딪쳐 갔다.

콰앙―

와장창―

폭음과 함께 두 사람이 디딘 발에서 뻗어 나온 힘을 이기지 못한 갑판의 나무 바닥이 갈라져 튀어 올랐다.

두 사람은 동시에 두 걸음씩 뒤로 물러섰다.

“크크크!”

공우기가 더욱 짙은 웃음을 흘렸다.

내력에서도 전혀 밀리지 않은 유진룡을 향해 그의 눈이 언뜻 충혈되어 보였다.

“어린놈이 대단…….”

공우기는 억눌린 음성으로 다 내뱉지도 못한 채 양팔을 크게 휘저었다.

극한의 내공을 끌어올린 그의 심혼은 스스로의 통제를 벗어난 듯 말조차 제대로 이어지지 않고 있었다.

쿠우우—

공우기의 팔을 따라 먹구름 같은 장막이 커다란 동혈(洞穴)을 그리며 어렸다.

그 암흑의 동혈은 마주치는 것을 모조리 분쇄할 것 같은 패도적인 기운을 내포하고 있었다.

“하앗—”

기합성과 함께 양혼절맥수 최후의 절초인 절맥암혼장(絶脈暗魂掌)이 가공할 위력으로 펼쳐졌다.

“하압!”

유진룡도 기합성을 터뜨리며 오른쪽 주먹을 세차게 뻗었다.

일격에 바위를 모래알처럼 가루로 만들어 버리던 백호투심(白虎透心)의 기운이 허공을 격하며 절맥암혼장에 정면으로 부딪쳐 갔다.

콰앙—

두 기운이 마주친 곳에서 화산이 분출하는 것 같은 폭음이 터져 나왔다.

와지끈—

충돌하며 분출하는 두 기운을 이기지 못한 수적선의 돛대 하나가 허리를 꺾으며 뒤로 넘어갔다.

쿵!

풍덩—

돛대가 뱃전에 부딪치며 황하의 물속으로 떨어져 내렸다.

그리고는 더 이상 아무 소리도 들리지 않았다.

"크크크—"

잠시 동안의 정적을 깨고 공우기의 웃음소리가 허공에 울렸다.

유진룡이 창백해진 얼굴로 공우기를 쳐다보았다.

패를 넘어 마기가 충만했던 공우기의 모습이 원래로 되돌아오고 있었다.

"울컥!"

공우기가 한 모금의 선혈을 토했다. 그리고는 천천히 뒤로 넘어갔다.

털썩!

내부가 온통 진탕된 유진룡도 더 이상 서 있지 못하고 그

자리에 주저앉았다.

동굴에서 나온 후 만난 최대의 적수였다. 무공도 강했지만 마기에 휩싸여 쉴 새 없이 터져 나오는 먹물 같은 기운이 숨을 제대로 쉬지 못하게 했다. 자칫 그 어지러운 기운에 휩싸여 냉정을 잃었다면 자신이 먼저 쓰러질 수도 있을 것 같았다.

강호에 있어 실력은 기껏해야 삼 할밖에 적용하지 못한다는 사실을 뼈저리게 느끼게 하는 대결이었다.

"후웁! 흐읍!"

두어 번의 심호흡으로 기혈을 진정시킨 유진룡은 벌떡 자리에서 일어났다.

다른 놈들이 오기 전에 단리하연을 구해야 했다.

뱃전으로 걸어간 유진룡은 발끝에 힘을 모아 제일 뒤쪽의 수적선을 향해 몸을 날렸다.

휘익―

유진룡의 신형이 비호처럼 날아 화려한 외양을 한 마지막 수적선의 갑판에 올랐다.

유진룡은 신경을 집중하여 단리하연의 존재를 찾았다.

한 가닥 기운이 갑판 아래의 선실 쪽에서 느껴졌다.

끊어질 듯 가늘게 흘러나오는 기운은 곱게 모셔 왔다는 공우기의 말과는 달리 단리하연의 상태가 결코 정상적인 것이 아니라는 것을 느끼게 해주었다.

유진룡은 천천히 선실을 향해 걸음을 옮겼다. 그리고는 조심스럽게 선실 문을 열었다.

장막으로 창문이 가려진 어두컴컴한 선실 안에 백의를 입은 인영이 의자에 앉아 있었다.

유진룡은 순간적으로 호흡이 멎는 기분은 느꼈다.

백의의 인영이 천천히 의자에서 일어서며 입술을 움직였다.

"어서 오게, 막내 사제!"

『만리웅풍』 7권에 계속…

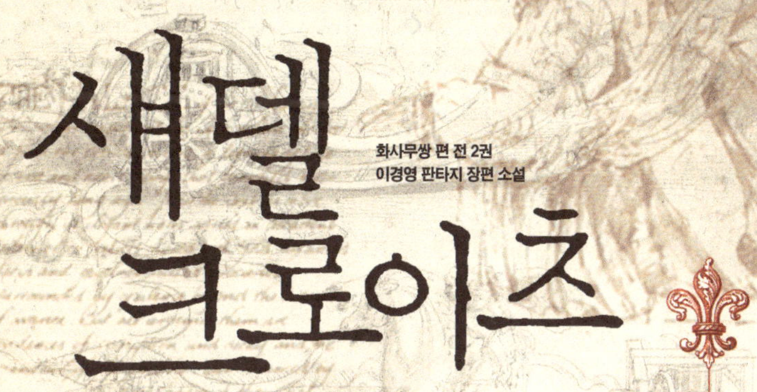

섀델 크로이츠

화사무쌍 편 전 2권
이경영 판타지 장편 소설

『가즈나이트』의 명성과 신화를 넘어설
이경영의 판타지의 새로운 상상력!

자신만의 독특한 세계관을 창조한 작가
이경영의 새로운 도전과 신선한 충격.

바란투로스의 특수부대 섀델 크로이츠의 리더 파렌 콘스탄.
야만족을 돕는 안개술사를 물리치기 위해 아시엔 대륙에서 온
불을 뿜는 요괴 소녀 카샤.
너무나 다른 두 사람이 운명의 길에서 만나다.
친구란 이름으로 시작된 모험, 그 앞에 놓인 난관과 운명의 끈은
어떻게 될 것인지……

"질투가 날 만도 하지.
요괴가 산신령을 엄마로 두는 건 흔한 일이 아니거든.
괜찮다, 파렌. 본좌가 아는 요괴들 전부 본좌를 질투하고 부러워하니까."
소녀는 손에 잔뜩 받은 빗물을 홀짝 마셨다.
파렌은 그 순수함에 웃음을 흘렸다.
그는 지금까지 자신이 봤던 그녀의 기이한 행동들을 어렴풋이나마 이해할 수 있을 것 같았다.
그렇게 친구가 된 둘은 그 길로 긴 여행을 떠나게 된다.

본문 중에-

세상을 보는 또 하나의 창 - inthebook.net
유행이 아닌 자유추구 - chungeoram.net

Book Publishing CHUNGEORAM

학교에서는 가르쳐주지 않는
10대들을 위한 인생수업

작가 : 이빙 | 역자 : 김락준

10대들을 위한 나침반 같은 인생 교과서!
사회 초입에 들어서게 될 청소년들에게 들려주는
100가지 인생 이야기

내 인생의 방향잡기!
여행길에 오르기 전에 접해보자!

100가지 이야기, 100가지 명언

사람은 태어나면서부터 각기 다른 모습으로, 각기 다른 사고로 "인생" 이라는
여행길에 오르게 된다. 내가 지금 서 있는 이 위치에서 그리고 사회라는 공간에서
한 사람의 몫을 당당하게 해낼 수 있는 역량을 키워나가기 위해서는 어떠한 생각을
가지고 있어야 하는 걸까.

늦지 않게 준비하자! 스스로의 마음가짐이 자신의 미래를 결정한다!

설레는 마음으로 떠난 길일지라도 기존에 생각하고 있던 것과는 다르게 흘러가는
사회의 모습에 당혹스럽기도 할 것이다.
그러한 곳에 발을 들여놓기 위해 첫 발걸음을 막 뗀 청소년이라면 학교에서는
미처 배우지 못한 상황에 더욱이 큰 혼란스러움을 느낄 수밖에 없다.
시간이 흐를수록 사회가 한 인간에게 요구하는 것은 다양하고 세밀해지고 있다.
그러한 사회 속에서 자신만이 앞으로 나아가지 못해 제자리걸음을 하게 된다면 어쩌할까.
미리 대비를 하지 않는다면 당신 역시 그러한 현상에 빠지는 또 한 명의 사람이 되고 말 것이다.

책장을 넘기는 순간, 책과 당신의 공감대가 형성된다!

적응을 위해 도움이 될 만한
인생의 지혜와 경험, 깨달음이 한가득 담겨있다.
그 속에 담긴 100가지 이야기 그리고 그와 관련된 100가지의 명언은
가슴 깊이 새겨 놓고 되뇌여 보기에 충분하다.

Book Publishing CHUNGEORAM

세상을 보는 또 하나의창 - inthebook.net
유행이 아닌 자유추구 - chungeoram.net

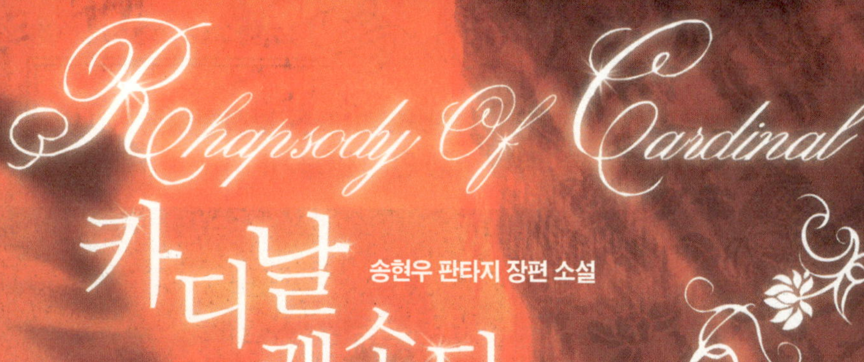

놀라운 경험(the enormous experience)!
He created a completely new world.
It is a place who have never known and where never been able to imagine.
This splendid world will introduce the enormous experience for the
person only who reads.
그 누구에게도 알려진 것이 없으며 상상조차 할 수 없었던 새로운 세계를
작가는 완벽하게 창조해내었다.
이 멋진 세계는 독자들만이 체험할 수 있는 놀라운 경험으로 인도할 것이다.

판타지는 허구다? 아니다. 판타지는 일상이다.
우리의 삶은 연속된 판타지의 연장선상에 놓여 있고,
상상은 우리의 일상을 더욱 살찌운다.
『카디날 랩소디(Rhapsody of Cardinal)』를 경험하는 독자들은
더욱 풍부한 일상 속에서 새로운 삶을 경험할 것이다.
멋진 만남! 흥미로운 경험! 이것이 『카디날 랩소디』가 가진 장점이며,
작가 송현우가 독자들에게 바라는 꿈이다.

세상을 보는 또 하나의 창 - inthebook.net
유행이 아닌 자유추구 - chungeoram.net
Book Publishing CHUNGEORAM